다른 남자

다른 남자

정은수 장편소설

차례

현재

남자친구가 없고 어리지도 않은 오피스 레이디의 삶이란 뻔하다. 연지는 그렇게 생각했다. 그녀도 지금까지는 아주 뻔한 삶을 살았다. 평탄하게 초중고를 졸업하고, 서울의 상위권 대학을 졸업하고, 재계 순위 14위쯤 되는 대기업에 입사했다. 평생을 궤도에서 이탈해본 적 없는 모범적인 행성 같은 서른두 살의 연지는 한 직장에서 팔 년간 근무했다. 성장 과정도 말할 필요가 없을 만큼 무난함 자체였다. 그래서 생략하기로 한다.

5월 초는 남자친구 사귀기에 좋은 시기다. 덥지도 춥지도 않은……. 하지만 그녀는 일관되게도 매년 5월마다 남자친구가 없었다. 이런 연지에게 올해 5월은, 그리고 오늘은 아주 의미심장한 날이다. 그녀의 인생은 이날부터 궤도를 이탈하기 시작하니까. 하지만 점심 식사를 마치고 풍성한 사자 머리를 휘날리며 막 사무실 자기 책상에 도착한 연지는 오늘이 바로 그런 날일 줄 꿈에도 몰랐다. 인생을 결정짓게 되는 날은 원래 모든 것이 끝난 뒤에야, 너무 늦은 뒤에야 깨닫게 되는 법이니까. 연지는 점심을 굶은 옆자리 최지원 씨에게 바나나와 우유를 건넸다. 퀭한 얼굴을 하고 연지를 힘없이 바라보는 지원은 덩치로 볼 때 바나나와 우유만으로는 한 끼가 충족되지 않을 식욕의 소유자로 보였다. 그녀는 정말 힘을 잘 쓰게 생겼다. 하지만 안색만은 몹시 파리했다.

"이 바나나의 의미는 뭐지?" 지원이 한입에 3분의 2를 삼키며 말했다.

"뭘 것 같아?" 이미 지원에 대한 관심은 사라지고 최신 연예 뉴스를 들여다보는 데 열중하던 연지가 물었다.

"어젯밤 추태에 대한 해명 요구?"

추태. 그것은 어젯밤의 상황을 가리키는 적나라하고도 정확한 단어였다. 그녀의 팀은 한 달에 한 번 정기적으로 회식을 갖는데, 평소 보기 어려운 중역들까지 모이는 자리였다. 어젯밤의 지원은 그 자리에서,

"이 슬픔, 이 고통, 이 배신감……."

이라며 술주정을 했는데, 너무 어려운 자리였기에 같은 팀 연

지와 미란은 오히려 말릴 생각도 못 했다. 비록 지원의 마스카라가 번지고, 립스틱도 번지고 머리가 산발이 됐고, 같이 근무한 지 칠 년이 넘은 사이였어도, 그 자리는 너무 어려운 자리였다. 연지는 가까스로 용기를 내어 굳어 있는 중역들에게 미소 지으며 지원에게 다가가려 했지만,

"내 몸에 손대지 마. 내가 그렇게 쉬워 보여?"

라는 뜻 모를 말을 떠들며 날카롭게 구는 지원에게 저지당했다.

"그 남자는 날 너무 쉽게 봤어요. 예, 제가 좀 쉬웠어요. 하지만 저는 그런 여자가 아니에요. 이번에만……."

그렇게 모두들 듣지 말아야 할 지원의 연애사를 들었다. 지원은 속죄의 의미로 점심을 굶었고, 방금 바나나 3분의 2개를 한 입에 해치운 것이다. 실연을 했음에도 불구하고 식욕만은 살아 있어서 다행이었다.

그때 같은 팀 유미란 씨가 가뿐한 얼굴로 들어왔다. 꼼꼼하게 일 잘하기로 소문난 그녀는 요즘 7층인 이곳까지 엘리베이터 대신 계단으로 다니고 있었다. 다이어트에도 좋고 심장에도 좋지만 이런 건강한 습관을 갖게 된 본질적인 이유는,

"개 퇴사 안 할까. 연지야, 대신 물어봐줄래?"

'개'라고 불리는 같은 층 전 남자친구의 존재 때문이다. 연지는 이런 일들을 입사 이래 무수히 봐왔다. 친구들한테서도 비슷

한 사연들을 목격했다. 평범한 미혼 여성인 연지에게는 이런 사연이 한 번도 없었다면 믿을 수 있을까? 관련된 일화를 잠깐 소개하겠다. 얼마 전이 미혼 여성 셋이 모여서 술자리를 가졌는데,

"이용준 씨가 연지 씨 없을 때 뭐라고 부르는 줄 알아?"

술이 달아오른 지원이 물었다.

삼겹살이 지글지글 익고 있는 불판과 불판만큼 얼굴이 달아오른 지원과 주변에 웅성웅성대는 취한 손님들을 보며 연지는 이용준이라는 인간에 대해 생각했다. 동갑내기인 팀원이자 자신에게 두 번이나 대시했다 거절당한 남자.

"그 대머리가 뭐라고 부르든 듣고 싶지 않은데?"

연지는 약간 탈모가 있는 그를 그렇게 불렀다. 그만큼 둘 사이는 나빴다. 생전 남자친구를 사귈 기미가 없는 연지에게 두 번 연속으로 까이고 상처받은 용준은 폭주하기 시작했다. 애정은 쉽게 증오로 바뀌는 것인지, 용준은 그녀를 팀에서 제일 미워하는 사람이 됐고, 주변에도 그렇게 욕을 하고 다닌다고 했다.

"수도승이래. 그렇게 살 바엔 절에 들어가는 게 낫겠다고."

유치하기는……. 이용준의 단어 선택이 그렇지. 갑자기 울컥한 연지는 전화를 걸었다.

"야 이 자식아."

그동안 별러온 용준에게 건 것이었다. 미란이 화들짝 놀라 연지의 전화를 끊었다.

"단어에 집착하지 말고, 그 단어가 나오게 된 경위에 대해 얘기를 해보자고." 미란이 삼겹살을 프로페셔널하게 뒤집으며 말했다.

"있긴 있었지? 우리 몰래 연애를 하긴 했지?" 지원이 삼겹살을 씹으며 물었다.

설마 입사 팔 년간 한 번도? 하는 뉘앙스였다.

"연애하면 뭐가 좋은데?"

"진짜 어른이 되는 거지." 지원이 소주를 쓰게 들이켜며 말했다.

그녀가 말하는 어른이란 소주 같은 맛인 걸까. 아주 쓰고 도수가 높은.

"너 설마……. 대학 때는 해봤지?"

지원이 삼겹살을 뒤집다 말고 흠칫 놀란 표정으로 연지를 봤다.

"아니면 무슨 다른 이유가 있어?"

미란이 의미심장한 눈초리로 봤다. 그녀는 뭔가 의문을 충족시켜줄 색다른 이유를 원했다. 대놓고 말할 수 없는…….

"나…… 사실……." 연지가 의미심장하게 둘을 보며 말했다. 긴밀한 비밀 얘기가 있다는 듯……. 둘의 시선이 일순간에 집중됐다.

"남자 안 좋아해."

둘은 동시에 숨을 훅 들이켜고 그 뒤로 삼 초쯤 숨 쉬는 법을 잊은 듯했다.

"……라고 말하길 바라는 거야?" 연지가 어처구니없다는 듯 말을 이었다.

그럼 그렇지. 둘은 다시 숨을 쉬며 고기를 뒤집기 시작했다.

"대중문화는 사람에게 그릇된 고정관념을 심어주지. 가령 미혼은 꼭 연애를 해야 한다는 것과 같은……." 대중문화의 희생자들을 보며 연지가 말했다.

"그 고정관념 덕분에 쓴맛 단맛 신맛 다 봤다. 난 좋았어."

최근 남자와 헤어진 지원은 자신의 지난 연애를 어른스럽게 추억했다. 그녀도 며칠 뒤 있을 점잖은 회식 자리에서 자신이 벌일 추태에 대해서는 예상하지 못했을 것이다.

"사랑은 버거킹에서 파는 와퍼 같은 거야. 인기 메뉴지. 하지만 프렌치프라이만 먹는 사람도 있어."

"너 햄버거 안 좋아해?" 지원이 의외라는 듯 물었다.

"내 말은…… 사랑은 먹어도 되고 안 먹어도 되는 그런 거라는 거지. 난 안 먹는 사람이고. 왜냐? 맛이 없을 것 같아서. 안 먹어도 뻔해서."

"먹다가 체한 적 있는 거네. 대학 때 되게 체한 적 있지? 와퍼 먹다가." 미란이 확신하며 말했다.

분명 대학 때 남자한테 크게 데인 적이 있는 게 분명하다는 거다.

"내가 한 번도 와퍼를 안 먹어봤다면 믿겠어?" 연지가 의미심장하게 말했다.

"어떻게 와퍼를 안 먹어볼 수 있어? 어떻게……. 아니, 와퍼가 얼마나 맛있는데……."

지원은 이미 소주를 두 병쯤 마신 뒤였고, 혀는 이미 꼬부라져 있었다. 혀의 상태로 보건대, 그녀는 지금 대화의 주제가 진짜 와퍼라고 알고 있음이 분명했다.

"그럼, 와퍼 포장 벗기다가 손이 베인 적 있는 거네. 그게 언제였어?"

미란이 팔짱을 끼고 의미심장하게 연지를 바라봤다. 연지는 그런 적 없다는 듯 고개를 작게 흔들었다. 그러고는 고기를 집다가 헛손질을 했다. 고기를 다시 집으려고 했지만 취했는지 또 놓치고 말았다.

"이거 젓가락이 후졌나 봐." 역시 술이 얼큰하게 오른 연지가 발음을 흐리며 말했다.

다시 '의미심장한 날'의 아침으로 돌아가자면, 연지는 자신의 풍성한 사자 머리를 묶기 위해 책상 위를 눈으로 훑었다. 분명 책상 어딘가 살며시 보관한 머리 끈을 찾던 차, 한쪽 구석에 얌전히 놓인 하얀 봉투를 발견했다. 점심시간 전에는 보이지 않았던 물건이다. 연지는 주변을 살피며 봉투를 열었다. 그리고 봐서는 안 될 것이라도 들어 있는 듯 사진을 본체만체하더니 얼른 집어 봉투째 구겨버렸다. 마치 세금 체납 독촉장을 받은 연체자처럼.

"지원 씨, 이거 누가 놓고 갔어?" 연지가 지원에게 물었다.

무심한 척했지만 연지는 동요하고 있었다.

"그거 또 왔네?" 미란이 연지에게 다가가 봉투를 보자고 손을 내밀었다.

사실 이 봉투는 정확히 말하면 또 온 게 아니라 또 또 온 것이었다. 이번이 세 번째였다. 한 달 동안. 둘은 다정한 직장 동료 사이이니 뭔지 보여줄 법도 하건만, 연지는 봉투가 더러운 것이라도 되는 듯 당장 찢어버릴 듯하다가 주머니에 쑤셔 넣었다.

방금 퀵 아저씨가 놓고 갔다는 지원의 말을 들은 연지는 한걸음에 회사 현관으로 달려갔다. 정말 한걸음처럼 달려 나간 것 같다. 모처럼 입은 타이트한 회색 정장이 온통 땀범벅이었으니까. 마치 회색 정장을 입고 마라톤 완주를 끝낸 사람 같은 모습이었다.

하지만 퀵 아저씨는 만날 인연이 아니었다. 그 아저씨도 그렇게 동작이 빠른 편이 아니었는지 막 오토바이를 출발시킨 참이었다. 덕분에 연지는 또 뛰었다. 오토바이를 따라잡을 수 있다고 믿어서 그랬는지, 아니면 이 정도로 화났다는 걸 스스로에게 보여주고 싶어서 그랬는지 모르겠지만.

연지는 뭔가 모를 우수에 젖은 눈으로 사라지는 오토바이를 촉촉하게 바라보다 주머니에서 봉투를 꺼냈다. 잔뜩 구겨진 봉투 속의 잔뜩 구겨진 사진. 대체 뭔데 저러는 걸까. 미란은 누가 연지의 누드 사진이라도 보낸 건가 생각했지만, 정말 별것 아닌 사진이었다. 십이 년 전 술집에서 찍은 사진일 뿐이다. 스무 살의 연지가 대학 동아리 친구들 일곱 명과 모여 찍은 1학년 마지막 회식 사진. 1학년과 2학년이 주축으로 활동하던 소규모 문학 동아리였는데, 그날도 일 년 내내 같이 활동하던 남자 넷, 여자 넷이 모여 사진을 찍었다. 준호라는 애가 디카 산 기념으로 찍어서 모두에게 나눠줬는데, 공교롭게도 이날이 연지의 마지막 동아리 활동이었다. 정확하게는 이 회식 날을 기점으로 사진 속에 있는 사람들은 아무도 동아리 활동을 하지 않았다. 워낙 소규모였기에 동아리 자체가 일시적으로 공중분해됐는데, 그 뒤로 어떻게 되었는지는 모른다. 최대한 그쪽과 관련된 기억과 연락을 차단하며 살아왔다.

"하이힐 굽 나갔네요?"

옛 기억에 젖어 있던 연지를 퍼뜩 현실로 돌아오게 한 것은 익숙한 남자의 목소리였다. 저음의 섹시하고 나른한 듯한, 그러면서도 단호함이 느껴지는 이 목소리는 분명……. 연지는 순간 이 몰골로는 그를 마주치고 싶지 않다고 생각했지만 뻥 뚫린 대로변이었기에 선택권이 없었다.

날씨 좋은 5월의 이날, 샘플 상자가 잔뜩 든 승합차 앞에서 이 사람과 마주칠 줄이야. 하늘빛이 도는 와이셔츠와 남색 넥타이를 매고 소매는 걷어 올린 채 샘플을 나르고 있던 서른네 살의 그는 회사 안의 인재들만 뽑아 간다는 기획팀의 김준영 과장이었다. 여직원들 사이에 자주 입에 오르내리는 사람이다. 들판에 핀 수많은 해바라기 중에 유독 햇빛을 잘 받아 튼튼하게 큰 건강한 해바라기. 웃을 때 하얀 치아가 두드러져 보였는데 아직도 소년 같은 느낌이 있었다. 삼십 대의 노련미와 이십 대 초반의 청초함이 동시에 느껴지는 남자였다. 그래서 많은 여직원들이 이 남자를 탐냈지만 만나는 것조차 힘들 만큼 바쁜 사람이었다. 워커홀릭이라 입사하자마자 일을 배우겠다고 자청해서 영업부로 갔고, 그다음 삼 년간은 지방 공장을 돌았다. 삼 년 전 본사로 발령받았는데, 아예 퇴근을 안 한다는 소문도 있었다. 출근은 일찍 하는데 퇴근은 늦게 해서 언제 출근하고 퇴근하는지 경비 말고는 아무도 모른다는 소문이었다.

"그쪽은 되게 멀쩡해 보이네요. 땀도 잘 안 흘리나 봐요."

연지가 아까의 회한은 싹 잊고 말했다. 그는 연지네 팀의 파마머리를 한 유부남 박 대리와 입사 동기라 자주 놀러오곤 했다. 그러다 보니 서로 안면을 튼 뒤로 가끔 마주치면 이렇게 몇 마디 실없는 대화를 나누었다. 하지만 연지는 저 사람이 내 이름을 알기는 하는 걸까, 하는 궁금함이 있을 정도의 관계로 생각하고 있었다.

"오늘 마라톤이라도 했어요?" 준영이 샘플 상자를 든 채 땀에 젖은 연지를 보며 말했다.

"제가 원래 땀이 좀 많아요." 연지가 방긋 웃으며 여유로운 듯 말했다. 사진은 주머니에 구겨 넣었다.

준영이 대답 대신 씩 웃었다. 어떤 남자는 한 번씩 웃어주는 것만으로도 모든 재치를 능가할 만한 매력을 보여준다.

"잘 가요."

샘플 상자를 승합차 뒤편에 집어넣으며 준영이 말했다. 연지는 하이힐 부러진 것이 티가 날세라 최대한 기우뚱거리지 않으려 노력하며 뒤돌았다. 이 정도면 일진이 나쁜 날은 아니네. 기획팀 김준영을 만나다니. 지원 씨랑 미란 씨에게 오늘의 일화를…….

"임연지 씨."

한 가지 의문이 풀렸다. 그는 이름을 알고 있었다. 준영은 천천히 연지에게 다가와 무릎을 꿇었다. 그의 짧게 자른 머리의 목덜미에서 알싸한 스킨 냄새가 풍겼다. 냄새가 참 좋구나. 마른 몸이지만 걷어 올린 팔엔 잔 근육이 보였는데, 왜 인기가 많은지 알 것 같았다. 직장인의 건실함과 청년의 섹시함이 공존했다. 준영이 무릎은 꿇은 채 고개를 들어 연지를 봤다. 자세히 보니 손에 슬리퍼를 들고 있었다. 흔히 보는 삼선 슬리퍼다. 신발을 벗으라는 것 같았다.

"이 슬리퍼, 고급형이죠?" 연지가 착용감이 마음에 든 듯 말했다.

"그럴걸요. 근데…… 오늘, 시간 있어요?" 준영이 몸을 일으켜 연지와 눈을 마주치며 말했다. 마치 '저기, 펜 하나 빌려줄래요?' 같은 톤이었다.

슬리퍼의 고급형 여부와 데이트 약속 사이의 간격이 이렇게 짧다니. 기습적인 태클을 받은 축구 선수처럼 연지의 정신이 휘청거렸다.

"마침 오늘 시간이 있네요." 연지가 단어를 신중하게 골랐다.

그가 언제를 말했어도 그 언제는 언제나 시간이 비어 있었을 것 같지만…….

"잘됐다. 퇴근하고 우리 사무실로 와요."

준영이 다행이라는 듯 씩 웃고는 승합차로 향했다. 그리고 차에 이르자 머뭇거리다 뒤돌더니 연지에게 쑥스럽다는 듯 손을 흔들어주었다. 이 순간만큼은 썸 타는 남녀 사이 같았다. 연지는 방금 무슨 일이 벌어졌는지 아직은 감이 잡히지 않았지만 우선 급하게 언니에게 전화를 걸었다. 슬리퍼를 신고 사무실로 돌아가는 그녀의 발걸음에 경쾌함이 느껴졌다.

"언니, 오늘 바쁘지 않아? 안 바쁘다고?"

바쁠 리가 없었다. 언니는 최근 휴직중이었으니까. 하루 스물네 시간을 마흔여덟 시간처럼 사는 언니는 약속을 철저히 지키는 타입이었다. 이런 언니에게 당일 약속을 취소해야 하다니. 하지만 사안이 중대한 만큼 어쩔 수 없는 일이다.

"나 야근이 생겼어."

연지는 통화를 하며 엘리베이터 안의 거울에 비친 자신의 모습을 확인했다. 땀으로 샤워를 한 모습이었다. 세상에 이런 상태의 여자에게 데이트 신청을 하다니. 땀 페티시가 있지 않고서야…….

퇴근 후, 준영의 사무실에 도착한 연지는 그에게 특정 페티시가 없음을 확인했다. 테이블엔 수백 개의 상자들이 널려 있었고, 붙여야 할 운송장과 샘플 제품도 가득했다. 만약, 준영과 단둘이었다면 일이 밀려서 데이트가 조금 늦어지는 거라고 자기합리화를 하려 했지만 그곳에는 다른 여자도 한 명 있었다.

활력이 넘치는 이십 대 중반의 여자였다. 연지는 이 긴 생머리 여자의 옷차림을 보고 혹시 준영에게 자신과 같은 제의를 받았을까 하는 의혹이 스쳤다. 남자를 유혹하기 위한 전투가 있다면, 이 여자는 완전무장한 병사다. 쭉 뻗은 다리와 엉덩이 굴곡이 보이는 밀착형 치마에 눈 화장은 한 시간쯤 공들인 것 같았다. 이런 완전무장한 병사도 별수 없이 상자에 운송장을 붙이고 있었지만 말이다. 당장이라도 전투를 치를 준비가 되어 있는 사람에게 이 얼마나 부적절한 작업이란 말인가.

"어머나, 이 예쁜 언니는 누구예요?" 긴 생머리의 그녀가 손에 풀을 들고 유난히 반가워했다.

"여긴 인사팀 임연지 씨. 여긴 나랑 같은 기획팀 신입 사원 차민지 씨."

준영이 운송장을 붙이다 말고 활짝 웃으며 연지에게 다가갔다. 일손이 한 명 늘어서 반가워하는 눈치였다.

대체 나는 왜 차민지라는 여자와 통성명을 해야 되는가. 없는 시간을 쪼개서 하이힐은 뭐 하러 고친 걸까. 이런 번뇌에 빠진 채 연지는 그들과 같은 작업에 착수했다.

"우리 이러고 있으니까 소꿉놀이하는 것 같죠?" 민지가 키득대며 준영에게 말했다.

둘은 오붓하게 한 테이블에 마주 앉아 작업을 했고, 연지는 다른 테이블 하나를 혼자 쓰며 일을 했다. 그럴 수밖에 없는 것이 연지가 족히 2인분의 일꾼 노릇을 했던 것이다. 그녀는 손이 굉장히 빨랐다. 이쪽 연봉이 세다면 팀 이동을 요청해도 좋을 만큼 소질이 있었다. 연지는 온전히 일에만 집중할 수밖에 없었다. 옆 테이블 남녀는 누가 봐도 썸을 타는 중이었다.

밤은 유독 새까맸다. 연지는 가방을 들고 아무도 없는 회사 문 앞에 서 있는 기분을 만끽했다. 이렇게 늦은 퇴근은 오랜만이었다. 5월 초의 밤바람은 꽤 쌀쌀했다. 연지는 문득 삼 미터 거리에 있는 준영을 봤다. 민지와 함께 뭐가 그리 신나는지 키득대고 있었다. 마치 대학 초년생들처럼 그렇게 알콩달콩…….

"겸둥아!"

약간 과체중이지만 제법 예쁜 얼굴을 한, 승부욕이 어마어마해 보이는 삼십 대 중반의 여자가 '겸둥이'라 불리는 누군가를 찾고 있었다. 명품 백을 한쪽 어깨에 걸치고 남색 미니스커트 정장을 입은, 누가 봐도 커리어 우먼이다.

겸둥이라는 단어가 회사 앞을 쩌렁쩌렁 울렸다. 정말 아무도 없는 늦은 시간이라서 다행이었다. 왜냐면 그 겸둥이가 바로 연지였기 때문이다. 그리고 그녀를 겸둥이라고 부르는 유일한 인물은…… 언니였다.

"이만 가볼게요. 생각보다 재밌었어요. 꼭 테트리스 하는 기분도 들고……."

연지가 준영에게 살짝 고개 숙여 인사했다. 연지의 옆에는 늠름한 언니 승민이 버티고 있었다. 민지도 살짝 고개 숙여 인사한 후 싱긋 웃었다. 적당히 빠져줘서 고맙다는 뜻일까. 그때 준영이 연지의 팔을 잡았다. 민지가 살짝 노려보다 다시 생글 웃었다.

"노동의 대가는 건지고 가셔야 되는 거 아닙니까? 오늘 연지 씨가 두 명 몫을 했습니다. 박스에 샘플 넣는 속도가 아주……."

준영이 승민을 보며 연지의 활약상을 늘어놓았다.

"오늘따라 컨디션이 좋더라고요. 다음엔 오늘 같은 속도가 안 나올 것 같아요." 연지가 겸손히 말했다.

"두 명 몫을 했으니까 2인분 책임지겠습니다." 준영이 연지와 승민을 보며 말했다.

연지가 여러 번 부드럽게 거절했으나 준영은 들을 기미가 없었다. 사회생활 잘한다더니 이런 일을 어물쩍 넘어가려고 하지 않는 듯했다.

연지는 오늘까지만 해도 자기 이름을 알기나 하는지 긴가민가한 남자와 오늘 막 밝혀진 그의 썸녀와 같이 식사를 하게 되어 부담스럽기 짝이 없었지만, 그렇게 생각하는 사람은 이 자리에 자신뿐이었다. 나머지 세 사람은 십 년은 알고 지낸 사람들처럼 화기애애했다. 조명 좋고 오붓한 레스토랑에서 이런 불편한 식사라니 연지는 뭐라 할 말이 없어 메뉴판만 뚫어지게 바라봤다.

"애 엄마이자 둘째 임신 준비중이고, 직업은 변호삽니다."

승민이 명함을 꺼내 둘에게 건넸다. 승민은 전형적인 상위 1퍼센트급 수재였다. 오목을 두더라도 반드시 이겨야 하는 승부욕, 타고난 머리와 운동신경까지 좋은, 부모의 자랑이자 친척들에게 내세울 만한 가족. 이 수재와 세 살 차이인 연지는 늘 승민의 말을 잘 들었다. 언니는 승부욕을 왕관처럼 머리에 쓴 '군주' 타입이었기 때문이다. 그녀는 학교에서도 학생회장으로 군림하고, 집에서도 군림하고, 여동생 연지에게는 특히 군림했다. 승민은 연지의 모든 걸 알고 있다(장악했다)고 생각하며 살았는데, 연지도 그런 척하는 게 속 편했다.

셋은 실컷 대화를 하고 연지는 고기를 먹었다. 멀리서 보면 연지는 깍두기 신세였다. 그만큼 셋은 대화에 열중하고 있었다. 그러다 뭘 찾으려는지 언제나처럼 승민은 연지의 가방을 뒤졌다. 워낙 일상적인 일이었기에 연지도 신경 쓰지 않았다. 가방 속에 '그것'이 있다는 걸 깜빡하고 있었던 것이다. 승민은 아무런 방해도 받지 않고 하얀 봉투에서 사진을 꺼냈다.

"너 공상호 변호사랑 같은 동아리였어? 문학 동아리, 피츠위크였던가?" 승민이 사진을 들여다보며 물었다.

연지는 순간 고기가 목에 걸릴 뻔했다. 전혀 예상치 못한 대사였으니까. 공상호의 이름을 들은 건 정말 오랜만이었다. 더군다나 언니가 그 동아리에 대해 알 리는 없는데.

"언니 아시는 변호사인가 봐요." 민지가 싱긋 웃었다.

"주변 변호사들이 다들 인물이 좋죠." 승민이 눈썹을 찡긋 올렸다. 그러더니 사진 속 상호를 가리켰다.

반듯하고 콧대 높아 보이는 스무 살 남자가 카메라를 응시하고 있었다.

"언니는 대체 어떻게 아는 거야?"

연지가 충격받은 얼굴로 물었다. 십이 년 동안 연락도 안 한 남자애와 딱 일 년만 활동한 문학 동아리 존재를, 사진 한 장만 보고 단숨에 파악한다는 건 천재라도 불가능한 일이었다. 승민이 물끄러미 연지를 보았는데, 표정만 보면 자신의 지갑에서 연지가 5만 원쯤 몰래 빼 간 것을 방금 깨달았다는 분위기였다. 그러더니 말없이 스마트폰으로 뭔가를 검색해서는 연지에게 내밀었다.

'이 인간 어떻게, 이 사진을 인터뷰 기사에 실을 생각을 하지?'

연지가 보자마자 구겨버린 사진과 같은 이미지가 모두에게 공개된 인터넷에 올라 있었다. 정확히 말하면 공상호 변호사의 일상에 대한 인터뷰가 여성 월간지에 실렸는데, 그 안에 실려 있었다. 자신의 과거를 이야기하면서 문학 동아리 활동을 했던 추억의 사진이랍시고 기자에게 준 모양이었다.

"잘생겼네." 준영이 승민의 스마트폰을 건네받아 유심히 바라보며 말했다.

"여자관계 엄청 화려하게 생겼네요." 민지가 준영 옆에서 사진을 보며 말했는데, 잘생겼다는 걸 시니컬하게 표현하고 싶은 모양이었다.

연지는 스테이크 접시에 코를 박았다. 뭐라 할 말이 없어 꾸역꾸역 먹기라도 해야겠다 싶었다.

"이 남자랑 아직도 연락해요?" 준영이 물었다.

“아이고, 얘 그런 애 아니에요. 남자한테 얼마나 무뚝뚝하게 구는데……. 남자 대하는 법을 하나도 모른다니까.” 승민이 말도 안 된다는 듯 와인을 들이켜다 말고 말했다. 이 사안에 대해서 할 말이 많은 듯했다.

“제가 볼 때는 잘 다루는 것 같은데요.” 민지가 눈썹을 미묘하게 올리며 말했다.

회사 내의 관계에 대해 뭔가 안다는 듯한 태도였는데, 연지에게 그런 것이 있을 리가 없었다.

“공상호라는 이름도 사실 방금 기억났어요. 언니가 누구 얘길 하나 했거든요.”

“잊기 힘들 인물 같은데. 내가 변호사 모임에서 한 번 보고 인터뷰까지 찾아볼 정돈데?”

승민이 묘한 표정으로 연지를 쳐다봤다. 연지가 방금 했던 말이 완전히 거짓말이라는 듯. 소송에 관련된 사람들을 자주 접해 본 변호사 특유의 감을 동원하고 있는 것 같았다.

“걔나 저나 그 동아리 딱 일 년만 했거든요. 그 뒤로 본 적도 없고.”

승민은 머릿속으로 여러 가지 추리를 하는 모습이었다.

“근데 왜 그 사진이 가방에 들어 있어요? 사진이 발이라도 달렸나?”

미소를 머금은 민지의 말에 연지는 이 사람이 자신에게 적대

감이라도 가진 건가 싶은 생각에 고개를 들었다. 준영도 궁금한 듯 연지를 쳐다봤다.

"네 성격에 동아리를 딱 일 년만 해? 동아리에서 뭔 일 있었지?" 승민의 말투는 단정적이었다.

그도 그럴 것이 연지는 무엇이든 한번 시작하면 금방 그만두는 성격이 아니었다. 첫 회사에 입사해서 팔 년간 근무한 것이 변화를 싫어하는 전형적인 연지의 모습이었고, 어릴 때부터 그런 성격을 잘 아는 승민은 이상하다는 걸 곧바로 눈치챈 것이다. 가입을 안 했으면 안 했지 일 년만 하고 중도에 그만두는 것은 연지의 인생에선 흔치 않은 일이었다.

연지는 시선들을 피하며 와인과 함께 후식으로 나온 케이크를 오물오물 씹었다. 정말 맛있다는 듯 케이크에 열중하는 것 같았지만 한편으로는 말을 하지 않을 핑곗거리를 찾는 사람의 모습이었다.

"혹시 복학생 선배랑 무슨 일 있었어? 신입생 때." 승민이 물었다.

연지는 할 수 없다는 듯 수긍하며 고개를 끄덕였다. 더이상은 묻지 말라는 듯 언니의 눈을 피하며.

스무 살이면 순진무구할 때인데, 과보호를 받으며 살아온, 여중 여고를 나와 남자에 대해 아무것도 모르는 연지는 더욱 그랬을 것이다. 당시는 승민이 교환학생으로 미국으로 떠났을 때였다. 스무 살 연지가 일 년간 혼자 살게 된다는 사실에 아버지가 얼마나 노심초사했던가. 그 노심초사는 기우가 아니었던 것인가. 승민은 생각했다.

"복학생 선배랑 무슨 일 있었던 게 아니네. 너 왜 바로 고개를 끄덕여? 아까는 음식 먹는 로봇처럼 입만 오물오물거리더니, 지금은 왜 냉큼 고개를 끄덕여? 임연지, 너 공상호랑 무슨 일 있었지?"

연지는 어린 시절로 돌아간 것 같았다. 아홉 살 때, 옷장 속 엄마의 지갑에서 5000원을 몰래 꺼내 갔을 때도 열두 살의 승민은 이렇게 조목조목 연지를 다방면으로 압박하고 눈물을 흘리며 반성하도록 만들었다.

"공상호 성격을 알면 나랑 무슨 일 있었을 걱정은 안 할걸?"

언니가 정말 쓸데없는 걱정을 하는군.

"그럼 말해봐. 왜 둘 다 동시에 일 년 만에 동아리를 그만뒀는지."

승민은 축구를 했어도 잘했을 것이다. 압박하는 기술이 전문적이었다.

"둘 다가 아니라, 그 동아리 자체가 일시적으로 공중분해됐어. 당시 활동하던 1, 2학년들이 그 사진 찍고 얼마 후에 거의 다 동아리를 관뒀거든."

그 동아리는 1, 2학년들이 주축이 되어 꾸리는 소규모 모임이었다. 매주 꾸준히 모이는 인원이 여덟 명이었는데, 그 여덟 명이 사진을 찍고 얼마 후 모두 동아리를 관뒀다.

"아니, 왜요?" 민지가 몸을 연지 쪽으로 숙이며 물었다. 너한테 관심 없지만 이것만은 정말 궁금하다는 듯이.

"치정 문제예요. 여덟 명의 팔각 관계." 연지가 민지를 보고 싱긋 웃었다.

다들 무슨 뜻인지 알지 않느냐는 듯, 애매하고 사연 많은 표정으로 셋을 바라봤다.

"임연지는 거짓말쟁이가 아니야. 근데 아주 가끔 거짓말을 해. 진짜 숨기고 싶은 게 있을 때."

승민의 표정은 열두 살 때 아홉 살 연지를 혼내던 그것과 다를 바가 없었다.

"너 공상호랑 잤지." 승민의 목소리는 단정적이었다.

연지는 화들짝 놀라 레스토랑을 둘러봤다. 승민의 목소리가 너무 컸던 것이다. 다행히 아주 크진 않았던 모양이다. 이 테이블에 있는 관람객 두 명만 들은 듯했다. 오늘 운세를 보면 '나쁨'이 분명할 것이다. 연지도 오랫동안 잊고 있던 남자 이름을 꺼낸 것부터가 당황스러운 일인데 '잤다'니? 한 시간 전에는 둘이 아는 사이인 것도 알지 못했던 언니가 대체 어떻게 저렇게 단정적으로 말할 수 있지? 그것도 처음 본 내 직장 동료들 앞에서?

"아니라면, 그 사진이 가방에 왜 들어 있고, 왜 구겨져 있는지 말해봐."

범인을 압박하는 형사의 기술이다. 둘이 잔 게 아니면 사실을 털어놔 같은.

"그 사진 속에 누가 죽었어. 그후로 모두들 그만뒀어. 이게 제일 궁금했죠?" 연지가 민지를 보며 말했다.

그 사진은 십이 년 전 겨울, 그해 마지막 동아리 정기 회식에서 찍었다.

늘 가던 단골 술집, 긴 좌식 테이블에 대학생 남녀 여덟 명이 모여 앉아 있었다.

"야, 장제국……."

뿔테 안경에 쇼트커트 머리를 한 의대생 가온이 노려보는 건지 쳐다보는 건지 헷갈리는 얼굴로 제국에게 물었다. 제국은 하얗고 선이 고운 얼굴을 하고 있었다.

"누나, 암만 동갑이라도 동아리 회장이고 한 학번 선밴데 야, 는 좀 그렇잖아." 가온과 같은 학번인 신입생 준호가 말했다. 그간 벼러왔던 말이었다.

"칫." 가온이 준호를 노려봤다.

가온은 자존심이 아주 셌는데, 그래서 싫은 소릴 들으면 참지 못했다.

"가온아, 이거 먹어봐."

제국이 나긋한 목소리로 치즈 떡볶이를 가리켰다. 제국은 가온을 다루는 데 도가 튼 느낌이었다. 가온이 한입 먹더니 맛있다는 듯 고개를 끄덕였지만 표정만으로는 맛이 있는지 없는지 감을 잡을 수 없었다. 가죽 구두를 씹어도 같은 표정이었으리라.

2학년 선배들인 경신과 혜선, 성화는 자기들끼리 얘기하고 있었고, 연지는 맞은편에 앉은 준호가 새로 산 카메라를 구경중이었다.

"준호 너 돈 많나 보다." 연지가 부러운 듯 말했다.

"어, 생각지도 않은 돈이 생겨서 어디 쓸까 하다 이걸 샀지." 준호가 의미심장한 얼굴로 연지를 봤다.

연지는 그게 무슨 돈인지 알아차렸지만 못 들은 척했다. 말없이 카메라를 보다 준호 옆에 있는 누군가를 노려봤다. 그가 아까부터 계속 연지를 빤히 보고 있었다. 상호는 따지기 직전처럼 연지를 응시했지만, 정작 말을 걸고 싶어서는 아닌 것 같았다. 화가 난 건지 아니면 연지의 기분을 상하게 하려는 의도인지는 모를 일이다. 둘은 당시에 싸운 상태였고, 9월에 상호가 동아리에 가입한 이래 내내 사이가 안 좋기도 했다.

"다들 모여봐."

준호가 테이블 앞으로 나가 카메라를 들고 회원들에게 모이라고 했다. 그렇게 다들 약간 취한 얼굴로 엉거주춤 포즈를 잡고 사진을 찍었다. 며칠 뒤 이메일을 확인해보니 준호가 보낸 사진 파일이 있었다. 여덟 명 모두에게 보냈다고 했다.

“한 명이 죽었는데 동아리가 왜 공중분해됐을까? 그게 궁금할 텐데…… 그건 얘기가 너무 길어요.”

사실은 얘기하고 싶지 않았다.

“이 중에 누가 그렇게 된 거예요?” 민지가 사진을 보다 물었다.

연지가 천천히 손으로 누군가를 가리켰다. 모두의 시선이 쏠렸다. 손가락이 가리킨 사람은 연지 자신이었다.

“나요.” 연지가 싱긋 웃었다.

당시엔 차라리 그게 낫지 않았을까 생각한 적도 있었다. 이렇게까지 말하는데 누구냐고 재차 물어보기도 어려운 분위기라 민지는 입을 다물었다. 승민은 나중에 둘이 있을 때 캐물으려고 넘어갔고, 준영은 별생각이 없었다. 늘 일만 하고 바쁘게 사는 사람이라 그런지 약간 피곤해 보인달까. 미래지향적이지 않은 대화가 이어지자 지루해진 것 같기도 했다.

“그 사진은 왜 갖고 다녀?” 의아한 듯 승민이 물었다.

십이 년 전 사진을 왜 가방에 갖고 다니냐는 거다. 좋은 추억도 아니면서.

“여자는 변덕스러운 존재야, 언니. 그냥 문득 그러고 싶었어.”

연지가 변덕스러운 얼굴로 승민을 봤다.

연지는 아주 가끔 거짓말을 한다. 진짜 숨기고 싶은 게 있을 때. 그런 연지를 피곤에 찌든 얼굴로 지켜보는 이가 있었다. 준영은 마치 지인이 끊었던 담배를 몰래 피우는 현장을 목격한 듯한 표정을 지었다. 그렇게 레스토랑에서의 대화는 끝났다.

"내가 전화번호 땄어요, 다들. 애만 들어서면 낳고 곧장 복직할 거니까 어디 고소할 일 있으면 연락 주세요."

승민이 준영의 차에서 내리며 말했다. 승민도 꽤 취해 있었다. 승민은 목표가 생기면 반드시 이뤄내야 하는 성격이었는데, 둘째 아이도 그런 관점에서 접근중이었다. 그녀는 저돌적으로 노력해서 조만간 임신을 한 뒤, 출산까지 일 년 안에 끝낼 계획이었다. 복직할 시점을 대비해 연지의 지인들에게 홍보까지 하고 있었다.

'이제 내가 눈치 있고 배려심도 있는 사람이라는 걸 보여줄 차례군.'

뒷좌석에 앉은 연지가 앞에 앉은 썸남썸녀를 반쯤 취해서 너그러워진 눈으로 봤다. 이 늦은 시간에 승민과 연지까지 차례로 데려다주겠다는 준영이 새삼 아까웠다. 어차피 남의 남자지만……. 역시 준영은 사회생활을 잘한다는 생각이 들었다. 왜 자신을 사무실로 오라고 해 일꾼으로 부려먹은 건지 이해는 가지 않지만 이것도 괜찮은 추억으로 남을 정도였다. 이제는 눈치껏 빠져줄 차례였다.

"전 여기 내려주세요. 좀 걷고 싶어서요." 연지가 말했다.

"밤 11시에요? 그냥 더 자요. 조금 있으면 도착하니까." 준영이 룸미러로 연지를 힐끗 보고 말했다.

연지가 얼큰히 취한 얼굴과 반쯤 감긴 눈으로 준영에게 '이 눈치도 없는 사람아'라는 신호를 보냈다. 옆자리 민지가 뜬금없이 피식 웃었다. 그러더니 몸을 돌려 뒷자리에 앉은 연지를 답답하다는 듯 한번 보고는 준영에게,

"저는 꼭 데려다주세요. 집 앞까지 꼭."

"굳이 데려다줄 거면 저 먼저 데려다주셔야죠. 순서가 있는데." 연지가 다급하게 말했다.

썸남썸녀가 오붓한 시간을 보내야 하는데……. 이 두 인간의 의지가 부족했던 것이다. 그럼 자신이라도 눈치껏.

"무슨 순서요?" 민지가 몸을 획 돌려 물었다.

"연장자요." 연지가 답답하다는 듯 말했다.

지금 연장자라 먼저 데려다달라는 게 아닌 걸 알 텐데.

"이미 민지 씨네 집 방향으로 가고 있습니다. 지금 돌리기도 그렇고……. 연장자를 제일 늦게 데려다줘야겠네." 준영이 룸미러로 연지에게 어쩔 수 없다는 듯 말했다.

민지가 또 피식 웃었다. 연지는 의아했다. 이 여자가 왜 자꾸 웃는 거지?

"샴푸 뭐 쓰세요?"

이윽고 집에 도착하여 차에서 내린 민지가 열어놓은 운전석 창문으로 고개를 내민 준영의 머리 냄새를 맡았다.

"오늘 고마웠어요."

준영은 샴푸 이름 대신 고맙다는 말을 남겼다. 그는 역시 영리하다. 상표는 중요한 게 아니지. 결국 오늘은 내가 방해꾼이 된 셈인가. 연지는 두 사람이 새삼 잘 어울린다는 생각이 들었다. 민지가 운전석의 이 남자를 보는 눈빛은 여자가 봐도 매력적이었는데, 상대에 대한 호감을 제삼자가 봐도 느낄 수 있었다. 사랑에 빠진 여자는 아름답다고 했던가. 아직 사랑까지는 아니겠지만.

"자는 척할 거예요?"

준영이 뒷좌석에 눈을 감고 있는 연지에게 말했다. 정말 영리한 남자야. 제대로 자는 척했는데 그걸 알아차리네. 연지는 이 남자와 별로 할 말이 없었다. 연지는 나름의 규칙에 엄격했다. 남의 남자는 눈으로라도 침을 바르지 않는다.

"보통 연애 잘하는 남자들은 이럴 때 관심 있는 여자를 마지막에 데려다주는데요."

연지가 넌지시 돌직구를 날렸다.

"연애 잘 모르는 남자도 이럴 때 관심 있는 여자를 마지막에 데려다줄걸요? 관계를 진전시키고 싶으면요."

"그러니까요." 연지가 수긍했다.

"그러니까. 대체 왜……" 하다가 연지가 눈을 크게 떴다. 이 상황은 뭐지?

"여기 치안이 별로 안 좋아 보이네요."

연지의 집 근처로 들어선 준영이 주변을 살피며 말했다. 연지의 집은 지은 지 십 년 넘은 계단 없는 오 층짜리 빌라였다. CCTV 같은 것도 없었고, 주변에도 비슷한 빌라들만 잔뜩 있었다. 차가 없는 게 다행인 것이, 주차할 공간도 없었다. 하지만 연지는 차곡차곡 모은 돈과 대출로 구입했다는 자부심이 있었다.

"샴푸 뭐 쓰세요?"

자신이 대체 이걸 왜 물어봤는지 연지는 스스로도 이해가 안 됐다. 살짝 취하기도 했고 뭔가 낯간지러운 말이 튀어나올까 봐 무의식중에 내뱉고 말았다.

"회사에서 명절에 주는 거요. 그때그때 달라요. 그쪽은 뭐 쓰는데요. 냄새 좋던데."

"저도요. 민지 씨는 그럼……."

준영에게 샴푸 뭐 쓰느냐고 물어볼 때 민지의 표정이 생각났다. 분명 관심 있는 남자를 보는 눈빛이었는데…….

"그분 인기 되게 많아요. 그래서 일부러 그분한테 부탁한 건데."

"내가 볼 땐 그분 분명히 관심이 있는데요, 그쪽한테."

리얼리티 예능 〈짝〉의 열혈 시청자였던 연지는 그런 쪽으로 눈치가 있다고 자부했다. 하지만 준영의 '사랑의 작대기'는 전혀 눈치채지 못했다.

"임연지 씨는요, 관심 없는 남자 샴푸 뭐 쓰느냐고 물어보는 타입이에요?"

준영이 연지의 집이 있는 골목길 근처에 차를 댔다. 그리고 조수석 문을 열더니 연지를 돌아보며 말했다.

"손도 안 잡을 테니까 옆으로 오시죠."

순식간에 상황이 이렇게 바뀔 수 있는 건가. 연지는 뒷좌석 문을 열며 생각했다. 아직 12시가 지나지 않았다. 오늘의 운세는 '새옹지마'인가?

"여자랑 얼마 만에 손잡아봐요? 하루?"

연지가 준영의 손을 잡은 것은 순전히 취해서였다. 오늘 있었던 여러 상황에 감정이 북받쳐 올랐다고 할까. 평소 준영은 바쁜 와중에도 짬짬이 싱그러운 미소를 지으며 남녀를 불문하고 미혼 직원들의 마음을 흔들어놨는데, 연지도 그중 한 사람이었다.

"그쪽은요? 이게 얼마 만에 잡아보는 거예요?" 준영이 손을 잡힌 채 물었다.

얼굴에 기쁜 기색도 설레는 기색도 없었다. 그는 정말 이성적이었다. 하지만 왠지 모르게 더 수컷 냄새를 풍겼다.

'십 년은 넘은 것 같은데……'

연지는 곰곰이 생각하다 사실대로 말하면 사귀기도 전에 차

일 것 같아 말을 돌렸다.

"내가 그쪽한테 관심 있다고 생각했어요? 여자들은 다 그쪽한테 관심 있을 것 같죠? 인기 많으니까." 여전히 준영의 손을 잡은 채 연지가 말했다.

관심은 매우 많았지. 그건 놀랄 일이 아니야. 하지만 저쪽이 나한테 관심 있는 건 깜짝 놀랄 일이지. 지원 씨와 미란 씨에게 당장 이 사실을 말하지 못해 유감이군. 연지는 안타까워했다.

"관심이 있는데 수줍음이 많거나…… 아니면 진짜 구미호거나." 준영이 물끄러미 연지를 바라봤다.

"구미오요? 그게 뭐죠? 아…… 구미호요."

연지는 순간 취중에 잘못 들었나 했다. 왜냐면 자신과는 정말 어울리지 않는 단어였으니까.

"그것도 아니면 진짜 눈치가 없거나." 준영이 낮은 목소리로 말했다.

그와 연지 사이에서 무슨 일이 있었던 걸까. 연지는 아무리 생각해도 딱히 기억나는 일화가 없었다. 그를 알게 된 건, 삼 년 전 그가 본사로 발령 나면서부터였다. 같은 팀 파마머리 박 대리와 친한 터라, 점심시간에 가끔 동석해서 복스럽게 밥숟갈을 뜨는 모습을 흐뭇하게 보곤 했다. 그리고 가끔 지나가다 보이면 몰래 숨어서 스토커마냥 은밀히 지켜보다 자괴감에 빠졌던 정도인데…….

"그냥 첫 번째로 하죠. 나머지는 사람이 별로로 보이잖아요."
연지가 싱긋 웃었다.

"나도 연애가 진짜 오랜만이라…… 뭘 어떻게 해야 되지?"

준영이 쓸 만한 기획안이라도 떠 있다는 듯 창밖 허공을 바라보다 쑥스러운 듯 중얼거렸다. 여전히 연지에게 손이 잡힌 채.

"이런 느낌 진짜 오랜만이네요." 연지가 말했다.

역시 십 년은 넘은 것 같은데. 차마 이렇게 덧붙일 순 없었다.

"전혀 알아차리지 못했어요? 민지 씨가 아니라 그쪽한테 관심 있는 거."

믿기지 않았다. 대체 왜 나에게 관심이 있는 거지? 수많은 선택지가 존재할 텐데. 같은 팀도 아닌 나에게 무슨 이유로. 연지는 촉촉한 눈빛으로 준영을 바라봤다.

"우리 나이도 있고, 진지하게……." 준영이 쑥스러운 듯 웃었다.

그 뒤에 덧붙일 말은 연지의 행동에 의해서 중단됐다. 연지는 기습 태클을 하는 축구 선수처럼 돌발적으로 준영을 껴안았다. 쉽게 속내를 내비치지 않는다는 이 남자도 이 순간만큼은 심장이 덜컹하는 표정이 되었다.

"이 순간을 영원히 기억할게요."

연지는 그의 품이 참 따뜻하다고 느꼈다. 상상했던 것보다 더 느낌이 좋았다.

"임연지 씨는 정말 종잡을 수가 없는 사람이네요." 준영이 연지를 어색하게 껴안으며 말했다.

"정말 미안해요." 연지가 작게 속삭였다.

준영은 몰랐지만, 그 순간 연지는 정말 갖고 싶은 인형을 진열대에 놔두고 떠나야 하는 여자아이가 지을 법한 표정을 짓고 있었다. 준영이 살며시 몸을 떼어내고 모르는 사람 보듯 냉정한 얼굴로 연지를 쳐다봤다.

"뭐죠, 저 사람?" 연지가 운전석 쪽 창문 밖을 바라보며 말했다.

늦은 시간 담배를 피우러 밖으로 나온 트레이닝복 차림의 남자들이 보였다. 건들거리는 남자들 중 한 명이 준영의 차에 기대어 막 한 대 피우려 하는 참이었다.

"여기, 여자 혼자 살 동네가 아니네요." 준영이 주변을 살피며 차를 움직였다.

"그쪽이 여직원들 마음을 그렇게 흔들어놓지 않고, 또 우리가 같은 회사가 아니었으면 진하게 만났을 텐데……. 제가 사내 연애를 할 배짱이 없네요. 우리 팀에 미란 씨라고 있는데……."

자고로 대학 CC와 사내 연애는 하는 게 아니라고 하지 않던가.

"오 퍼센트쯤으로 생각했어요. 이렇게 나올 가능성을."

준영은 화가 난 것 같지는 않았다. 단지…… 부하 직원이 약간 형편없는 기획안을 제안했을 때도 이런 표정을 지었을 것 같았다. '내가 예상한 대로군, 김 대리' 하는 듯한.

"나머지 구십오 퍼센트는요?"

"칠 분 전에 그쪽이 보인 태도? 임연지 씨, 구미호였네."

형편없는 기획안을 제출한 부하 직원에게 뭘 잘못했는지 나직하게 설명하는 투였다. 재미있는 건 음지에서 불리는 김준영의 별명 중 하나가 '남자 구미호'였다. 일을 잘해도 그게 티가 안 나는 사람이 있는데 준영은 정말 티가 많이 났다. 그래서 상사들은 그를 신뢰했으며, 이를 질투하는 무리들이 윗사람들을 홀린다고 해서 '남자 구미호'라고 씹고 다니곤 했다. 연지는 구미호가 무슨 의미냐고 물어보려다 입을 다물었다. 단지 이 자리를 빨리 벗어나고 싶었다.

"임연지 씨는 아주 가끔 거짓말을 해요. 진짜 숨기고 싶은 게 있을 때."

준영이 한적한 골목길에 다시 차를 대놓고 빤히 연지를 바라봤다. 지나가는 사람 없는 늦은 밤 잘 모르는 남자와 차 안에 단둘이 있다니, 그건 두근거리기도 하고 불안하기도 한 일이었다. 연지는 준영의 말에 예상 가는 일이 있었다.

"연지 씨는 오늘 엄청 뛰었어요. 퀵 오토바이를 잡으려고 하길래 대체 왜 저러나 했죠. 오토바이를 놓친 연지 씨는 멈춰 서서 봉투를 꺼냈어요, 그 사진이 들어 있는."

그는 처음부터 다 보고 있었던 거다.

"방금 내가 거절한 거랑 그게 무슨 상관……."

"있어요. 굽이 부러질 만큼 뛴 것도, 거짓말한 것도 내가 아는 임연지가 아니니까. 내가 아는 임연지는 나한테 관심이 무지 많으면서 내가 만날 기회를 만들면 번번이 우연인 척 그 기회를 피해버리는 여자예요. 아니, 내가 왜 다른 팀 직원들하고 영화를 같이 보고, 왜 등산을 가고……."

그러고 보니 그는 그렇게 바쁘면서도 남달리 사교 활동에도 열심이었다. 주말이면 우리 팀과 일요일 등산을 가기도 하고 영화를 같이 보기도 했다. 연지는 그가 승민 같은 사람인 줄 알았다. 스물네 시간을 마흔여덟 시간처럼 사는 사람.

"나는 왜 그쪽을 만나고 싶어 했을까. 안 궁금해요? 오늘 민지 씨라는 깍두기까지 포섭해서 그쪽을 자극한 이유도."

"제가 김준영 씨면 민지 씨 만날 것 같은데요."

진심이었다. 완전무장한 스물다섯 살짜리를 놔두고 대체 왜.

"임연지 씨가 나한테 관심이 있으니까요. 그것도 엄청. 박 대리도 눈치챌 정도로. 근데 아무도 안 만나면서, 나한테 관심도 많으면서 막상 만날 기회를 만들면 모른 척 피해버려요."

준영이 단정하듯 말했다. 파마머리 박 대리는 유부남 주제에 남의 일에 관심이 너무 많았다.

"뭔가를 숨기기 위해 거짓말을 하면, 그 뭔가가 되게 중요한 것처럼 보여요. 그 사진이 대체 뭔데요? 왜 원래 간직하고 있었던 사진인 척했죠?"

왜 오늘 누군가에게서 받은 사진이라는 걸 숨겼냐는 거다.

"그 동아리에서 대체 무슨 일이 있었던 거예요?" 아무 말 없는 연지에게 준영이 물었다.

"그 사진은 잊고 싶은 기억이에요. 김준영 씨는 그런 기억이 없나 봐요. 좋겠어요."

연지의 눈이 반쯤 감겼다. 일도 하고, 박스에 운송장도 붙이고, 와인도 한 병 마셨는데 잠이 안 오는 게 더 이상한 일이었다.

"오늘 그냥 여기서 밤새우죠. 날 집에 들일 성격은 아닌 것 같고."

피곤에 찌든 직장인의 얼굴을 한 준영이 와이셔츠 단추를 하나 풀고 연지 쪽으로 몸을 숙였다. 더 얘기해보라는 듯. 형사가 용의자를 취조할 때 일부러 잠을 안 재우기도 한다던데……. 그럼 피곤해서 술술 분다고.

"이 사진을 보낸 사람은 이걸 보면 내가 기분 나쁠 거라는 걸 알고 보낸 거예요. 그래서 익명으로 보낸 걸 테죠. 이번에 세 번째예요, 이 사진이 도착한 게."

"이 사진에 뭔가 의미가 있어요?"

준영은 『월리를 찾아라』에서 월리를 찾듯이 구겨진 사진을 골똘히 들여다봤다. 아무리 찾아도 월리가 없다는 듯한 얼굴로.

"그 사진을 찍고 며칠 뒤에 한 친구가 죽었어요."

"사실, 난 치정 관계라는 게 일리 있다고 생각했어요. 아까 팔각 관계 어쩌고 그랬잖아요. 그러지 않고는 동아리 회원이 모두 다 그만둘 이유가……."

한 사람이 죽었다고, 당시 활동하던 동아리 회원이 전부 그만둔다는 건 이상한 일이다.

"약간의 치정도 있었죠. 저와는 별 관련 없지만……."

인생에 첫 출발을 시작한 이십 대 초반의 남자와 여자가 자주 모여 만난다면, 으레 정분이 싹트기 마련이다. 미드 〈프렌즈〉만 봐도, 친구로 시작했지만 결국 여러 명 사이에 감정이 피어오르지 않던가.

"나는 진짜 관련 있을 거라고 생각했는데. 근데 연애 왜 안 해요?"

물론 파마머리 박 대리가 얘길 안 했을 리 없다고 생각했다. 수도승 어쩌고 하는 유치한 워딩까지 전달했겠지.

"그 친구의 사인은 사고사로 결정 났어요. 정말 다행이었죠."

연지가 말을 돌렸다. '연애 왜 안 해요?'라는 말보다 대답하기 난감한 질문은 없다.

"결정이 났다고요?" 준영이 의아한 듯 물었다.

'결정이 났다' '정말 다행이었다'라는 말은 친구의 사인을 표현하기엔 적합하지 않았다.

"처음엔 사고사가 아니었어요. 살인을 염두에 두고 수사했었거든요. 담당 형사는 가장 마지막에 연락한 사람이자 시신을 처음 발견한 사람을 유력한 용의자로 생각했어요."

연지의 목소리가 낮아졌다. 비밀 얘기하듯이……. 준영이 찬찬히 연지의 얼굴을 봤다. 지금 이 얘길 하는 이유가 혹시?

"그게 저였어요. 동아리에서 이걸 모르는 사람이 없어요. 근데 이 사진을 왜 지금 나한테 보냈을까요? 대체 누가?"

과거

풍성한 사자 머리를 한 스무 살의 연지는 그날 대학 동아리 방 건물 1층 복도에 있었다. 정수기가 1층에만 있었기 때문이다. 물을 뜨려고 몸을 굽히는 찰나 한 남자가 시선에 들어왔다. 막 입구로 들어선 그는 동아리 이름과 층수가 쓰인 벽에 붙은 안내서를 십 초 정도 들여다보더니 망설임 없이 성큼성큼 걸어갔다. 분명한 목적지가 있는 사람 같았다.

연지가 그를 유심히 본 이유는 한쪽 팔에 깁스를 했고, 티셔츠나 입는 남학생들의 일반적인 차림과 달리 옷차림만 보면 강사에 가까웠기 때문이다. 짙은 고동색 마이에 어두운 색 청바지를 입고, 소매를 걷은 성한 한쪽 팔에는 금속 시계가 보였다. 연지는 시계를 잘 몰랐지만, 언뜻 봐도 꽤 값나가는 물건 같았다.

하지만 강사라기엔 이십 대 초반의 앳된 인상이었다. 미끈하게 생긴 그는 어딜 가나 얼굴 생김새로는 손해 보지 않을 모습이었다. 작은 얼굴에 턱이 짧은 편이었고 눈매도 선량했는데 원한다면 엄청난 바람둥이가 될 수 있을 법했다. 한마디로, 여자들이 사랑하기 참 쉽게 생긴 얼굴이었다.

'하긴 우리 동아리 애들도 평균적으로 어디 밀릴 얼굴은 아니지.'

연지는 문득 문학 동아리 피츠위크에 가입할 당시가 떠올랐다. 다들 의외로 인물들이 좋아서 놀랐던 것이다. 동아리 남자 녀석들도 얼굴로는 어디 가서 꿀릴 애들이 아니었다.

'한쪽 팔엔 깁스, 다른 팔엔 비싼 시계를 찬 남자애라…….'

연지는 3층 동아리 방으로 걸어가며 생각했다. 비싼 시계가 아니라면 굳이 소매를 걷지 않았겠지. 소매는 어떻게 걷었지? 다른 팔에 깁스를 했는데……. 연지는 괜히 그게 궁금해졌다. 피츠위크의 문을 반쯤 열었다. 당연히 있어야 할 가온이 보였다.

가온은 학기 내내 뿔테 안경을 끼고 책상엔 의학 서적을 펼쳐 놓고 3월 처음 본 순간부터 일관되게 유지해온 표정으로 앉아 있었다. 아무 표정도 없었다. 진짜 웃길 때 '키킥……' 하고 웃을 때 말고는 하루 종일 그런 분위기를 유지했다. 그런데 그런 가온이 의학 서적 대신 뭔가를 펼쳐놓고 있었다. 가입 원서였다. 눈앞에는 웬 남자가 앉아 있었다. 가만 보니 아까 그 남자였다.

한쪽 팔엔 깁스, 한쪽 팔엔 비싼 시계. 목적지가 우리 동아리였구나…….

"좋아하는 소설이 뭐예요?" 가온이 냉랭한 얼굴로 물었다.

연지는 가온이 이 남자에게 약간 호의적이라는 걸 느낄 수 있었다. 말투가 준호를 대하는 것보다 한결 부드러웠기 때문이다. 남자는 대답 대신 동아리 방을 둘러봤다. 한쪽 벽엔 3단 책장에 책들이 쌓여 있었고 맞은편엔 대체 언제부터 거기 있었는지 모를 만큼 낡았지만 누워 자기 딱 좋아 보이는 기다란 소파가 있었다. 가운데엔 동아리 모든 사람들이(그래봤자 늘 여덟아홉 정도 모일 뿐이지만) 앉을 수 있는 테이블이 있었고 밖엔 햇볕이 잘 들어오는 발코니가 있었다. 연지는 가끔 거기 의자에 앉아 햇볕을 쬐곤 했는데, 그럴 때면 대학생은 참 좋은 거구나 하는 생각이 절로 들었다. 스무 살의 여유와 낭만이라는 걸 마음껏 향유하고 있다는 느낌이 들었다.

"조정래 좋아합니다. 『한강』을 제일 재밌게 읽었어요." 주변을 둘러보던 상호가 가온과 다시 눈을 마주치고 말했다.

그는 그다지 감정을 드러내지 않았다. 목소리도 높낮이가 없었는데 평소에도 늘 이런지 궁금했다. 아니면 낯선 사람을 만나 긴장해서 그런 걸까.

"조정래 좋아한다는 사람은 처음이네. 우리 동아리에 들어오는 사람은 보통 외국 작가 들던데." 연지가 말했다.

피츠위크에 가입할 때면 좋아하는 작가를 제일 먼저 물어보는데, 일반적인 대화에서라면 따분한 주제지만 이 동아리에서만큼은 아주 중요하다. 무라카미 하루키나 알랭 드 보통 같은 평범한 유명 작가는 순위에 없다. 일본 근현대 작가라든지(보통 요절한 작가를 꼽는 경향이 있다) 수십 년 전에나 인기 있던 추리 작가를 꼽으며 자신만의 독자적인 문학 취향을 드러내려 한다.

"외국 작가라면, 『가면의 고백』을 쓴 작가라든가." 상호가 말했다.

"어, 그 작품 좋아하는 사람 우리 동아리에 있는데……. 누구더라."

회식 자리에서 섞여서 떠들다 나온 이야기라 연지는 지금도 누가 그랬는지 헷갈렸다. 『가면의 고백』은 자전적인 내용을 바탕으로 한 꽤나 자기파괴적인 소설이었다. 작가가 할복자살한 걸로 알고 있는데……. 연지는 회식 자리에서 나왔던 소설의 제목을 기억했다 찾아서 읽어보고 꽤 의외라 생각했던 기억이 있다. 대체 이걸 왜 제일 좋아하는 거지? 하지만 대수롭지 않은 일이라 넘겼다. 연지는 가입 원서에 씌어 있는 이름을 보았다. 경영학과 1학년 공상호. 유심히 가입 원서를 들여다보다 문득 고개를 들어보니 상호가 그녀를 빤히 응시하고 있었다. 연지는 약간 민망해 가온을 쳐다봤는데, 이 언니는 분위기를 띄울 사람이 아니라는 걸 다시금 깨달았다.

"이 동아리에 직업을 작가로 목표한 사람이 몇 명이나 될까요?" 연지가 물었다.

"……한 명요. 아마도, 그쪽?"

연지는 카운터 펀치를 맞은 기분이었다. 이걸 어떻게 맞혔지? 이 동아리에 들어선 지 십 분도 안 됐는데.

"뜬금없는 질문을 했을 땐 목적이 있다, 이거죠? 근데 딱 한 명인 건 어떻게 알았어요?"

눈치가 빠른 사람이라면 순간적인 표정을 보고 질문의 대답이 나라는 걸 알아차릴 순 있겠지만 그래도 어떻게 딱 한 명뿐인 걸 알지?

"처음엔 아무도 없다고 생각했어요. 근데 그쪽 표정을 보고 한 명은 있겠구나, 생각했죠."

"아무리 문학 동아리라도 작가로 먹고살려고 하는 몽상가는 없을 거다, 그래서 처음엔 아무도 없다고 생각했는데 눈앞에 있는 사람 표정을 보니 얘가 바로 그 몽상가구나 싶었다는 거죠?"

가온이 흥미로운 듯 끼어들어 말했다.

상호가 고개를 살짝 끄덕였다. 연지는 순간 두 사람의 파장이 비슷하다는 걸 깨달았다. 배우라면 발 연기로 찍혔을 법한 감정 하나 안 섞인 말투라든지 감정을 드러내지 않는 걸 미덕으로 여기는 무미건조한 표정이라든지.

"왜 9월에 왔어요?" 연지가 또 말을 돌렸다.

그날은 9월의 첫째 주였다. 보통 신입생들은 3월에 가입하러 온다. 연지도 그랬고, 가온도 그랬다.

"팔에 금이 가서요." 상호가 깁스한 팔을 살짝 들어 보였다.

육 개월간 팔에 금이 가 있었다는 건가? 그건 의학적으로 말이 안 되는데?

"마침 팔이 부러져서 계획했던 일을 못 하게 됐고, 동아리나 한번 들어볼까 해서 왔다. 맞죠?" 가온이 상호를 보며 말했다.

상호는 고개를 끄덕했다. 거의 통역기 수준이었다. 무슨 말만 하면 바로 알아듣다니, 역시 파장이 비슷해서 그런 건가. 그때 문이 벌컥 열리고 하얀색 아디다스 운동복을 입은 남자가 들어왔다. 한 학번 선배 박경신이었다. 그의 얼굴은 운동복과 잘 어울렸고, 문학 동아리와는 어울리지 않았다. 매부리코에 강한 턱 때문에 남성 호르몬이 넘쳐흐르는 얼굴이었다. 이런 얼굴을 좋아하는 여자들은 항상 있고, 우리 동아리에도 있었다. 물론, 그 여자는 그의 여자친구다. 경신은 제법 잘사는 집 아들로, 벌써 자기 차도 갖고 있었다.

"내가 말했지? 전에." 친한 동생인 양 상호의 등을 어루만지며 경신이 우리에게 말했다.

그러고 보니 둘은 같은 과였다. 경신이 우리에게 뭘 말한 적은 없었지만, 그렇게 말하면 난처해할 것 같아서 고개를 끄덕여주었다.

"아직 여자친구 없어."

경신이 상호의 등에서 손을 떼지 않고 미소를 지었다. 마치 좋은 매운탕거리를 낚아 아내에게 건네주는 낚시꾼의 얼굴이었다.

연지와 가온은 당시 남자친구가 없었다. 가온이야 그쪽에 관심조차 없어 보였지만 연지는 대학 생활의 낭만 리스트 중에 '남자친구 사귀기'가 최상단에 있었다. 하지만 연지의 취향은 까다로웠다. 일단 가온과 비슷한 색깔의 남자는 취향이 아니었다. 그리고 화려한 버섯은 지나쳐야 하는 법이다. 대개 식용이 아니니까.

"며칠 뒤에 보겠네요." 가온이 문을 열고 막 나가려는 상호를 보고 말했다.

상호는 고개를 끄덕였다. 문을 닫고 나가는 그의 옆에는 경신이 다정히 어깨동무를 하고 있었는데, 그들의 스킨십은 순전히 경신의 의지만으로 이루어진 거였다. 상호는 나무토막처럼 서서 움직였고 경신의 손이 그런 그를 휘감고 있었다.

며칠 뒤란, 매주 수요일 밤에 열리는 합평회 시간을 말했다. 이 동아리의 존재 이유라고 할 수 있겠다. 한 명이 단편소설을 써 온다. 다른 사람들이 무참히 그 소설을 짓밟는다. 비평이라는 이름 아래 소설을 쓴 사람에 대한 취향 지적을 넘어 인신공격이 난무한다. 그리고 비평 시간이 끝나면 다들 평온한 정서로 돌아와 백반집으로 가서 식사를 맛있게 한 후 집으로 간다. 소설을 쓴 회원은 방금 받은 상처에 대해 내색하지 않는다. 마음은 곪아 있겠지만……. 상호는 비평 시간에 무슨 일이 벌어지는지 꿈에도 모를 것이다.

"예쁘다고? 말도 아주 센스 있게 하고?"

상호의 비웃음 섞인 목소리가 문 밖에서 들렸다. 문은 방으로 들어가기 위한 장치이자 안전을 위한 것일 뿐 방음은 안 된다. 상호는 미처 이걸 생각하지 못했거나 들어도 상관없다고 생각했을 것이다.

"내가 남고를 나와서 그런가 봐. 난 웬만하면 예뻐 보이더라고. 그리고 난 개 되게 재밌던데." 경신의 해명하는 듯한 목소리가 들려왔다.

경신이 지금 이 방 안의 누군가에 대해 좀 미화한 모양이었다.

"머리가 푸들 같아서 인상 깊긴 했어." 상호의 목소리가 멀어졌다.

연지는 아무렇지도 않게 책장에서 책을 꺼내 읽는 척했지만, 자신의 풍성한 헤어를 푸들이라고 말하는 상호를 용서할 수 없었다. 가온은 여전히 차갑기 짝이 없는 얼굴로 연지를 물끄러미 보더니 말했다.

"말은 내가 더 센스 있지 않아?"

연지는 할 말이 없어서 그냥 끄덕이고는 고개 숙여 책을 읽는 척했다. 빨개진 얼굴을 들킬 것 같아서였다. 그런 상호에 대한 신비한 첫인상은 두 번째 만남에서 무참하게 깨졌다.

그리고 수요일, 합평회 시간이 다가왔다. 연지의 헤어는 오늘따라 더 풍성했다. 오늘 끔찍한 일을 겪게 될, 아니 이번 주의 주인공이 될 단편소설을 쓴 사람은 2학년 성화였다.

유일한 공대생인 성화는 내색하지 않아도 누가 봐도 부잣집 딸이라는 걸 알 수 있었다. 만날 때마다 옷과 가방이 바뀌었으니까. 170 정도 되는 키에 약간 체구도 있는 편이었다. 평생 모자란 게 없이 살면 이런 성격이 되는 걸까 싶을 정도로 무던한 성격이었다. 감정의 격변이 없다고 할까.

"못 보던 얼굴이 있네."

2학년 성화가 오늘 모인 팀원들에게 곧 무시무시한 악평을 들게 될 단편소설을 나눠주다 남색 재킷을 입고 있는 처음 본 잘생긴 남자와 눈이 마주쳤다. 성화는 호의적인 눈으로 신입생을 바라봤다. 역시 상호의 첫인상만큼은 누구에게나 좋은 것 같았다.

상호의 눈엔 모든 게 낯설었겠지만 이날 모인 팀원들은 고정 멤버였다. 올해는 특히 1, 2학년만으로 동아리를 꾸려나가는 해였다. 3학년으로 올라가는 남자들은 모두 군대에 간데다 3학년 여자 선배들이 한꺼번에 휴학을 했다. 한 학년에 서너 명 가입하는 소규모 동아리다 보니 금방 티가 났다.

"경신이랑 혜선이는 알겠네?"

동아리 회장인 제국이 상호에게 나긋한 목소리로 물었다. 2학년 경신과 혜선은 상호와 같은 경영학과였다. 제국은 목소리만큼이나 사람을 편하게 대하는 방법을 알았다, 그래서 여자들에게 인기가 많았다. 그는 소위 '마성의 남자'로 불리기도 했단다. 하얗고 맹숭맹숭한 얼굴이지만 자세히 뜯어보면 모난 구석이 없는 묘하게 잘생긴 얼굴이었다.

"이렇게 둘이 있으니까 균형이 맞네."

가온이 상호와 그 옆에 앉은 준호를 보며 턱을 괴고 물끄러미 보다 말했다. 균형이 맞는다는 건 무슨 뜻일까. 하얀 밀가루 빵처럼 통통하고 안경을 낀 준호와 적당히 그을린 피부와 아름다운 골격을 가진 남자가 무슨 균형을 이룬다는 걸까.

"그쪽 균형은 안 맞는데?"

찡긋 눈썹을 올린 준호가 제국의 옆에 앉아 있는 가온을 보며 말했다. 균형이라는 말이 마음에 안 들었던 것 같다. 가온이 물끄러미 제국을 바라보더니 말했다.

"네가 너무 처지잖아."

가온은 재수를 하여 제국보다 한 학년 아래였지만 이 동아리는 나이순인지라 서로 말을 텄다.

"처진다고?" 제국이 어이없어 물었다.

"그럼 네가 아깝다는 거야?" 가온이 기가 막힌 듯 물었다.

"내가 볼 때는 균형이 아주 괜찮아요."

이 동아리에서 가장 진지하게 문학에 임하고 있는 연지가 단편소설을 읽어 내려가며 말했다. 둘을 아예 쳐다보지도 않았다. 왜냐면 둘은 싸우는 게 아니라 그렇게 보이는 것뿐이었으니까. 늘 이런 식이었다.

이날은 사진 속 여덟 명이 처음으로 모인 날이었다.

"상호야. 처음이라 낯설겠지만, 그래도 적극적으로 참여해줘."

회장 제국이 상호에게 다정하게 말했다. 그의 어머니는 정말 자랑스러웠을 것이다. 가정교육의 성과는 눈부셨으니까. 드물게 품위와 매너가 모두 탑재되어 있는 남자인 그에게 호감을 가지지 않은 여자는 동아리 안에 없었다. 여자들은 귀엽다는 듯 그를 바라봤다. 상호가 수줍게 고개를 끄덕였다. 한 손에 깁스를 해서 보호 본능까지 자극하는 이 남자가 낯선 공간에서 어색해하는 표정은 사뭇 귀여웠다. 여자들의 흐뭇해하는 표정 틈에서 준호와 경신이 귀를 후비적대며 그들을 바라보았다.

"성화가 이렇게 야한 걸 쓸 줄 몰랐다."

혜선이 맛있는 초콜릿 케이크를 한입 먹은 표정으로 말했다. 혜선은 늘 같은 표정이었다. 세상 달콤한 걸 방금 먹고 난 얼굴. 볼이 발그스레하고 눈은 웃느라 반쯤 감겨 있고, 하얀 치아는 언제나 미소 짓고 있었다. 어투에까지 달콤함이 묻어 있었다.

한 여자의 격정적인 삶을 그린 소설은, A4 열다섯 쪽 분량에 세 명의 남자와 베드신이 펼쳐졌다.

"베드신이 굉장히 리얼해요."

준호가 칭찬이랍시고 말했는데, 아무리 머리를 짜내도 그 이상은 무리인 것 같았다. 소설은 여러 번 반복되는 베드신조차 지루했다. 작가의 성적 취향에 대한 의구심만 피어오를 뿐이었다. 그것은…… 자세한 설명은 생략하기로 한다.

"난 오히려 리얼하지 않아서 좀 그렇던데. 배경은 한국인데 인물들이 한국 사람 같지가 않아." 제국이 원고를 들고 말했다.

이 소설은 『혐오스런 마츠코의 일생』의 형편없는 아류작이었다. 여자는 열다섯 쪽 내내 남자 때문에 인생이 꼬이다 마지막 남자를 만나고 안정을 찾는다.

"오빠가 남자니까 그렇죠. 이 여자는 전형적인 한국 여자예요." 연지가 단언했다.

"이 여자가 한국 여자든 브라질 여자든 그게 중요합니까? 하는 짓이 유치원생 수준인데? 전체 분량 중 절반을 속옷만 입고 나온다고 성인이라고 인정해줘야 합니까?"

상호가 끼어들었다. 처음 참석한 상호가 어떻게 이 토론의 콘셉트를 한눈에 이해했는지 놀라웠다. 슬슬 본론이 시작되려는 참이었다.

"내가 이걸 읽고 있다는 게 부끄러울 정도였어." 가온이 페이지를 테이블에 덮으며 말했다. 더이상 볼 가치도 없다는 듯.

성화는 모든 것을 받아들인다는 겸허한 표정으로 있었는데, 그게 이 동아리의 불문율이었다.

상호가 물꼬를 텄고, 그렇게 단편소설은 찢어발겨졌다. 최고의 악평은 상호의 것으로, 종이가 아깝다고 했다. 아무리 무던한 성격의 성화라도 처음 봤을 때 느꼈을 법한 호감은 온데간데없이 사라졌다.

두 번째 비평의 대상은 가온이었다. 마찬가지로 그녀도 토론의 전통을 피해 갈 순 없었다.

"이 소설이 아까 것보다 나은 유일한 점은 베드신이 안 나온다는 겁니다." 상호가 말했다.

"그래도 이번엔 주인공의 정신연령이 조금 높아졌네요. 열두어 살 정도는 돼 보여요."

뉴 페이스는 토론에 열성적이었다. 그에 비례해 회원들의 호감도는 쭉 내려갔지만. 그는 인정사정없는 비판자였는데 제삼자가 들어도 괴로울 정도였다. 아무 말 않고 쑥스럽게 미소만 짓고 있었다면 정말 좋았을 얼굴인데…….

거친 토론이 끝나고, 늘 그렇듯 회원들은 뒤풀이를 하러 동아리 방을 나섰다. 오늘 행선지는 늘 가던 백반집 대신 술집이었다. 토론이 끝날 때쯤 한 명의 동행이 더 생겼다. 대학원생 선배가 방문한 것이다.

"난 꽤 재밌게 읽었어. 진짜로." 제국이 복도로 나서며 옆에서 건던 가온에게 속삭였다. 나름의 위로였다.

"그러면 아까 말하지 그랬니?"

제국은 가온의 소설에 대해 상호가 무자비한 공격을 가하는 내내 은은한 미소만 짓고 있었다.

"상호 얼굴 봤어? 소설을 찢어발길 태세던데."

"뭐 그 정도는 아니라고 생각하지만, 내 소설이 형편없긴 하지." 가온이 수긍했다.

하지만 표정은 미묘했다. '스무 살짜리들이 쓴 습작 소설 같은 거 어차피 다 똑같은 재활용 쓰레기 아니냐'는 듯 대수롭지 않아 하는 것 같으면서도 한편으론 꽤 충격받은 것처럼 보이기도 했다.

"발전의 여지가 있었다니까." 어느새 동아리 건물 밖으로 나온 제국이 계속 달래듯 속삭였다.

제국이 한 걸음 앞서 걷다 몸을 돌려 뒤돌아봤다. 가온의 얼굴이 너무 가까이 있다. 가온은 숨소리까지 느껴질 거리에서 제국의 눈동자를 끈질긴 시선으로 바라보았다. 이 순간만큼은 감정이 차오른 여자의 눈빛이다. 그 상황을 피해버린 건 제국이었다. 아무 일도 없다는 듯 주머니에 손을 찔러 넣고 휘파람을 불어가며 걸어가버렸다. 제국의 뒷모습을 끈질기게 좇는 가온은 여전히 여자의 눈빛을 하고 있었지만, 이내 평소의 차갑고 냉정한 모습으로 돌아가 뒤따라 걸어갔다.

"저 둘이 무슨 사이야, 형?"

가온과 제국의 저만치 뒤에서 걷고 있던 상호가 옆에 있던 운동복 차림의 경신에게 물었다.

"회원." 경신이 짧게 대답했다.

그는 둘 사이에 대해 생각해본 적이 없었다. 그게 왜 궁금하지?

"연애하기 직전 같은데." 상호가 혼잣말처럼 중얼거렸다.

"싸우기 직전으로 보이는데? 대체적으로."

경신이 보기에 두 사람은 살가운 말을 주고받은 적이 없었다. 연애하기 직전이라니 어처구니가 없는 추측이다.

"그리고 그러면 절대로 안 되지." 경신이 이어서 말했다.

"절대로? 왜?"

"박가온보다 훨씬 여자답고 예쁜 여친 놔두고……. 둘이 뭐 있으면 내가 말릴 거야."

경신이 질색하며 말했다. 쇼트커트에 뿔테 안경을 낀 여자애를 왜? 얼굴은 가면 쓴 것처럼 표정도 하나밖에 없는 앤데, 라는 표정이었다.

술집은 갈색 조명을 한 한정식 느낌의 좌식 테이블이 있는 곳이었다. 대학생들이 자주 가는 곳이었는데 가격도 합리적이고 음식도 괜찮았지만, 진짜 장점은 자유로운 분위기였다. 한쪽 벽에 가라오케처럼 노래방 기계가 있었는데, 부르고 싶은 사람은 언제든 나가서 부를 수 있었다. 다른 테이블 손님이 박자를 타며 발라드를 부르면 그걸 배경음악 삼아 일행들끼리 두런두런 얘기를 나누는 게 이 술집의 묘미였다. 길쭉한 직사각형 테이블에 여덟 명이 모여 앉았다.

"임연지, 우리 동아리 유일한 작가 지망생. 근데 왜 글은 안 쓰냐?"

제국이 맞은편 연지를 보고 말했다. 말투엔 다정함이 묻어났다. 그는 남색 체크무늬 셔츠를 입었는데, 얼굴이 유독 하얘 보였다. 문학 동아리 피츠위크는 매년 문집을 내는데 회원들은 모두 한 편씩 단편소설을 써서 제출해야 한다. 마감은 10월 초까지였지만 모두들 일찌감치 내곤 했다. 보통 게으른 회원들은 수요일 토론회의 제물로 올렸던 소설을 냈는데, 이것도 연지에겐 해당 사항이 없었다. 연지는 3월에 가입하고 아직 한 편도 글을 쓰지 않았다.

"오늘 나 같은 꼴 겪으면 작가를 포기해버릴 것 같으니까 그렇겠지."

가온이 무표정한 얼굴로 말했다. 철옹성같이 단단한 그녀의 마음도 오늘은 약간 피폐해져 있었다.

"연지야, 나한테만 살짝 보여줘. 보고 아무 말도 안 할게." 혜선이 애교 섞인 목소리로 말했다.

혜선은 별것 아닌 말도 굉장히 사랑스럽게 느껴지게 하는 재주가 있었다. 하지만 보여주려야 보여줄 것이 없었다. 쓰질 않았으니까.

"그쪽에 재능이 없는 것 아닙니까?" 제국의 옆자리에 앉은 상호가 물었다.

"말 편하게 놔. 오늘 보니까 낯도 안 가리는 것 같던데." 연지가 잠깐의 침묵 끝에 말했다. 귀가 빨개져 있었다.

"나만 하겠어. 글을 쓴 작가가 스물한 살인데, 주인공 말하는 게 열두어 살 같다니." 가온이었다. 아무렇지도 않은 척했지만 내심 충격이 컸던 모양이다.

"그 시계, 롤렉스지? 한번 차봐도 돼?" 분위기를 바꾸려고 한 건지 어떤 건지 상호 옆자리에 앉아 있던 준호가 물끄러미 시계를 보더니 물었다.

롤렉스면 돈 많은 아저씨들이나 차는 거 아닌가? 스무 살이 차기엔 어울리지 않는데. 상호는 시계를 찬 성한 팔로 천천히 안주를 먹고 있었다. 하도 고상하고 절제된 젓가락질이라 입으로 들어가는지도 모를 정도였다.

"그 시계, 상호가 되게 아끼는 건데. 그치, 경신아? 맨날 차고 있잖아."

혜선이 경신을 향해 방긋 웃으며 동의를 구했다. 그러더니 고개를 돌려 상호를 향해 또 방긋 웃었다. 그렇지 않냐는 듯. 상호는 대답 대신 70년대 상남자 같은 무뚝뚝한 얼굴로 물만 벌컥 마셨다.

연지는 그 순간 깨달았다. 셋 다 같은 과라는 것. 동아리 바깥의 세계에서도 그들은 연결 고리가 있었다. 셋이 이 동아리에 들어오기 전부터 아는 사이였다는 걸 문득 깨달았다.

"둘이 그만 좀 싸워라."

존재를 잊고 있던 무뚝뚝한 인상의 대학원생 선배가 경신과 성화가 있던 자리를 피해 연지와 혜선이 있는 테이블로 잔을 들고 오며 말했다. 스물일곱 살 정도인 선배는 길 가다 흔히 마주칠 법한 인상이었다. 안경을 낀 것도 아니고 이목구비에 별다른 특징이 있는 것도 아니었다. 대학 초년생들에게 느껴지는 풋풋함과 설렘은 이미 사라졌고, 직업전선에 뛰어들기 직전의 초조함만이 몸을 감싸고 있었다.

경신은 억울하다는 눈빛으로 성화를 노려보았다. 둘이 있을 때면 늘 이런 장면이 연출됐다. 이럴 때 성화는 마네킹처럼 아무 말이 없었다.

"노래 부르게, 형?" 준호가 노래방 기계 앞으로 가는 경신을 보며 말했다.

성화랑 다툰 게 노래 부르는 것 때문이었나. 연지는 저 둘이 정말 별것 아닌 것 가지고 다툰다고 생각했다.

하얀 아디다스 운동복을 입은 경신의 근육이 잘 잡힌 몸이 군인처럼 절도 있게 박자를 탔다. 그가 노래를 부르는 걸 주변

손님들도 흘깃흘깃 봤다. 하얀 아디다스를 입고 〈전국 노래자랑〉에 출연한 것처럼 몸을 흔드는 남자에겐 쉽게 눈이 가는 법이다.

"된장녀라고요?" 연지가 잘못 들었나? 하는 얼굴로 맞은편 대학원생 선배를 봤다.

대학원생 선배는 다섯 살 어린 여자친구와 하는 데이트 비용에 대해 불평을 늘어놓던 참이었다. 데이트하면 점심값 2~3만 원은 들고 커피도 꼭 마셔야 한다. 커피 한 잔에 5000원이다. 여자친구는 데이트 비용을 일절 내지 않는다. 대학원생이라 수입도 없는데. 요즘 그러잖아, 된장녀라고. 여자친구가 된장녀라는 말이었다.

"말하면 되잖아요. 대학원생이라 수입이 없으니까 같이 내자고." 옆에 있던 혜선이 부드럽게 말했다.

혜선은 누가 지갑에서 돈을 꺼내 가도 부드러운 톤으로 '그러면 안 돼' 하고 타이를 성격이다.

'원체 알아서 먼저 돈을 꺼내는 사람이라 여자친구는 같이 낼 생각을 전혀 못 하고 있을걸.' 연지는 생각했다.

이 선배는 때때로 동아리 방에 와서 짜장면, 짬뽕 같은 음식을 시켜 먹을 때면 당연히 자기가 내야 한다는 듯 자연스럽게 돈을 꺼내곤 했다. 나눠서 내자고 말할 틈도 안 줬다. 대학원생 선배는 '된장녀'라는 말을 철회할 생각이 없어 보였는데, 여자 동아리 회원들에게 날선 소리를 듣는 동안 '남자 지원군은 어디

갔지' 하는 표정이 되었다. 연지는 가온이 어디 있는지 둘러보았다. 이런 상황에서 해결자로 나설 사람은 가온밖에 없었다. 선배라고 봐주는 법이 없었다. 하지만 가온은 한쪽 구석에서 제국과 한창 얘기중이었다.

술이 약간 오른 연지는 가온에게 손을 뻗으려다 숟가락을 건드려 떨어뜨리고 말았다.

'양말이 엄청 낡았네.'

연지는 테이블 밑에서 숟가락을 줍다 누군가의 양말을 봤는데, 여러 번 기워 신어 아주 오래된 티가 났다. 검소하다고 생각할 수도 있으나 요새 누가 양말을 기워 신을 것이며, 게다가 양말의 주인이 롤렉스를 찬 남자라면 더욱 이상하게 느껴질 법했다. 연지는 문득, '쟤 팔은 왜 다친 걸까?' 의문이 들었다. 자세히 보니 입고 있는 짙은 남색 마이도 고급스러워 보였지만 유행이 지난 디자인이었다. 적어도 십 년은 넘은 것 같았다.

"넌, 남자친구한테 그러고 싶니?" 테이블로 돌아온 경신의 짜증 섞인 소리가 들려왔다.

성화가 마네킹처럼 굳은 듯 경신을 보고 있었다. 둘은 연지가 동아리에 가입한 첫날부터 권태기로 보였다. 올해 1월부터 사귀었다고 했으니까 달달했던 기간은 꽤 짧았던 것 같다.

"나도 노래 좀 부를까. 아니, 혜선이가 부르는 게 낫겠다."

제국이 엉거주춤 일어나려다 혜선을 봤다. 혜선은 노래를 잘 불렀다. 제국은 노래를 한 톤으로 불렀다. 높낮이가 있기는 한데 티가 거의 안 날 정도였다. 모두가 듣는 술집에서 부를 만한 솜씨는 아니었다. 제국은 혜선에게 노래를 시킬 때 꼭 이런 식으로 말했다. '나보다 네가 낫겠네.'

"그대 떠나버린 걸 지금 후회 안 해요. 그저 지난 세월이 내리는 빗물 같아요. 그렇지만 문득 그댈 떠오를 때면 이 마음은 아파올 거야. 그 누구나 세월 가면 잊혀지지만 사랑은 창밖에 빗물 같아요."

마이크를 쥔 혜선의 얼굴이 술기운으로 발그스레했고 눈은 반짝였다. 동아리 남자들이 멍한 표정을 지었다. 대부분의 손님들도 대화를 하다 말고 혜선이 노래를 부르는 모습을 보고 있었다. 혜선은 목소리는 부드러우면서도 앳됐고 이 곡에도 잘 어울렸다. 연지는 문득, 내가 남자였다면 틀림없이 저 애를 사랑하게 됐을 거라고 생각했다.

현재

준영이 연지의 집 앞에 차를 댄 것은 대화가 끝나고 조금 지나서였다.

"잘 들어가요." 준영이 손을 핸들에 대고 말했다.

연지만 내리면 곧 출발할 분위기였다. 연지가 고개를 끄덕하고 조수석 문에 손을 갖다 대자 준영이 갑자기 물었다.

"그 사진은 누가 보냈을까요?"

"나에게 악감정이 있고, 십이 년 지난 일을 지금까지 기억할 정도로 뒤끝이 긴 사람? 우리 동아리엔 없었어요. 근데 그 사진은 분명 거기 찍힌 사람 중에 한 명이 보낸 거예요. 그 사진이 무슨 사진인지 다른 사람들은 모르니까."

연지는 사실 조금 더 대화를 하고 싶었다. 하지만 준영은 더 캐묻지 않았다.

'어떻게 죽었는데요.' '무슨 일이 있었는데요?'

대답을 했을까. 하지 않았을 것이다. 하지만 아무것도 묻지 않는다는 건 많은 생각을 하게 했다. 이 남자의 분위기가 달라졌다.

"누가 죽었는지 알 것 같아요." 준영이 말했다.

아직 연지는 누가 죽었는지조차 말해주지 않았다.

"남자죠?" 짚이는 사람이 있는 듯했다.

"내일이 되면, 김준영 씨는 여전히 멋질 거고, 저는 가끔 지나가다 그쪽을 보면 기분이 좋아지겠죠. 우리 그런 사이로 돌아가요, 내일부터." 연지는 대답 대신 다른 말로 답했다.

"가끔 커피 살게요. 물론 그쪽 팀 전체에."

그는 가끔 우리 팀에 커피를 돌리곤 했다. 예전으로 돌아가자는 뜻이었다. 연지는 고개를 끄덕였다. 하지만 아까와 달리 내릴 생각을 하지 않았다. 주저하고 있었다.

"삼 년간 관심 있는 걸 알고도 아는 사이로만 남았던 남자와 여자는 연애하기 힘들어요. 열정이 없는 사람들이죠. 사랑이 1순위가 아닌 건 연지 씨만이 아니에요."

준영이 가로등 없는 바깥 어둠을 쳐다보다 물끄러미 연지를 봤다.

"향수 쓰세요?" 연지가 물었다.

"아니요. 스킨 냄샌가 봐요. 흔한 거." 그가 자기 팔 냄새를 맡았다.

"한 번쯤 물어보고 싶었어요. 가끔 지나칠 때 향이 좋아서. 샴푸도 흔한 거 쓰고, 스킨도 흔한 거 쓰시는구나." 연지가 중얼거리듯 말하며 조수석 문을 열었다.

준영은 뭔가를 생각하고 있었다. 아니, 주저하고 있었다. 연지는 이미 저만치 멀어져 있었다. 준영이 벌컥 차 문을 열었다. 담배 피우던 남자들도 사라지고, 주택가 밤거리는 적막했다. 어느새 연지 앞에 다가선 준영이 말했다.

"그거 누가 보냈는지 찾는 건 어려운 거 아니에요. 연지 씨 제외하고 죽은 사람 빼면 딱 여섯 명이잖아요. 여섯 명 중 한 명이겠죠. 십이 년 만에 찾아가는 게 어려워요? 엄청 궁금하잖아요. 오늘 그렇게 뛸 정도로. 정장 안 찢어졌어요?"

"워낙 신축성이 좋아서요. 색깔 다른 걸로 하나 더 살까 봐요."

"하이힐은 약했나 보네요."

"그게 그 인간의 의도일걸요. 아무것도 안 적힌 봉투에 사진 한 장만 넣고 보낸 이유. 누군지 찾아보라는 거죠."

연지는 준영이 말하는 그 순간까지 직접 찾아볼 생각조차 못 했다. 그들은 너무 오래전의 사람들이었으니까.

"대부분은 낚싯밥을 물 겁니다. 사진이 또 올까 두려워하기보다는요. 오늘 같은 일이 있으면 대부분은 오늘이 남자친구가 생긴 날일 거고요. 내가 다른 여자친구가 생기면 꽤 후회할 테니까. 하지만 임연지 씨는 그런 여자가 아니죠. 잘 가요."

준영이 업무가 끝난 사람처럼 차로 돌아갔다. 잠시 뜸을 들이다 시동을 걸고 천천히 차를 출발시켰다. 그때 연지가 운전석 창문을 두드렸다. 준영이 창문을 열자 연지는 고개를 숙이고 창틀에 손을 얹으며 말했다.

"요즘 좀 한가해지셨죠? 여자 셋 밥도 사주고 데려다주기까지 할 정도면."

"이제 한가해졌다고 말해야겠죠. 방금 일이 하나 정리되어서."

연지와의 일은 결론이 났다는 뜻이다. 그는 한번 결정을 내리면 냉정히 돌아서는 성격일까?

"딱 여섯 명만 찾아가면 되네요. 정말 그래요. 비록 그들 중 몇몇은 날 잊고 있겠지만…… 그래서 깜짝 놀라겠지만……."

연지는 사진을 누가 보냈는지 찾아보기로 결정했다. 준영이 핸들에 손을 얹은 채 창문 밖 연지를 바라봤다. 연지의 볼이 발그스레해져 있었지만 술은 다 깬 것 같았다.

"그쪽 팀에 커피 돌릴 때 결과나 말해줘요. 나도 궁금하니까."

준영이 차를 출발시키려는 듯 핸들을 꽉 잡았다.

"커피 말고 밥은 어때요? 제가 살게요. 다음엔 그쪽이 내고, 같이 내고……."

연지는 아직 창틀에서 손을 뗄 생각이 없어 보였다.

"그러면 여자친구 당분간 못 만들겠네요. 5월 안에 만드는 게 목표였는데."

그는 농담한 게 아니었을 것이다. 사랑은 정말로 그에게 1순위가 아니고, 여자친구를 만들기로 했으면 다른 누군가를 곧 찾아낼 것이다. 연지는 갑작스럽게 내린 자신의 선택이 정말로 다행이라는 생각이 들었다. 뭐가 다행이냐고 묻는다면 정확히 대답할 수는 없었지만…….

"준영 씨는 일할 때가 제일 멋져요. 쭉 일에 매진하세요. 아까 내가 용의자였다고 했죠? 그걸 아는 사람이 내 주변에 몇 명 있을까요?" 연지가 어두운 비밀을 털어놓는 사람처럼 말소리를 죽였다.

"나 같으면 아무에게도 말 안 하겠어요."

"우린 되게 비슷해요. 열정도 없고, 입도 무겁죠." 연지가 씩 웃었다.

"나랑 머리를 맞대면 승률은 높아질 거예요. 난 승부욕이 있거든요."

준영은 일에 철저했다. 맡은 일은 악착같이 해내는 사람이다. 연지는 믿을 만한 상담가를 고른 것이다. 그것도 알싸한 스킨 냄새를 홀리듯 풍기는 사람으로.

"그럼 계속 만나야겠네요. 적어도 여섯 번은 더 만나야겠네."

연지가 어쩔 수 없다는 듯 말했다.

"시간 날 때마다 만나죠. 전략을 짜야 하니까." 준영이 새로운 프로젝트에 돌입한 사람처럼 사무적인 어조로 말했다.

준영을 보내고 집으로 들어온 연지는 정장 셔츠의 단추를 풀고 숨을 훅 들이켰다. 오늘 아침 출근할 때만 해도 이런 일들이 생길 거라곤 상상도 하지 못했다. 지난 팔 년간 회사와 집 주변만 반복하며 카프카처럼 단조롭게 살아온 연지의 일상은 내일부터 변할 것이다. 연지는 그 변화가 버거웠지만 어쩔 수 없다고 느꼈다. 이미 상담가와 예약을 잡아놓았으니까. 날 기억할 게 분명한 사람부터 만나야겠네.

연지는 셔츠 단추를 풀며 좁은 방 안을 빙그르르 돌았다. 방 하나에 필수 가구만 있는 작은 집이었다. 술기운은 이미 달아났다. 오래전에 잊힌 사람들은 완전한 타인보다 낯설다. 이제는 낯설어져버린 그 사람들을 만나야 될 시간이다. 그때, 전화가 왔다. 준영이었다. 연지의 얼굴에 슬그머니 미소가 떠올랐다.

내과 전문의 박가온.

월차를 내고, 최근 큰 맘 먹고 산 하얀색 정장을 입은 연지는 서울의 한 종합병원의 진료실 앞에 서 있었다. 문을 열고 들어갔던 연지는 곧바로 다시 나와 명패를 확인했다. 문에 쓰인 박가온이라는 이름과 책상 앞에 앉아 있는 가온의 얼굴이 쉽게 연결되지 않았다.

"환자분, 들어오세요." 냉랭한 목소리만은 그대로였다.

차트에 내 이름이 씌어 있는데 못 알아보는 척하는 건가. 가온은 겉보기와 달리 의외로 정이 많은 성격이었는데, 전화번호는 어떻게 알았는지 몇 번 전화해서 인구 주택 조사원처럼 근황을 물어보곤 했다. 갱신된 가족 관계라든지, 남자친구 유무라든지……. 그것도 벌써 삼 년 전이긴 하다.

실제로 만난 건 십 년 전이니, 가온의 모습도 꽤 변했을 거라고 생각하긴 했지만 상상 이상이었다. 거의 다른 여자가 앉아 있었다.

"의사 되려면 얼굴도 1등급으로 만들어야 하나? 언니 오랜만이야." 연지가 의자에 앉으며 반가운 얼굴로 말했다.

이 순간만큼은 여기 온 목적을 잊은 사람처럼 반가웠다. 가온도 씩 웃었다. 웃는 모습이 상큼해 보였다. 가면을 쓴 것처럼 무표정이었던 스물한 살 때의 가온을 생각하면 낯설게 느껴질 정도다. 긴 생머리에 큼지막한 눈을 가진 이 여자가 박가온이라니. 얼굴은 약간 손을 댔지만 성공적이라 부를 만했다.

"임연지, 내가 아는 임연지가 날 찾아올 줄 몰랐지."

정말로 다시 볼 일 없을 줄 알았는데……. 연지는 바로 가방에서 사진을 꺼내 가온의 책상에 내밀었다. 가온의 표정이 미묘하게 변했다. 그간의 사정을 설명하자 한층 표정이 미묘해졌다.

"이거 보니까 술 마시고 싶네. 오후에도 진료 있는데." 가온이 사진을 들여다보며 말했다.

곧 점심시간이 됐는데, 연지나 가온이나 술이나 한잔하고 싶은 기분이었다. 연지와 가온은 근처 삼계탕 맛집으로 식사를 하러 갔다.

"이 사진, 오랜만에 봐?" 연지가 물을 따라주며 물었다.

여섯 명 가운데 첫 번째 후보다. 연지는 내색하지 않았지만 가온의 표정 변화를 찬찬히 살폈다.

"이걸 뭐 하러 보겠어. 사람 심란하게." 가온이 술 마시듯 물을 쓰게 마셨다.

"십이 년 만에 누가 이 사진을 보냈다고 생각해?"

"그 애를 못 잊고 있는 사람이겠지. 후보군이 많네."

연지는 고개를 끄덕였다. 그 애는 만인의 연인이었으니까.

"난, 성혜선이 사고로 죽었다고 생각하지 않아." 가온의 목소리가 낮아졌다. 은밀한 얘기를 하는 사람처럼.

연지가 숨을 훅 들이켰다. 혜선의 이름을 언급하지 않은 건, 이름을 들으면 가슴이 아파서였다. 연지는 자신이 혜선을 죽음으로 몰고 간 장본인이 아니라 해도 일정 부분 책임이 있다고 느꼈다.

"담당 형사도 그렇게 생각했어."

연지는 자신을 바라보던 형사의 눈초리를 때때로 기억했다.

형사는 단순한 사고가 아니라고 확신했지만, 증거도 없을뿐더러 연지의 알리바이가 꽤 확실했기에 사고사로 결론을 내릴 수밖에 없었다.

"내 말은, 의심 가는 건 너만이 아니라는 거야. 재수없게 네가 처음 발견한 것뿐이지, 사실 동기는 그 사진에 찍힌 대부분한테 있었거든." 가온이 의심 가는 용의자 보듯 김치를 수상쩍게 바라보다 젓가락으로 집어 들었다.

"혜선이는 천국에 갔을 거야. 우리는 천국에 갈 수 있을까? 난 못 갈 것 같아. 근데 그런 성혜선을 죽일 동기가 우리한테 다 있었다고?" 연지가 방금 직원이 놓고 간 삼계탕 국물을 홀짝거리며 말했다. 맛집답게 감칠맛이 좋았다.

"성혜선은 질투를 부르는 애였어. 미련을 갖게 만드는 애이기도 했고."

가온의 단정적인 어조는 십이 년 지나도 그대로였다.

"그 애는 어린애같이 착하고 누구에게나 친절했을 뿐이야. 걔 주변을 둘러싼 우리들이 속물이어서 멋대로 판단한 거지." 연지가 숟가락을 꼭 쥐고 말했다. 가엾은 혜선을 나쁘게 말하는 걸 참을 수 없었다.

가온이 말없이 연지를 보다 입을 열었다.

"십이 년 전에는 너도 그 애를 질투했잖아."

연지는 순간 아무 말도 할 수 없었다. 가온 언니가 어떻게 그걸 아는 거지?

"우리 동아리 애들은 다 그랬어. 그 애를 좋아하거나, 질투하거나……. 성혜선이 죽은 지금은? 미련과 추억으로 남아 있겠지. 이 사진을 보낸 사람도 미련이 있을 테고, 죽인 사람도……."

"단정적으로 말하는 건 여전하네. 경찰이 사고사라고 결론지었잖아."

"내가 알고 있는 걸 다 말했다면 경찰도 좀더 수사를 진행했을걸. 용의자는 대폭 늘어났겠지. 예를 들어 경신이는 혜선이를 아주 좋아했대. 우리가 입학하기 전의 일이라 우리는 전혀 몰랐지만……."

"정말?"

연지의 기억 속에서 경신은 항상 성화의 남자친구였기에 의외였다.

"제국이랑 혜선이랑 사귄 거 기억나지? 우리 1학년 끝날 때쯤."

서로 관심이 없어 보였던 제국과 혜선이 뜬금없이 연인 선언을 한 것은 12월 초의 일이었다. 사귄 지 얼마 안 됐다고 했다. 다음 해 1월에 혜선이 죽었으니까 채 교제 기간은 한 달 조금 넘긴 정도다. 같은 과였던 준호와 과 동기 결혼식장에서 몇 번 만난 적 있는데, 제국이 오랫동안 혜선을 잊지 못했다고 했다.

"제국이가 혜선이한테 차였어. 좋아하는 남자가 있는데, 도저히 못 잊겠다고."

"둘이 계속 사귄 걸로 알고 있었잖아, 다들."

혜선의 죽음은 학교에 꽤 알려졌다. 많은 학생들은 혜선이 어떻게 생겼는지는 몰라도 죽었다는 사실만은 알게 됐다. 제국의 이름도 꼭 곁들여 나왔는데, 그의 역할은 비련의 연인이었다. 제대로 피어보지도 못한 채 꺾여버린 비극적인 사랑의 주인공.

"십이 년 전에 언니도 혜선이를 질투했어?"

"난, 그 애를 좋아하지 않았어. 어린애 같았거든." 가온이 단호하게 말했다.

"혜선이는 모두를 좋아했는데." 혜선은 누굴 싫어할 성격이 아니었다.

가온과 연지 둘 다 삼계탕을 제대로 먹지 못했다. 먹을 기분이 들지 않았다.

"생각해보면, 좋아하지 않는다는 내 감정이 결국 질투였던 걸지도. 우리 동아리 여자애들은 모두 그 애를 질투했어. 그걸 동기라고 부를 수 있다면 우리 모두 동기가 있었어."

제대로 먹지 못한 식사가 끝났다. 병원 앞에서 미녀 의사라는 칭호가 붙을 만한 가온이 연지를 배웅했다.

"남자랑 자본 적은 있냐?" 가온은 의사가 환자에게 '최근 성관계 일자가 언제죠'라고 묻는 듯한 어조로 물었다.

"배웅 인사치고는 과격하네." 연지가 주머니에 손을 넣고 변태

의사 보듯 가온에게 눈길을 던지며 물었다.

있다고 말하기도 그렇고 없다고 말하기도 그런 질문이다. 스물다섯 살이었다면 있어도 단호히 없다고 말했겠지만.

"최근 자보고 싶은 남자가 있긴 해." 연지가 우물쭈물 말했다.

어차피 자주 볼 사이도 아니라 이럴 때 오히려 진심이 튀어나온다.

"그 남자도 너랑 자고 싶어 하겠네. 넌 구미호니까."

"세상에 나같이 정숙한 구미호가 있을 것 같아? 대체 그게 무슨 의미야?" 연지가 어처구니없어하며 대꾸했다.

"애매하게 굴다 결정적인 순간에 발을 빼잖아. 그, 자보고 싶은 남자한테는 그러지 마. 이제는 진짜 자보고 그래야지. 나이도 있는데."

"여태 애매하게 굴 남자가 없었어. 스무 살 때도 그랬고."

가온이 피식 웃었다.

"내가 십이 년 전에 알려줘야 했던 걸 지금 알려줘도 될까? 너무 늦었나?"

"내가 궁금할 내용이야?"

연지는 감이 잡히지 않았다.

"네가 좋아했던 남자에 대해서야."

연지는 더욱더 감이 잡히지 않았다. 가온이 그 남자가 누군지 알 리 없었다. 티를 낸 적도 없고 입 밖에 내지도 않았으니까.

"그 남자, 처음엔 너랑 사귈 생각이었대. 근데 네가 데이트 약속을 두 번이나 펑크 냈다며?"

가온의 얼굴빛이 약간 밝아졌다. 기분 좋은 옛 추억을 털어놓는 사람처럼.

"제국 오빠 말하는 거야, 언니?"

그때, 남자의 목소리가 들렸다.

"닥터 박가온!"

가온의 뒤쪽에서 검은 서류 가방을 손에 든 남자가 병원에서 나오고 있었다. 얼굴엔 반가운 듯 미소가 번져 있었다. 연지는 그가 가온을 찾아온 영업 사원처럼 보였다. 한데 가만 생각해보니 영업해야 할 의사를 친한 사이처럼 장난스러운 어투로 '닥터 박가온'이라고 부르는 게 부자연스럽다는 생각도 했다.

"연지야, 누군지 몰라?"

연지가 그 남자를 멀뚱히 보고 있자 가온이 말했다. 연지는 도통 누군지 기억이 나질 않았다. 그저 그가 아주 흔하게 볼 수 있는 인상이라는 생각만 들었다. 그 순간 머릿속에 떠오른 인물이 있었다. 동아리 방에 놀러 와 가끔 짬뽕을 사주던 대학원생 선배다. 계획에는 없었지만 연지는 이 선배와도 잠시 얘기를 나누고 헤어졌다.

그날 오후, 대기업에서 일하는 고준호의 회사 앞으로 찾아갔다. 준호는 연지와 같은 과 동기로 건너 건너 소식은 알고 있었기에 연락하기가 조금 편했다. 준호의 회사 앞, 정장 차림에 사원증을 목에 걸고 있는 준호가 연지를 발견하고 걸어왔다. 오랜만이라 그런지 어색한 표정이었다. 잠깐 시간을 내서 나온 준호와 회사 앞 벤치에 앉아 커피를 마시며 얘기를 나눴다. 벤치 주변은 마치 공원처럼 잘 꾸며져 있었다.

"결혼은 했냐?" 준호가 사진을 받아 들고 물었다.

스물한 살에 죽은 혜선의 사진 속 얼굴을 보며 오래간만에 본 친구 결혼 유무를 묻다니. 준호는 여전했다.

"결혼하자는 남자는 있어."

당연히 준영은 그런 말을 한 적이 없었다. 굳이 따지면 '한번 사귀어볼까? 아님 말고'쯤이었다. 하지만 연지는 이렇게 말해야만 했다. 없다고 말했을 때 준호가 지을 표정이 예상됐으니까.

"의외네."

준호는 정말 여전했다.

"성혜선이나 임연지나 나한테 똑같아. 안 보고 사는 사람. 난 가끔 혜선이 누나가 살아 있는 것 같기도 해." 준호가 사진을 보며 말했다.

혜선은 빠른 생일이라 학번만 높았을 뿐인데도 준호는 꼬박 누나라고 불렀다.

"그러고 보니 넌 성혜선을 죽일 동기가 없구나." 연지가 중얼거렸다.

"가온이 누나 만났구나?" 준호가 대뜸 물었다.

가온과 준호가 예전에 이런 얘길 주고받은 적 있다는 생각이 스쳤다. 혜선이 죽은 이후로 연지는 동아리를 마음속에 묻어버렸지만, 다른 사람들은 계속 서로 연락을 하고 있었던 걸까?

"옷을 입은 채 자기 집 화장실에서 미끄러져 죽을 확률이 얼마나 될 것 같아? 게다가 대문도 안 잠겨 있고. 그 집 오토 록이 아니라 열쇠로 열어야 하잖아."

준호는 그 사건에 대해 이것저것 생각을 해본 것 같았다. 같은 말을 몇 번이나 되풀이한 것처럼 자연스럽게 흘러나왔다.

"난 그래서 자살일지도 모른다고 생각했어. 문을 안 잠그고 죽었다는 얘길 듣고."

자살일지도 모른다. 그렇게 생각할 이유가 있었지만, 연지는 입 밖에 꺼내지는 않았다.

"근데, 오토 록이 아니라는 건 어떻게 알았어?" 연지가 다시 물었다.

성혜선의 집은 관광지가 아니다. 혜선의 죽음은 알려졌지만 살던 집을 아는 사람은 거의 없었다. 혜선은 죽기 삼 일 전 원룸형 하숙집으로 이사했다. 평범한 원룸 구조에 위층 주인집에서 식사를 같이 하는 형태였다. 그 집이 어딘지 아는 사람은 연지 한 사람뿐이었다. 적어도 연지는 지금까지 그렇게 알고 있었다.

"그 집을 아니까. 그후에 가본 적도 있어."

"네 말은, 혜선이가 죽기 전에도 어디 사는지 알고 있었다고?"

"어." 준호가 고개를 끄덕였다.

혜선은 원래 왕복 네 시간 거리를 버스로 통학했다. 더는 무리였는지 이사를 결정했다. 거절 못 하는 혜선의 성격을 알았기에, 혹시 집이 동아리 사람들의 아지트가 될까 싶어 하숙형 원룸을 추천한 사람이 연지였다. 이사하기 전에 연지는 몇 번이고 당부했다. 이사한 집은 과 친구든 동아리 회원이든 아무에게도 알려주지 말라고. 혜선은 눈을 반짝이며 고개를 끄덕였다. 부모님 말 잘 듣는 아이처럼. 생각해보면 연지는 혜선에게 가장 친한 친구였던 것 같다. 혜선은 착했지만 동성 친구는 많지 않았다. 가온의 말처럼 남자들은 좋아하고 여자들은 질투할 타입이었으니까.

"혜선이가 집에 들어가는 걸 본 거야?"

준호도 학교 뒤편에서 자취했으니 우연히 마주칠 수도 있는 일이다.

"잠깐만, 나만 아는 게 아니야." 준호는 연지가 잘못 생각하고 있다는 듯 말했다.

"혜선이는 자기가 어디 사는지 말한 적이 없을 텐데." 잘못 생각하고 있는 건 준호라는 듯 연지의 목소리가 높아졌다.

그건 확실하다. 혜선은 약속을 잘 지키는 착한 아이였으니까.

"동아리 사람한테 들었어. 그건 분명해." 준호가 옛 기억을 힘들게 끄집어내며 말했다.

"당사자가 말을 안 했는데 그걸 누가 알아?"

준호는 대수롭지 않게 말했지만 정말 이상한 일이었다.

"누구한테 들었더라……. 하여튼 동아리 회식 자리에서 들었어."

준호가 오래전 기억을 떠올리려는 듯 눈썹을 찡그렸다. 그리고 소용없다는 듯 고개를 흔들었다.

"오늘 너 만나고 깨달은 건데, 혹시 그 모임에서 빠진 게 나뿐이야?"

연지는 혜선의 죽음과 함께 동아리를 나가고 난 후, 아예 가입한 적 없었던 것처럼 생각하고 살아왔다. 그리고 왠지 다들 자신과 같을 것이라고 여겼다. 연지에게 상처였던 만큼 모두에게도 그럴 것이기에 서로 멀리했을 거라 믿었던 것이다. 그런데 오늘 보니 당시 그다지 친하지 않았던 가온과 준호조차 연락을 주고받는 건 분명해 보였다.

"난 동아리 계속하고 싶었어. 근데 다 빠지더라고. 그게 성혜선에 대한 추모 의식이라도 되는 것처럼. 혼자 남기도 그렇잖아. 그래서 빠졌지." 준호가 아쉬워하며 말했다.

역시 문학 동아리 피츠워크에서 1학년과 2학년이 모두 그만둔 건 맞았다. 그래봤자 여덟 명이지만.

"모두에게 상처였지만, 사람 감정이라는 게, 그래도 친했던 사인데 당연히 근황이 궁금해야 되는 거 아니냐? 아닌 사람도 분명 있었지만." 준호의 말엔 뼈가 있었다.

"우리는 살아 있잖아. 그거면 됐지."

"그때 연락까지 끊어버린 너한테 아무도 뭐라 하지 않은 건, 네 상처를 이해하기 때문이야." 준호가 잠시 머뭇거리다 말했다.

"그럼 이 사진은 대체 누가 보냈을까?" 연지가 사진을 다시 준호에게 줬다.

"다른 사람도 만나볼 거지?" 준호가 묘한 미소를 지었다.

"물론."

"네 첫사랑도 만나겠네. 첫사랑 맞지? 스무 살 때니까." 준호의 얼굴에 장난기가 어렸다.

"네가 말하는 그 사람은 내 첫사랑이 아니야." 연지가 지긋지긋하다는 듯 말했다.

연지는 준호가 누굴 말하는지 알고 있었다. 스무 살 때부터 놀렸으니까.

"나 상호랑 아직도 친하다. 미리 얘기해놓을까?"

준호는 연지가 상호를 좋아했다고 믿고 있었다. 사연이 있긴 했지만, 연지가 여러 번 아니라고 말해도 준호는 자신의 가치관에 근거해 연지의 감정에 대해 확신을 가지고 있었다.

"내가 좀 바빠서. 걜 꼭 바로 찾아갈 필요는……."

"제주도랑 영국이랑 강원도 한구석부터 찾아가겠다고? 같은 서울에 있는 첫사랑을 놔두고?"

준호가 들려준 근황에 따르면 제국과 성화, 경신은 현재 다들 멀리 흩어져 있다. 그 말을 듣고 딱 여섯 명만 찾아가면 되는 이 일이 생각보다 시간과 돈이 드는 일이라는 걸 깨달았다.

"내 첫사랑은 지금 만나는 남자야. 그리고 네 절친은 성격이 이상해서 안 좋아했어." 연지가 단호하게 말했다.

물론 준영과 확실히 사귀기로 한 건 아닌지라 상의가 필요한 상태긴 하지만, 준호는 그걸 모르지 않는가.

"얼굴만 보고 좋아한 거야? 걔 성격이 어때서. 남자들은 다 걔 좋아해." 준호가 어이없어하며 말했다.

이렇게 변호하는 모습을 보니 아직 절친인 건 사실로 보였다.

"제국이 형 곧 결혼해."

얘기를 마치고 뒤돌아 걷는 연지의 뒤통수에 대고 준호가 말했다. 연지가 그 자리에서 멈췄다. 약간 충격을 받은 것 같기도 했다.

"여자친구는 우리보다 엄청 어리겠지?" 연지가 뒤돌아서 준호에게 말했다.

"상당히 어리지. 그리고 제국이 형 여자 보는 눈 높잖아." 준호가 단호하게 말했다.

"축의금 보낼게."

안 본 지 십 년은 넘었어도 제국은 축의금을 보내야 하는 사람이었다, 연지에게는.

“실물을 보여주면 더 좋아할 텐데. 형 너 보고 싶어 했어.”

“결혼식은 안 갈 거야. 실물은 어차피 곧 볼 수밖에 없고.”

사진을 보낸 사람에 대해 알아내려면 만날 수밖에 없다. 장기 연수차 영국에 있는 사람이 국제전화로 퀵 서비스를 신청할 확률이 얼마나 되겠느냐마는. 그래도 결혼식은 갈 수 없다. 그 이유에 대해 준호에게 시시콜콜 말하고 싶지 않았다.

과거

"너 샌드위치 같은 거 안 싸 왔니?" 지하철 손잡이를 잡고 선 가온이 앉아 있는 연지에게 물었다.

동아리에서 뚝섬 공원으로 나들이를 가기로 한 날이었다. 연지는 지하철에서 우연히 가온을 만났다. 창밖을 보니 날씨가 꽤 좋았다. 적당히 선선한 9월의 날씨.

"공원 안에는 뭐 살 데 없다고 그래서 당연히 사 왔지."

연지가 가방에서 빵 한 개를 꺼냈다. 정말 딱 빵 하나였다. 1000원짜리 소보로빵.

"물은 뭐, 수돗가는 있겠지." 연지가 빵을 가방에 다시 넣으며 말했다.

"너 은근 개인주의자야." 심플하게 맨손으로 온 가온이 말했다.

"빵 하나로 사람을 판단하지 마."

"오늘 누구누구 올 것 같아?" 가온이 물었다.

그날 나들이는 뚝섬역에서 만나기로 약속만 정해둔 상태였다. 오고 안 오고는 자유였다.

"안 왔으면 하는 사람은 있어." 연지가 말했다.

"너한테 푸들이라고 한 인간?"

"이 머리가 어떻게 푸들 같아? 풍성한 거지. 걔 진짜 무례하지 않아, 언니?"

"난 관심 없어." 가온이 냉정히 말했다.

상호가 마음에 안 든다는 뜻이다. 가온은 지난주 소설 합평 시간의 감정을 떨치지 못하고 있었다.

"꼭 있을 것 같은 사람은?" 연지가 자신의 풍성한 머리를 더 풍성하게 매만지며 말했다.

"아디다스 입은 앤 무조건 있어. 분명히 나온다니까. 왜냐면……." 가온이 뭐라 말하려다 입을 다물었다.

'아디다스 입은 애'는 경신을 의미했다. 그는 거의 언제나 아디다스 운동복 차림이었다. 분명히 나온다는 얘기는 뭘까? 연지는 궁금했지만 가온이 얘기할 생각이 없어 보여 묻지 않았다.

막상 집합 장소인 뚝섬역에 가보니 꼭 있을 거라던 경신은 없고 상호가 있었다. 오늘도 색깔만 다른 대학원생 스타일의 마이를 걸치고 팔에는 깁스를 한 채 무심한 표정으로 서 있었다. 결국 모인 사람은 경신과 성화를 제외한 나머지 여섯 명이었다. 특히 제국은 나들이를 위해 작정을 하고 온 사람 같았는데, 돗자리와 꽤 무거워 보이는 샌드위치 박스까지 들고 있었다. 그가 직접 만든 거라고 했다. 연지는 그제야 다른 사람 것도 챙겨 올걸 그랬나 싶은 생각이 들었다.

"난 같은 학교 사람하고 연애하는 건 아닌 것 같아." 혜선이 옆에서 걷고 있는 연지에게 말했다.

'누구 생각해둔 사람이 있나 보네.'

연지는 그런 생각이 들었지만 굳이 말하지는 않았다.

모두 함께 공원을 향해 걸었다. 다른 교통수단이 왜 없을까 궁금할 정도로 공원은 꽤 멀었다. 자연히 두 사람씩 모여서 수다를 떨며 걷기 시작했다. 뒤를 보니 제국이 가져온 돗자리를 가온이 들고 걷고 있었다. 그럼에도 제국이 든 샌드위치 박스가 너무 무거워 보였다. 그 외에는 가게에서 김밥을 몇 줄 사 온 혜선을 제외하면 정말 지갑만 들고 왔기에 걱정할 일이 없었다.

공원에 도착해 돗자리를 펴고 앉고 나서야 연지는 여기까지 온 보람을 느꼈다. 혜선이 앞에서 방긋방긋 웃고 있어 분위기가 살았다. 제국의 샌드위치는 꽤 맛있었다. 결국 연지가 가져온 빵은 꺼낼 기회도 찾지 못했다.

"돗자리도 들어주고 사이좋게 와서 왜 그래?" 준호가 싸한 기류가 흐르는 가온과 제국을 보며 말했다.

"여자친구랑 헤어진 걸 말하는 게 너한테 좋은 거 아니야? 사실 기분 안 나쁘잖아?" 가온이 예의 그 무표정한 얼굴로 제국을 보며 말했다.

조금 전, 제국이 여자친구와 헤어졌다는 사실을 가온이 제국에게는 아무 말도 하지 않고 다른 사람들에게 말했던 것이다. 고등학교 때부터 사귄 친구인데 대학에 들어와 서로 소원해졌다고 했다. 제국은 학교생활에도 열심이고 동아리를 두 개나 들 정도로 열성적인 삶을 사는 타입이었는데 이걸로 인해 마찰이 있었다고 한다.

"넌 미안하다는 말 할 줄 모르지?" 제국이 가온에게 말했다.

비단 이 일뿐 아니라 그간의 일까지 끄집어내 말하는 느낌이었다. 확실히, 가온이 누구에게 미안하다고 말하는 모습은 쉽게 상상할 수 없었다.

"뭐가 미안한데? 난 잘했다고 생각하는데." 가온이 눈썹을 치켜올리며 말했다.

제국의 표정이 굳어졌다. 그가 화났을 때는 이런 모습이구나. 연지는 새삼 제국의 얼굴을 들여다보았다.

"한 사람이 결혼 전까지 연애하는 횟수가 평균 몇 번인 줄 알아?"

준호가 눈싸움을 벌이는 두 사람을 내버려두고 혜선과 상호, 연지를 보며 말했다. 같은 돗자리를 쓰고 있지만 두 사람과 나머지 사람들은 마치 따로 온 사람들 같았다. 물론 제국이 가져온 샌드위치는 다 함께 깨끗이 먹어치웠지만.

"여덟 명이래. 결혼하는 사람까지 포함해서."

겨우 여덟 명이니 신중하게 골라 사귀라는 투였다. 사실, 모두들 여덟 명이 많은 건지 적은 건지 애매하다는 표정을 지었다. 기껏 해야 스물한 살의 나이인지라 경험이 아직 부족했다.

"사람에 따라서는 평생 한 명이 될 수도 있죠." 상호가 모두를 바라보며 나직하게 말했다.

동아리 사람들과 함께 한 나들이가 꽤 낯선 듯, 성한 손으로 샌드위치를 깨끗이 먹어치운 후 침묵을 지키고 있던 상호였다. '조선 시대도 아니고, 한 명하고만?'이라고 말할 분위기가 아니었다. 상호는 아직 이 자리의 누구와도 친하지 않은 낯선 사람에 속했다.

어느새 해가 지고 어둑어둑해져, 모두 자리를 털고 일어나 뚝섬역을 향해 발걸음을 옮겼다. 가온과 제국은 아직도 화해를 하지 않았는지 멀찍이 거리를 두고 걸었다. 제국의 돗자리는 준호가 들고 있었다.

"재 왜 왔는지 모르지만 어쨌든 자주 볼 것 같진 않아." 가온이 옆에서 걷던 연지에게 말했다.

물론, 상호 얘기였다.

"동아리도 스펙이 되는 건가?" 연지가 말했다.

오늘 본 상호는 문학에 그다지 관심이 없었다. 몇 번의 질문 결과, 소설은 거의 읽지 않는 것 같았고 글 쓰는 것도 좋아하지 않았다. 전에 경신에게 들었던 말에 의하면 성적도 우수하고 사법시험까지 준비하고 있다고 했다. 그렇게 바쁜 남자가 왜 동아리를 들었을까. 그것도 9월에.

"몇 번 나오다 안 나올 것 같아." 가온이 말했다.

3월에 들어온 신입생이 준호와 가온, 연지 셋뿐은 아니었다. 초반에 몇 번 나오더니 다른 동아리에 가입했다는 연락을 마지막으로 사라진 신입생이 몇 있었다. 수요일 정기 모임도 그렇고, 꽤 취향을 타는 동아리였으니까. 상호도 조금 나오다 사라진 신입생처럼 그렇게 될 거라는 뜻이었다. 그렇게 하루가 끝났다.

어느 평일, 연지는 공강 시간을 이용해 동아리 방에 갔다가 문 앞에서 생각지 않은 인물을 만났다. 팔에 깁스를 하고 약속이라도 잡은 듯 연지를 기다리고 있던 남자. 이 시간엔 보통 동아리 방에 사람이 없고, 문도 잠겨 있었다.

"동아리 방에 누가 자주 와?" 방으로 들어가며 상호가 물었다.

"나. 다른 사람들은 다들 바빠서. 제국 오빠는 해외 봉사 동아리 일로 바쁘고, 혜선이 언니는 집에 가는 데만 두 시간 거리라……. 준호랑 가온이 언니는 가끔 들르고."

동아리 방을 가장 많이 이용하는 사람은 연지였다. 연지는 햇볕이 잘 들고 혼자 공부하기도 좋아 틈날 때마다 찾았다. 무엇보다 언니와 같이 살기 위해 얻어둔 아파트에 혼자 있는 것보다 발코니 아래로 대학생들이 지나다니는 게 눈에 보이는 동아리 방에 있는 게 나았다.

상호가 테이블에 가방을 놓고 고개를 끄덕였다. 얼굴에 워낙 감정이 드러나지 않아 분명하진 않았지만 왠지 기분이 좋아 보이지 않았다. 그런데…….

"걔 완전 열성적인 회원이라니까. 동아리 방 경비원이야."

일주일이 지나, 같은 교양 수업을 듣는 가온에게 연지가 말했다. 경비원이란 상호를 가리켰다. 동아리 방 비밀번호를 가르쳐줬더니 갈 때마다 상호가 있었다. 공강 시간이 많이 겹쳤다. 사법시험 서적이나, 수업 관련 책들을 펴놓고 밤늦게까지 공부를 하곤 했다. 맞은편에는 항상 연지가 있었다. 상호는 한쪽 팔에 깁스를 한 채로 어찌나 집중해서 책을 보는지 연지는 조금이라도 소리가 날까 눈치가 보일 정도였다.

"둘 중 하나가 빠져야겠네." 가온이 말했다.

동아리 방이 아니라 공공 독서실처럼 바뀌었다. 둘은 아무런 대화도 나누지 않았다. 연지가 방에 들어오면 상호는 '왔어' 하는 시선만 던질 뿐이었다.

"언니가 자주 오면 안 돼? 둘이 있으니까 불편해."

동아리 방을 포기할 순 없다.

"그럼 친해져보든지." 가온이 무심히 교양 수업 책을 넘기며 말했다.

나는 자주 갈 생각이 없으니 알아서 하라는 뜻이다. 연지는 이 무뚝뚝한 녀석을 어떻게 대해야 동아리 방에서 눈치를 안 볼 수 있을까 생각하며 책을 읽어 내려갔다.

"나 먹으라고?" 동아리 방에 앉아 책을 보던 상호가 말했다.

연지가 초콜릿과 식혜를 사 들고 와 테이블에 올려놨다. 늘 그렇듯 둘밖에 없었다.

"그럼. 우린 친구잖아." 연지가 씩 웃었다.

어차피 한 공간에서 쭉 볼 사이니 친해지기로 한 것이다. 상호는 대답 대신 식혜를 꿀꺽꿀꺽 삼켰다. 오늘따라 상호는 조금 더 대학생 같은 모습이었다. 어쩐지 풋풋하고 순해 보였다. 식혜를 조금 마시다 말고 공부를 하던 연지는 잠시 딴생각을 하다 식혜를 쏟았다. 테이블에 식혜가 흘러내려서 급하게 닦고 있는데도 상호는 본체만체 책만 읽었다.

'뭐야, 못 본 척하는 건가.'

테이블을 닦으며 상호를 내려다보고 있으니 긴 목덜미가 눈에 들어왔다. 살결이 매끄러워 보였다. 책을 골똘히 보고 있는 모습이 진지해 보인다. 작게 내쉬는 숨소리가 귀에 들리는 것 같기도 하다. 이렇게 상호를 오래 관찰한 건 처음이었다. 꽤 어수선했을 텐데도 책에서 눈을 떼지 않았다.

시간이 흘러, 동아리를 완전히 잊은 뒤에도 연지는 문득 그때를 떠올리곤 했다. 그 순간만큼은 순정 만화의 한 장면 같았으니까. 그건 봄바람 같은 설렘이었다.

"아, 미안해." 상호가 벌떡 일어났다.

테이블은 거의 다 닦은 뒤였다. 상호가 책장 위에 있는 행주 보관함으로 갔다. 연지는 계속 보고 있었던 게 민망해 배시시 웃었다. '미안하다는 말도 할 줄 아네?' 싶은 생각도 들었다. 거만한 줄만 알았더니. 상호는 행주를 들고 와 테이블을 닦았다. 집안일을 많이 해본 듯 익숙해 보였다.

연지와 상호는 동아리 방에서 자주 만났다. 자연스럽게 둘은 꽤 친해졌다.

"학교에서 너 쫓아다니는 애 있었어?" 상호가 갑자기 물었다.

그날도 동아리 방에 마주 앉아 있었는데, 둘 다 책은 펴지 않고 대화를 나눴다. 요즘 점점 대화하는 시간이 길어졌다. 연지는 의외로 상호가 괜찮은 대화 상대라고 생각했다.

"쫓아다니는 애가 있어야 되는 거야?" 연지가 당황스러운 목소리로 물었다.

"아니, 나는 늘 있었거든. 그래서 다들 그런가 싶어서." 상호가 말했다.

"난 아니고, 동아리 다른 사람들은 그랬겠지. 제국이 오빠도 고등학교 시절 마성의 남자였대. 혜선이 언니도 인기 많았다고 하고."

자신에 대해선 말할 게 없었던 연지는 동아리 사람들 얘기로 말을 돌렸다. 상호는 말없이 앞에 있는 책장을 유심히 바라보았다.

"경신이 오빠도 여자친구 계속 있었대. 평생 여자친구 없던 기간이 초등학교 3학년 때까지랑 대학교 1학년 때뿐이라네." 연지가 계속 말했다.

"1학년 땐 왜 안 사귀었을 것 같아?" 상호가 잠시 생각하다 말했다.

"우리가 없는 거랑 같은 이유겠지."

경신이 오빠가 그때 여자친구가 없었던 것보다 상호 네가 없는 게 더 이상하지. 지금 보니 성격도 무난한데. 연지는 상호가 우쭐대는 꼴을 보고 싶지 않아 이런 생각을 입 밖으로 내진 않았다.

"소개팅시켜줄까?" 연지가 물었다. 딱히 그럴 마음도 없으면서 나는 왜 이런 말을 하는 걸까.

"좋아하는 여자 있어. 나 꽤 순정파야."

연지는 대수롭지 않게 이 말을 넘겼다. 사실, 연지도 그때 막 첫사랑이 싹트는 중이었다. 짝사랑이었지만…….

"삼 년도 있고 오 년도 있고." 상호가 거만하고 귀찮은 얼굴로 말했다.

삼 년은 그를 고등학교 삼 년간 쫓아다닌 여자애, 오 년은 중학교 때부터 그를 좋아한 여자애를 의미하는 거였다. 연지는 그럴 만하다고 생각했다.

"지금도 가끔 문자 와." 귀찮은 얼굴로 상호가 말했다.

"첫사랑은 누구였는데?"

둘의 대화가 길어지다 보니 어느새 해가 지고 어두워져 있었다. 둘은 공강 시간뿐 아니라 수업을 마치면 습관처럼 동아리방에 들렀는데, 그때마다 방엔 이렇게 둘만 있기 일쑤였다. 동아리 방에 같이 있을 때면 처음과 달리 쉴 새 없이 얘기를 주고받았다. 그러다 보니 과거 연애 이야기까지 꺼내기 시작했다.

"너하곤 꽤 달라."

"내 첫사랑도 너랑은 아주 달라." 연지는 누군가를 생각하며 상호를 쳐다보았다.

"여중, 여고? 언제 누구가 첫사랑이었는데? 너 학원도 안 다녔다며." 상호가 놀리듯 말했다.

"우리 학교에 멋있는 애들 많았어." 연지가 발끈했다.

인기 많은 멋진 선배들이 여럿 있었다. 아쉽게도 연지의 취향은 아니었지만.

"난 고등학교 때 같은 반 여자애였어. 얼굴은 딱히 취향이 아니었는데 사람들 많을 때 발표하는 게 당당해서 반했어. 너는?" 상호가 궁금한지 다시 물었다.

"나도 고등학교 때."

연지는 차마, 상호가 아는 남자가 첫사랑이라고 말할 순 없었다.

"넌 거짓말하면 티가 나." 상호가 물끄러미 보다가 말했다.

"그거 빼고 다 말해줄게. 방금 되게 어려운 질문이었어."

"우리 동아리 사람이구나?"

"돈가스 사줄까?"

상호의 말이 채 끝나기도 전에 연지는 돈가스를 제안했다. 그의 말에 대한 암묵적 동의이자, 더이상 묻지 말아달라는 의사 표현이었다.

연지는 서둘러 문을 향해 가다가 손이 허전한 걸 깨달았다. 가방을 테이블에 놔뒀음을 깨닫고 반사적으로 몸을 돌렸다. 바로 뒤에서 상호가 따라오는 줄 몰랐던 것이다. 연지는 순간 놀라 뒤로 발을 떼다 헛디뎌 균형을 잃었다. 그대로 넘어지면 벽에 머리가 부딪힐 판이었다. 상호가 재빨리 몸을 굽히며 성한 손으로 연지의 몸을 가까스로 붙잡았는데, 그게 하필 엉덩이였다. 상대가 가벼운 여자라 해도 엉거주춤한 자세로 한 팔만으로 몸을 붙들기는 힘든데다 상호도 놀라 몸의 균형을 잃었고 둘은 함께 바닥에 나뒹굴고 말았다. 깁스한 팔이 아픈지 상호의 얼굴이 살짝 찡그려졌다. 상호는 일어날 생각도 못 하고, 그대로 연지 옆에 드러누웠다.

"이거 비밀로 하자." 연지가 누운 채 말했다.

"별일도 아니잖아." 상호도 옆에 누운 채 말했다. 연지 옆에 누워서.

연지의 가슴이 쿵쿵 뛰었다. 갑자기 왜 가슴이 뛰지. 영양 부족인가. 연지는 요즘 혼자 살면서 건강관리에 소홀했던 것 아닌가 생각했다.

"돈가스를 왜 잘라줘. 네가 여자친구도 아니고."

학생 식당에서 연지가 돈가스를 사줬는데, 문제는 상호가 한쪽 팔에 깁스를 한 상태라는 거였다. 연지는 아이에게 주듯 칼로 돈가스를 일일이 자른 뒤 식판을 상호에게 건네주었다.

"그냥 먹어. 튕기지 말고." 연지가 자기 몫의 돈가스를 자르며 말했다.

"첫사랑이 준호는 아니지?" 상호가 돈가스를 포크로 찍으며 물었다.

동아리 사람 중 누구냐는 뜻이었다.

"고등학교 때 선배라니까." 연지가 정색하며 말했다.

"알았어." 상호가 피식 웃으며 포크로 깍두기를 찍었다.

"너 혹시 공부할 자리 마련하려고 한가하고 자유로운 동아리

가입한 거야?" 연지가 그동안 혼자 생각했던 걸 물어봤다.

상호는 정말 소설을 안 좋아했다. 글을 쓰는 취향도 없었다. 그렇다면 왜 가입한 걸까. 묵직한 사법시험 서적들을 보관하고 공부할 만한 곳. 문학 동아리가 제격이다.

"처음엔 동아리에 들 생각이 전혀 없었어. 그럴 시간 여유가 없었거든. 문학 동아리는 더더욱." 상호가 취향이 아닌 옷을 골라주는 옷가게 직원을 보는 표정으로 말했다.

"그런데 가입을 했다. 변수가 뭐였어?"

"다음엔 내가 돈가스를 사야겠다." 상호가 잠깐 뜸들이다 말했다.

더이상 묻지 말라는 뜻이었다.

그 주 금요일은 한 달에 한 번 있는 동아리 정기 회식 날이었다. 우리는 늘 가던 술집으로 향했다.

"너 오늘 어디 가?"

준호가 술집으로 가는 횡단보도 앞에서, 마음먹고 차려입은 연지를 보며 물었다.

분홍색 빵틀에서 구워져 나온 느낌이었다. 분홍색 마이에 분홍색 치마, 거기다 분홍색 빵모자까지 비뚜름하게 썼다. 스타킹까지 분홍색이다. 이건 누가 봐도 무슨 작정을 하고 나온 사람이었다. 하지만 너무 눈에 띄었다. 멀리서 봐도 이 분홍 인간은 알아차리지 못할 수 없는 모습이었다.

"회식 끝나고? 집에 가는데. 왜?"

"연지야, 곧 남자친구 생기면 꼭 그 친구한테 옷 골라달라고 해." 경신이 너그러운 미소를 지어 보였다.

"형이 봐도 그런 것 같죠. 너 누구 있지?" 준호가 횡단보도를 건너며 말했다.

평소의 옷차림과 너무 달랐기에 하는 소리였다.

"누구든 가끔 차려입고 싶을 때가 있잖아. 감성이 뭔지 모르네." 연지가 점잖게 대꾸했다.

옆에선 상호가 연지를 보고 눈썹을 찡긋 올리더니 먼저 술집으로 들어갔다.

"역시 마성의 남자야." 경신이 여자들에게 둘러싸인 제국을 보며 말했다.

어딜 가든 제국의 주변엔 여자들이 많았다. 여자랑 대화하기보다 아디다스 운동복을 입고 절도 있게 노래를 부르는 걸 더 좋아하는 경신이나, 계산적이고 깐깐한 준호나, 무뚝뚝한 상호보다야, 제국이 훨씬 이야기하기 좋은 상대긴 했다. 제국이 휴지를 깔고 젓가락을 놔주는 모습을 혜선, 연지, 성화, 가온은 흐뭇하게 보고 있었다.

"오늘은 웬일로 안 싸우네?" 그들과 약간 떨어져 앉아 있던 준호가 경신에게 작게 속삭였다.

"여기 있는 여자들이 네 여자친구 후보들이야?" 가온이 말했다.

여자들에게 다정하게 구는 제국을 비꼬았다. 가온은 팔짱을 끼고 예의 무표정한 얼굴로 맞은편 제국을 응시했다.

"오늘은 워딩이 좀 센데." 경신이 그들을 보며 작게 속삭였다.

가온과 제국이 있으면 늘 이런 식이었다. 제국이 누구랑 대화를 시작하든, 술자리 끝날 때쯤엔 결국 가온과 제국은 싸우는 건지, 대화하는 건지 헷갈리는 상태로 둘이서만 얘기하고 있었다.

"넌 아니니까 신경 꺼."

평소대로라면 웃으며 넘겼을 텐데 오늘은 왠지 제국답지 않았다. 그렇게 따지면 오늘은 가온도 평소답지 않았다. 곧바로 발끈해야 정상인데, 약간 울 듯 말 듯한 얼굴로 제국을 빤히 보기만 했다. 제국은 모르는 척 얼굴을 돌려 혜선을 다정하게 보며 말했다.

"성혜선, 소설 재밌더라."

이번 주 단편소설의 작가는 혜선이었다. 아주 드물게도, 이번 주 합평회에선 비난과 인신공격이 없었다. 늘 이랬다면, 1학년 신입생 일부가 학기 초에 탈주하는 일도 없었을 텐데……. 그런 분위기는 남자들이 주도했다. 주인공의 지적 능력에 대해 상호는 입도 뻥긋 하지 않았고, 한 번씩은 꼭 나오곤 하는 종이가 아깝다는 소리도 없었다.

"정말 뻔하던데. 그게 재밌어? 수준 알 만하다, 야." 가온이 날카로운 목소리로 말했다.

가온은 화가 난 사람 같았다. 평소엔 무표정일 뿐 딱히 기쁜 티도 화나는 티도 안 내는 터라 감정 기복도 없어 보였는데, 오늘은 달랐다. 물을 마시던 제국이 컵을 거칠게 내려놓고 가온을 노려봤다.

"닥터 박가온, 환자 호출이 있네요." 경신이 제국과 마주 노려보고 있는 가온을 잡고 일으켜 세우며 말했다.

경신은 가온을 데리고 멀리 떨어진 자리로 옮기려고 빈자리가 없나 주위를 두리번거렸다. 그때, 상호가 일어나 자리를 비켜주었다. 상호는 가온이 있던 자리로 가 앉았다. 연지 맞은편이었다.

"너 뼈는 잘 붙었냐?" 준호가 술을 마시는 상호를 보며 걱정되는 듯 물었다.

상호는 오늘 오전 병원에 가서 깁스를 풀었다고 했다. 준호에게 멀쩡하다는 몸짓으로 다 나은 팔을 흔들어 보였다.

"너는 안 궁금해? 다 나았는지?" 상호가 연지를 보며 물었다.

"그걸 왜 궁금해야 되냐? 내가 네 여자친구도 아니고……." 연지가 안주로 나온 뻥튀기를 먹으며 말했다.

"소개팅시켜줄까? 동창 중에 분홍색 좋아하는 애가 있어서."

상호가 빈정거리며 말했다.

"내가 소개팅이 필요해 보여?" 연지가 거만하게 분홍 빵모자를 삐뚜름하게 쓰며 말했다.

"그런 빵모자는 대체 어디서 파는 거야?"

"내가 올해만 해도 고백받은 게 한두 번이 아니야." 연지가 손가락으로 숫자를 세다 말했다.

사실 딱 한 번이었지만, 상호가 그걸 알 리가 없었다.

"한 번 받았잖아, 너. 그거 엄청 자랑해놓고." 어느새 술잔을 들고 옆자리로 끼어든 준호가 말했다.

"곧 두 번, 세 번이 될 수 있지. 올해 아직 안 끝났다. 그리고 내가 고백받은 걸 다 얘기해야겠니?" 연지가 분홍 빵모자를 매만졌다.

"고백받아도 말 안 하는 여자들도 있으니까. 고백하는 남자가 너무 많아서 말할 가치도 없나 봐." 상호가 술을 들이켜며 중얼거리듯 말했다.

술자리가 끝났다. 술이 오른 연지의 볼이 사과같이 붉었다. 술집 앞에서 회원들은 "잘 들어가라" "전화할게" 같은 말들을 주고받으며 작별 인사를 나눴다. 연지는 학교에서 한 시간 정도 떨어진 거리에 살고 있었다. 다른 대학을 다니고 있는 언니와 거리를 절충해서 얻은 아파트였다.

그날 연지의 옆에 서 있는 건 제국이었다. 둘은 같은 방향이었지만 나란히 서서 가는 건 처음이었다. 제국 옆에는 보통 가온이 있었으니까. 가온은 제국과 나란히 서서 걷는 것도 싫은지 멀리 떨어져 먼저 걸어가는 연지와 제국을 삐딱한 얼굴로 바라봤다. 그 옆에 있는 상호는 평소처럼 무표정했지만 제국와 연지가 나란히 걷는 모습을 본 순간, 섬세해 보이는 눈썹이 살짝 꿈틀거렸다.

"나 분홍색 좋아하는데." 제국이 횡단보도 앞에서 파란불을 기다리며 약간 취해 나른한 목소리로 말했다.

"남자들이 좋아하는 색이죠." 연지가 고개를 끄덕였다.

"내가 또 뭘 좋아하게?" 제국이 뜬금없이 물었다.

신호등이 파란불로 바뀌었다. 제국이 바짝 다가와 둘의 거리가 더 가까워졌다. 제국은 목소리를 점점 더 작게 냈다. 누구 들을세라.

"되게 건설적이고 생산적인 거겠죠. 오빠 취향이 그렇잖아요."

제국은 정말 건설적인 남자였다. 이상적인 아들이자, 이상적인 남자친구의 모범이랄까.

"오래된 영화관에서 영화 보는 거. 약간 낡아서 좋아, 분위기가."

제국이 이런 얘기를 꺼낸 건 처음이었다.

"다음 주 금요일에 시간 어때? 종로에서 만나서 오래된 영화관에 가자." 제국이 은밀한 이야기를 하는 것처럼 목소리를 더 작게 냈다.

연지는 말없이 고개를 끄덕였다. 제국은 매너도 좋지만 무엇보다 자존심이 센 남자다. 이런 제의는 여러 번 생각한 끝에 한 것일 터였다. 이럴 때는 후배로서 따를 수밖에 없다. '딱 일주일 남았네.' 연지는 일주일 전에 약속을 잡은 게 제국답다고 생각했다. 충동적으로 만나자고 할 성격이 아닌 남자다.

디데이를 기다리며 며칠이 흘렀다. 살다 보면 오늘의 운세가 '나쁨'인 게 분명해 보이는 날이 있다. 안타깝게도 오늘이 연지에게 바로 그런 날이었다. 하루가 끝나가는 밤 9시 반이 넘은 시간이었는데도 아직 기분이 풀리지 않았다.

'누군가와 더 얘기를 하고 싶다.'

연지는 오늘만큼은 집에 혼자 들어가고 싶지 않았다. 꽤 늦은 시간까지 학교에 머물렀던 이유는 시험을 대비해 과 친구들과 도서관에서 공부를 했기 때문이다. 그러고는 학교 앞 골목길 식당에서 과 동기들 여섯 명과 같이 식사를 하고 집으로 돌아갈 참이었다.

"나 동아리 방 좀 들렀다 갈게."

친구들과 함께 지하철로 향하려던 연지는 발길을 돌렸다. 어두컴컴한 학교 안으로 다시 들어갔다. 과 친구들이 연지에게 내일 보자며 손을 흔들었다. 동아리 방엔 아무도 없을 것이다. 너무 늦은 시간이었으니까. 지금 학교 안 동아리 방까지 가면 거의 10시가 다 될 것이다. 하지만 가끔 아주 늦게까지 사람들이 있을 때가 있다.

동아리 방 건물은 약간 스산할 정도로 조용했다. 지나다니는 사람도 없었다. 어두운 건물의 계단을 천천히 올랐다. 다른 방들도 시간이 늦었다 보니 거의 비어 있는 것 같았다. 혹시나 하는 마음에 동아리 방 문손잡이를 돌렸다. 분명히 잠겼을 거야. 이 시간에 당연히 없겠지. 그렇게 생각했는데 손잡이가 저항 없이 돌아갔다. 누가 있었다.

"오늘, 정말 힘든 날이었어." 연지가 방으로 들어가 가방을 내려놓으며 숨을 토하듯 말했다. 있을 거라고 기대도 안 했던 뜻밖의 대화 상대를 향해.

낡고 기다란 소파에서 상호가 누워 책을 읽다 누군가 들어오자 벌떡 일어났다. 검은색 뿔테 안경을 끼고 있었는데 그 와중에도 제법 멋있다고 연지는 생각했다. 상호는 안경을 벗고 놀란 듯 연지를 봤다. 이 시간에 누군가 올 거라고는 예상을 못 한 것 같았다.

"오늘따라 머리가 더 복슬거린다." 상호가 테이블 앞에 앉아 손으로 턱을 괴고는 연지를 빤히 봤다.

"그냥 아무 말도 하지 말아봐. 오늘만큼은 널 관상용으로 보고 싶다."

네가 지금보다 10분의 1만큼만 말수가 적었다면 널 사랑했을

지도 모르지. 연지는 생각했다.

"십 분만 더 있다 가자." 연지가 벽에 걸린 시계를 보고 말했다.

잠깐 얘기를 나누었다고 생각했는데 10시 반이 훌쩍 넘었다. 이렇게 늦은 밤에 둘이 있었던 건 처음이었다.

"같이 있던 친구들 중에 고백했던 남자도 있었나?" 상호가 자세를 고쳐 어깨를 펴고 앉아서 말했다.

얼마 전 회식에서 한 말을 기억하고 있는 모양이었다. 한 명이 고백했다고.

"고백받은 상대를 절대로 말 안 해주는 여자가 되려고, 나도."

연지도 상호가 한 말을 기억했다.

연지는 상호에게 아침부터 전화로 아버지에게 혼나고, 너무 잘난 언니와 비교당하고, 뜻하게 않게 모두 보는 앞에서 교수님에게 망신을 당하고……와 같은 얘기는 하지 않았다. 같이 있으니 마음이 절로 풀리는 것 같았다. 이상한 일이었다. 오늘 하루 종일 친구들과 같이 있었는데도 불편하고 울적했던 마음이 이 무뚝뚝하고 말 예쁘게 못 하는 남자애랑 같은 공간에 있다는 이유로 금방 편해지다니.

다음 날, 연지는 전공 수업을 들으며 어젯밤 일을 생각했다. 어떻게 그 시간에 거기 있을 수가 있지? 따로 연락한 것도 아니고, 자신도 분명 식당에서 밥을 먹기 전까지는 바로 집에 갈 생각이었다. 밥을 먹고 나오는데 기분이 너무 울적해서 계획을 바꿨고, 너무 늦은 시간이라 동아리 회원들 아무에게도 연락하지 않았다. 그저 혹시나 누군가 있을까 해서 문을 열었는데, 그곳에 상호가 있다니. 운명 같은 우연이었다.

"상호, 요즘 동아리 방에서 자더라."

옆자리에 앉은 같은 과이자 같은 동아리 친구인 준호가 말했다. 막 전공 수업이 끝난 시간이었다. 방금까지 골똘히 생각하던 '운명론'은 그렇게 깨졌다.

"걔 손목시계 짜가 아니지?" 연지가 누가 들을세라 작게 말했다.

상호가 차고 있던 비싼 시계가 마음에 걸렸다. 그 시계가 가짜라면, 연지가 품었던 의문들이 해소된다. 상호는 옷 입는 센스가 있고 가지고 있는 옷들도 다 메이커였지만, 모두 유행이 훌쩍 지났다. 그가 신은 양말조차 대부분 낡아 보였다. 그의 집은 한때 꽤 부자였지만 지금은 형편이 좋은 편은 아닌 것 같았다. 대학 조교수나 입을 법한 옷들은 아버지 것이라면 설명이 된다. 다만, 그가 가난했다면 시계는 왜 팔지 않았을까.

"네가 파마머리에 집착하는 것처럼, 걔도 시계에 집착하는 거지." 준호가 명쾌하게 대답했다.

연지는 스무 살이 되기 전까지 한 번도 파마를 해본 적이 없었다. 유치원 때부터 쭉 생머리였는데, 부부 교사인 부모님이 꽤나 보수적이었다. 정확하게 말해서는 아버지가. 억압은 연지에게 파마머리에 대한 갈망을 불러일으켰고, 스무 살이 되고 집을 떠나자마자 머리를 옛날 미스코리아처럼 풍성하게 볶았다.

"예전엔 도련님이었대. 지금은 평범한 육개장집 아들이고."

한때는 어마어마하게 잘살았다고 한다. 대대로 이어온 지역에서 알아주는 부자였기에 자신은 평생 그렇게 사는 게 당연하다고 믿었다고 한다. 하지만, 아버지에게 몇 번의 불운이 있었고, 결과적으로 그 지역에서 야반도주하듯 나와서 현재는 경기도 한 동네의 육개장집 아들이 되었다고 한다. 시계는 아버지가 간직하고 있던 걸 그에게 준 선물이라고 했다. 이 모든 건 준호에게 들었는데…… 이 시점에서 연지가 내뱉은 말은,

"너 방 두 칸이잖아. 상호한테 한 칸 내줘. 그런 내밀한 얘기까지 들어놓고."

준호는 학교 뒤편 방 두 칸짜리 빌라에서 자취중이었다.

"너도 방 두 칸이잖아. 21평이라며? 너나 한 칸 내줘." 준호가 정색하고 말했다.

언니와 함께 살기 위한 집이었지만 언니는 현재 교환학생으로 미국에 가 있었다. 물론 상호가 여자였다면 기꺼이 방을 내줬을 것이다.

"넌 정말 계산적이야. 내가 제대로 계산해줄게. 방값 얼마면

돼?"

"너 공상호 좋아하지?" 준호가 꿰뚫어 보듯 연지를 봤다.

그의 기준에서 '방값 얼마면 돼?'는 고백보다 명백했다. 준호의 사소한 오해를 사긴 했지만, 어쨌든 연지는 상호를 '준호네 방 한 칸'으로 넘겼다. 그리고 기대하던 디데이가 왔다. 2시 45분에 수업을 마친 연지는 일단 동아리 방으로 왔다.

"그거 치마 맞지? 속치마 아니지?" 상호가 테이블에 앉아 의심스레 물었다.

연지는 오늘 갈색 미니스커트에 연두색 셔츠를 입었다. 좋아하는 빵모자도 몇 개 꺼내놓고 매치해보려고 했지만 역시 어울리지 않는다는 게 결론이었다. 화장도 세심하게 했다(고 생각했다). 학교 오는 길에 지하철 창에 비친 여자가 자신인 줄 모르고 깜짝 놀라긴 했지만 말이다.

"원래 이렇게 생겼어. 미리 말해두는데, 나 데이트 있는 거 아니야."

상호는 무심히 고개를 끄덕였다. 데이트를 하든 말든 상관없다는 얼굴이었다. 상호는 방금까지 들었던 MP3를 집어넣으려던 연지에게 손을 내밀었다.

"약속 시간이 몇 신데?" 상호가 감기 기운이 있는지 기침을 약간 했다.

"오후 7시, 종로3가. 데이트건 아니건 그게 뭐가 중요하겠어."

연지가 사실 데이트가 맞는다고 에둘러 말했다.

상호가 고개를 끄덕하더니 연지의 MP3를 동아리 방 발코니 벽 쪽에 붙어 있는 컴퓨터에 연결했다. 연지가 엄선해서 고른 노래가 동아리 방에 울렸다. 상호는 컴퓨터 책상 앞에 앉아 노래를 감상하고 있었다. 연지는 테이블에 앉아 그런 그의 모습을 물끄러미 봤다. 그는 오늘따라 연지가 생각하는 이상적인 남자 대학생으로 보였다. 단정한 머리에 입고 있는 셔츠가 헐렁한 몸태와 청바지까지.

그때, 변진섭의 〈네게 줄 수 있는 건 오직 사랑뿐〉이 스피커에서 흘러나왔다. 연지의 얼굴에 난감함이 느껴졌다. 이 노래는 상호의 싸이월드 BGM이었다. 절대로 바뀌지 않는.

"이 노래 좋지." 상호가 무심한 목소리로 말했다.

설마 했지만, 역시 눈치는 못 챈 것 같았다. 이 곡을 알게 된 게 상호의 싸이월드라는 걸. 연지는 말없이 방긋 웃었다. 이럴 땐 아무 말 안 하는 게 제일 좋다. 그때, 문이 열렸다. 술자리에서 된장녀 운운하던 대학원 선배였다.

'이 선배 또 돈을 자연스럽게 내네.'

이날 늦은 점심으로 짜장면과 짬뽕을 먹었다. 대학원 선배가 또 돈을 냈다. 지갑을 꺼내 결제하는 동작이 너무 빠르고 자연스러워 연지는 고맙다는 말을 할 타이밍도 놓치고 말았다.

"너네 사귀어?" 대학원 선배가 짬뽕을 먹다가 물었다.

연지의 옷차림이 심상치 않음을 알아차린 것이다. 분명 남자에게 어필하려는 옷차림이긴 했다.

"잰 푸들 머리랑은 절대 안 사귈걸요." 연지가 짜장면을 먹다 말고 말했다.

"푸들 머리에 거부감은 없지만, 안 사귑니다." 상호가 서비스 군만두를 집어 먹으며 말했다.

"나도 너희 같은 때가 있었는데……. 참 좋을 때다." 선배가 취업 준비생의 무미건조한 눈으로 물끄러미 둘을 보다 짬뽕을 들이켰다.

'좋을 때…….' 그런가. 연지는 그 말의 의미를 당시에는 잘 몰랐다.

선배가 가고, 상호는 피곤하다며 테이블에 엎드렸다. 꾹 감은 눈과 얼굴선이 예뻤다. 연지는 슬며시 상호의 이마에 손을 대봤다. 그런데 불덩이 같았다. 병원에 가야 되는 거 아닌가 싶을 정도였다. 이렇게 아픈데 어떻게 그렇게 멀쩡해 보였지. 연지는 초조해하며 상호와 같이 살고 있는 준호에게 전화했지만 전화를 받지 않았다.

"공상호, 너 이러다 큰일 나." 연지가 상호를 흔들어 깨웠다.

손끝으로만 만졌는데도 불덩이인 게 느껴졌다. 지독하게 무딘 건지 인내심이 강한 건지 엄청 아플 텐데 티가 안 난 게 신기할 정도였다. 연지는 병원에 뭐 하러 가느냐는 기색의 상호를 억지로 끌고 병원으로 향했다.

상호는 생각보다 열이 심해 수액을 맞고 병원 침대에 누웠다. 그는 "잠깐만 눈 좀 감고 있을게" 하더니 곤히 잠이 들었다. 그제야 병실 벽에 걸린 시계를 보니 7시가 넘어 있었다.

'디데이까지 너무 길었어. 시간을 일주일이나 주니까 너무 길어서 까먹은 거지.'

그렇게 기다린 디데이인데, 막상 디데이 당일 이제까지 약속 시간을 까맣게 잊은 이유에 대해 연지는 합리적으로 해석하려 노력했다.

"약속 시간 지난 거 아니야?" 상호가 잠에 취한 눈을 반쯤 뜨고 벽시계를 보며 물었다.

"데이트 아니었다니까. 별로 안 친한 친구랑 약속한 거라 괜찮아, 안 나가도."

연지는 신경 쓸까 싶어 대충 둘러댔다. 엄밀히 말하면 아주 거짓말은 아니었다. 제국은 별로 안 친한 오빠였으니까. 안 나가도 괜찮은 상대는 아니었지만. 제국에게 약속을 잊어서 미안하다는 전화를 하고 나서도 연지는 한참 생각했다. 약속 시간을 잊은 이유와 공상호에 대해서.

현재

데이트하기 좋은 금요일 밤 9시, 연지는 사무실의 전면 유리창 앞에서 까만 어둠에 쌓인 밤거리를 바라보며 혼자 커피를 홀짝이고 있었다. 옆에서는 키보드 소리가 따닥따닥 들렸다. 연지는 혼자가 아니었다. 연지의 책상에서는 여직원들에게 청량음료만큼 마음을 청량하게 해준다는 평을 듣고 있는 남자가 두 시간째 키보드를 치고 있었다. 그는 현재 기획팀 과장이라는 역할 외에 우렁 각시라는 역할을 추가로 수행중이었다. 연지는 어제 월차를 낸 관계로 오늘까지 기획안을 제출해야 했는데, 이 남자가 대신 마무리를 해주고 있었던 것이다.

"대학원생 선배가 그날 우리 모두를 봤대요."

준영이 키보드를 치다 말고 창가에 선 연지를 돌아봤다.

“성혜선이 죽은 날요. 그날 우리 동아리 사람들을 다 봤대요. 사진에 찍힌 일곱 명을요.”

준영은 다시 몸을 돌려 키보드를 쳤다. 연지는 이 우렁 각시에게 가온과 준호를 만난 일을 털어놓은 참이었다. 그는 기획안 수정에 집중할 뿐 그다지 관심은 없어 보였다. 연지는 커피를 다시 홀짝이며 대학원생 선배가 했던 말을 떠올렸다. 스무 살 때 그 선배와 몇 번밖에 마주친 적 없는데도 유달리 생생히 기억나는 건, 여자친구를 된장녀라고 부른 것이 인상에 남았기 때문이다. 그 선배는 학교 근처에서 자취를 하고 있었는데, 제국이 해외 봉사 동아리 모금 파티에 쓸 단편영화 촬영하는 것을 도와달라고 했다고 한다. 혜선이 죽은 1월 6일. 선배는 학교 주변을 온통 돌아다녔고, 그때 동아리 회원들인 준호, 가온, 상호, 경신, 성화와 연지를 모두 봤다고 했다. 영화의 주인공 역으로 촬영중이던 제국은 물론이고.

“성혜선의 죽음이 학교에서 유명했다고 했죠?” 기획안 작성이 끝났다는 듯 키보드 엔터 키를 탕 하고 두드린 준영이 몸을 돌리며 말했다.

“스물한 살짜리 학생이 죽으면 어느 학교에서나 그럴걸요. 더군다나 그 학생은 꽤 예뻤으니까.”

“장담하는데 방금 내가 들은 이야기들이 그때 다 알려졌다면, 학교에서 성혜선만 유명해지진 않았을 거예요. 동아리 사람 모두가 유명해졌겠죠."

준영은 연지의 얘기에 관심이 없는 게 아니었다. 아니, 오히려 연지의 의도와 다른 방향으로 더 큰 관심을 보이고 있었다. 그 사진을 누가 보냈느냐가 아니라 성혜선의 죽음이 정말 사고인가라는 점에.

"박가온과 고준호의 말을 믿는 거예요? 그 사람들은 그냥 한가한 거예요. 대학 졸업한 지 오래됐겠다, 아무도 관심을 가지지 않는 일이니 이제 자기들끼리 씹고 떠드는 거겠죠."

"이제야 안심하고? 당시에는 말 못 하다가?"

"그건, 겪어보지 않으면 몰라요." 연지가 뭐라 더 말하려다가 입을 다물었다.

"경찰이 살인이 아니라 사고라고 결론 낸 이유가 있었겠죠?"

"충분히 수사했고, 동아리 내에서 유일하게 의심한 게 저였으니까요. 그럴 만했죠. 약속도 잡지 않고 그날 왜 찾아갔는가. 대답이 없으면 그냥 가야 되는 거 아닌가. 굳이 왜 문을 열어봤는가. 그리고 하필 문이 열려 있었다고?"

"다행히 사고로 결정 났군요."

"증거도 없었고 알리바이도 완벽했으니까요." 연지가 준영 얼굴 옆의 허공을 보며 중얼거리듯 말했다.

준영이 자리에서 일어나 연지의 앞으로 저벅저벅 걸어갔다.

"임연지 씨는 성혜선을 죽이지 않았어요." 연지의 눈을 마주 보며 준영이 말했다.

"이 상황에선 '물론이죠' 같은 말도 웃기네요. 당연하니까."

"하지만 그 알리바이, 거짓이죠?"

"……왜요? 왜 그렇게 생각하죠?" 삼 초쯤 말이 없던 연지가 천천히 말했다.

"임연지 씨는 거짓말하면 티가 나니까."

"잘못 넘겨짚으셨네요. 다 했으면 그만 가죠."

연지는 준영과 눈도 마주치지 않고 자기 책상으로 갔다.

"준호 말은 신경 쓰지 마요. 혜선네 집을 누군가 말해줘서 알고 있었다는 거요. 이사한 지 삼 일 만에 혜선이 그렇게 됐는데, 걔가 어떻게 알고 있었겠어요. 십이 년이나 지나서 기억이 왜곡된 거겠죠." 연지가 부장 메일로 기획안을 전송하며 말했다.

"그게 걸리나 봐요?" 준영이 말했다.

"그냥, 너무 관심을 가지시니까." 연지가 사무실 불을 끄며 뒤돌아 준영을 보며 말했다.

늦은 밤, 건물 앞 벤치에 앉아 불 꺼진 회사의 전경을 바라보는 일은 꽤 운치 있었다. 준영은 한 손엔 커피를 들고 한쪽 팔은 의자에 올려놓고 휴식을 취하고 있었다. 이따금 옆 벤치에 시선을 줬는데, 그곳엔 물론 연지가 있었다.

"다 마셨으면 얼른 일어나죠." 연지가 주변을 살피며 말했다.

"우렁 각시에 대한 대접이 이겁니까." 준영이 지친 목소리로 커피를 홀짝대며 말했다.

"이 회사 내에 얼마나 많은 연애사가 있는지 김준영 씨는 모를 거예요. 무지 바쁘시니까. 전 그쪽에 관심이 많아서."

"본인 연애는 안 하시고, 남의 연애엔 그렇게 관심이 많으시고……"

"원래 구경하는 게 취미인 사람도 있죠." 연지가 나지막하게 말했다.

준영이 연지를 수상쩍은 눈으로 쳐다봤다. 연지는 얼른 고개를 돌렸다.

"다음엔 공상호 씨를 만나겠네요."

그도 그럴 것이 나머지 사람들은 영국, 제주도, 강원도로 아주 다양하게도 흩어져 있었다.

"다음 만남은 없어요." 연지가 딱 잘라 말했다.

"설마 다들 멀리 살아서 포기하는 거예요? 하긴 영국이면 항공권값이……"

"누군지 알았어요."

"박가온 씨, 고준호 씨 중에 있는 거예요?"

"사설탐정한테 의뢰해서 두 사람을 만나보게 했다면, 열 번을 만나게 했어도 누가 보냈는지 몰랐을 거예요. 하지만 전 바로 알아차렸죠."

"뭐죠, 그 자부심은."

"그건 바로 십이 년 전의 기억이 있기 때문이죠. 그 사람은 하나도 변하지 않았어요. 십이 년 전이나 지금이나."

그 사진을 누가 보냈는지에 대해 알아내려고 머리를 쓰다 보니 자연스럽게 스무 살 그때 그 동아리에서 무슨 일이 있었는지에 대해 생각하게 되었다. 덕분에 요즘 연지는 스무 살의 임연지에서 서른두 살의 직장인 임연지로 시간을 곧바로 점프해버린 사람처럼 그 시간을 생생하게 떠올리는 참이었다. 처음엔 어렴풋했던 순간들이 매일 잊고 있던 기억들을 꺼내나갈 때마다 모든 게 슬플 정도로 생생해졌다. 연지의 십이 년 전 기억 공간의 대부분을 차지한 상대와 사진을 보낸 범인은 달랐지만, 연지는 그 사람에 대한 기억도 머릿속에 간직하고 있었다.

"그래서, 상담은 이걸로 끝났습니다. 그동안 감사했어요." 연지가 고개를 꾸벅 숙였다.

"어떻게 상담자랑 상의도 없이 상담을 끝냅니까?"

"상담이 훌륭해서 조기 치료가 됐네요."

"전 완치라고 진단한 적 없는데요."

"다음에 준영 씨가 우리 팀에 자판기 커피 돌릴 때, 좀더 친숙하게 인사할 수 있게 됐네요. 즐거웠습니다."

"그럼 잘 가요. 데려다주진 못하겠네요."

준영은 연지를 모르는 여자처럼 그대로 지나쳐 회사 주차장으로 향했다. 한 번도 뒤돌아보지 않았는데, 마음 정리를 이미 끝낸 사람 같았다.

연지는 버스 정류장에 홀로 앉아 있었다. 마음이라는 곳간이 텅 빈 것처럼 공허했는데, 무엇 때문인지 정확히 알 수 없었다. 돌아갈 수 없는 과거의 기억들을 하나하나 끄집어내고 있는 자신에 대한 허무함 때문인지, 아니면 방금 놓쳐버린 남자 때문인지. 준영의 진회색 승용차가 연지의 앞을 쌩하니 지나쳐 갔다.

'저 남자에게 곧 여자친구가 생긴다면, 나는 오늘의 두 배쯤 쓸쓸해지겠군.'

연지는 눈을 감으며 생각했다. 나는 전생에 고목나무였을지도 모른다. 어쩜 이렇게 남자에게 빈틈이 없을까. 하지만 서른두 살이나 돼서, 오 분 전에 한 말을 후회하는 건 여태까지 받은 정규교육과 팔 년간의 사회생활에 대한 배신이다. 나는 내가 뭐를 원하는지 아는 나이다. 연지는 이렇게 생각하며, 자신의 선택이 옳은 선택이라는 걸 다짐하는 깊은 심호흡을 했다.

그런데 점처럼 멀어진 진회색 승용차가 갓길에 차를 댔다. 준영은 차에서 내려 천천히 연지를 향해 뛰어왔다. 그의 목적지는 버스 정류장에 혼자 앉아 있는 고목나무였다.

"지금 시간 있어요? 밤 10신데." 준영이 손목에 찬 시계를 보며 말했다.

연지는 굳은 얼굴로 준영을 보다 무겁게 고개를 끄덕였다.

"영화도 그쪽이 보여주고, 팝콘도 그쪽이 사요." 준영이 말했다.

"기름값도 쏠게요." 연지가 여전히 굳은 얼굴로 말했다.

"이 야심한 밤에 남자 차에 타도 괜찮겠어요? 영화 보고 나오면 새벽 1시가 넘을 텐데 정말 괜찮아요?" 준영은 다시 한번 신중히 생각해보라는 투였다.

"외박을 해도 아무도 안 말릴걸요. 그렇다고 진짜 외박하겠단 소리는 아니고."

두 사람은 막 부부 싸움을 끝낸 사람들처럼 냉랭한 얼굴로 준영의 차로 향했다. 차를 출발시키고 영화관에 도착할 때까지 서로 눈 한번 마주치지 않았다.

그들이 선택한 영화는 코미디 액션 블록버스터였지만 둘은 예술영화를 보는 것처럼 무표정하게 관람했다. 준영이 팝콘 봉지에 무심코 손을 집어넣었다. 연지의 손이 먼저 팝콘 봉지에 들어가 있는 상태였다. 마주친 두 손 사이에서 찌릿하고 정전기가 흘렀다. 놀란 둘은 떠들썩한 영화 소음을 배경 삼아 오 초쯤 서로를 응시했다. 곧 연지는 고개를 돌려버렸다. 그후 연지는 영화가 끝날 때까지 팝콘에는 손도 대지 않았다. 준영도 제로콜라만 들이켰다.

'지금 가슴이 뛰는 건 불안장애 증상인가, 아니면 이 남자에 대한 설렘인가.'

연지는 영화에 집중을 할 수 없었다. 요즘, 스무 살 때의 기억들을 하나하나 끄집어내고 있는데, 그 순간들을 매일 생각하다 보면 그때로 돌아간 것 같은 착각을 느낄 때가 있다. 아마 오늘의 설렘도 연장선상일 것이다. 요즘은 행복을 믿었던 스무 살의 임연지와 서른두 살의 냉정한 어른 임연지가 공존하여 사는 기분이었다. 가장 설렜던 순간도, 질투를 느껴본 것도, 누군가를 깊게 사랑한다고 착각했던 것도 모두 스무 살 때였다. 그리고 지금 현재, 아주 오랜만에 그 비슷한 감정을 느끼고 있었다. 그건, 이 순간을 좀더 길게 끌고 싶을 만큼 꽤 묘한 감정이었다.

"영만이가 그러는데, 여자한테 너무 자존심 부리지 말래요. 그러면 연애 못 한다고." 운전중인 준영이 말했다.

영만은 연지와 같은 부서인 파마머리 박영만 대리를 말했다. 차 안에 앉아 있는 연지의 무릎엔 거의 다 남은 팝콘이 올려져 있었다. 연지는 그의 뜬금없는 말을 통해 감정을 유추할 수 있었다. 아까 연지가 "상담이 끝났습니다. 그동안 감사했습니다"라고 했을 때 준영은 꽤 화가 났던 것 같다. 아마도 제멋대로인 여자라고 생각했던 것 같고. 차를 세우고, 연지에게 돌아왔을 때 그는 나름의 자존심을 접었던 것이다.

"새벽 2시에 여자를 문 앞까지 데려다주는 건 한국적인 매너는 아니네요."

연지가 집에 도착해 막 문을 열려다 아직 안 가고 벽에 기대어 있는 준영을 보며 말했다.

"이사 가는 거 어때요? 대로변 오피스텔 같은 데로."

"어쩌다 보니 준영 씨가 밤 12시 이후로만 이 동네에 와서 으슥해 보이는 거지 초저녁에 오면 골목길에 애들 뛰어놀고 그래요. 층마다 CCTV도 있고."

준영이 여전히 벽에 기대어 피곤한 듯 고개를 끄덕였다.

"라면 먹고 갈래요?" 연지가 망설이다 말했다.

준영이 예상을 못 했는지 잠깐 말이 없다가 신중하게 고개를 끄덕이며 말했다. "짜파게티도 있어요?"

"이 집엔 짜파게티도 없고, 라면도 없어요." 연지가 집을 사수하는 경비 대장처럼 문을 가로막고 서서 준영을 봤다.

"그럼 뭐 하러 물어본 거예요?" 준영이 어처구니없어하며 물었다.

"그쪽이 생긴 것만큼 순수한 남자인지, 아니면 닳고 닳은 남자인지 시험해봤어요."

"서른네 살에 안 닳은 게 더 이상한 거 아닙니까?"

"어쨌든 오늘은 이만 집에 가보세요." 연지가 당장 잠자리에 들라고 지시하는 기숙사 사감처럼 단호하게 말했다.

계단을 내려가는 준영의 와이셔츠 소맷자락조차 힘이 없어 보였다.

"집에 들어가면 전화해요. 잘 들어갔는지는 걱정되잖아요. 시간이 시간이니만큼." 연지가 말했다.

준영이 위쪽을 올려다보며 힘없이 고개를 끄떡이고 다시 막 계단에 발을 디딜 때쯤,

"내일도 전화해요." 연지가 말했다.

"내일은 왜요?" 준영이 풀 죽은 얼굴로 몸을 돌려 물었다.

"그냥요." 연지가 도도함 자체인 목소리로 말했다.

집에 들어온 연지는 숨을 깊게 내쉬었다. 나는 지금 연애중인 걸까. 슬며시 미소가 지어졌다. 씻고 잠자리에 들기 전, 연지는 인터넷 쇼핑몰에 들어갔다. 체모를 말끔하게 제거해준다는 왁스 제품을 고르다가 뗄 때 꽤 아프다는 것 같아 구입을 망설였다. 생각해보니 당분간 필요할 것 같지도 않았다. 그때 전화가 울렸다.

"지금 짜파게티 먹는 중이에요. 차 안에서 계속 생각나더라고요." 핸드폰 너머 준영의 목소리는 꽤 시무룩했다.

"반성의 기미가 없군요." 아까의 사감 선생이 다시 돌아온 것처럼 연지의 목소리가 날카로워졌다.

"내일…… 아니 아홉 시간 뒤에 전화할 때도 혼낼 건가요?"

"순수한 모습을 꾸준히 보여주면 넘어가드리죠. 당장 지금 이 순간부터 순수한 척해봐요."

"이 시간에 순수하기가 쉽지 않은데." 준영의 피식 웃는 소리가 수화기 너머로 흘러왔다.

연지는 전화를 끊고는 다른 제품에 비해 그나마 덜 아프다는 체

모 제거용 왁스를 구입했다. 그리고 침대로 돌아가 잠이 들었다.

눈을 떠보니, 연지의 눈앞에 "연희 하숙"이라고 씌어 있는 건물이 있었다. 자신은 두꺼운 겨울 코트를 입고 있었다. 아침 내내 전화를 안 받는 혜선을 찾아온 것이다. 혜선의 집 문 앞에 서 있으니 안에서 텔레비전 소리가 났다. 집에 있구나 싶어 초인종을 눌러보는데 대답이 없었다. 이내 텔레비전 소리가 사라졌다.

'옆집에서 나는 소리였나.' 연지는 가만히 귀를 문에 대보았다.

그 순간 계단에서 주인아줌마가 내려왔다. 남의 집 문 앞에 도둑처럼 귀를 대고 있는 게 머쓱해서 피하려는데 방 안에서 이상한 소리가 들렸다. 또각, 또각, 또각. 연지는 문손잡이를 돌려봤지만 잠겨 있었다. 계단을 내려선 주인아줌마가 연지를 보고 이상한 표정을 지었다.

"뭐 해요?" 주인아줌마가 물었다.

심각한 얼굴로 문에 귀를 대고 있던 연지가 아주머니를 데리고 계단으로 나왔다.

"방에서 무슨 일이 난 것 같아요. 문 좀 열어주세요."

"아니, 왜?"

"방 주인한테 전화를 아무리 해도 안 받는데, 안에서 이상한 소리가 계속 들려요. 또각, 또각, 또각. 손톱 깎는 소리요."

주인이 집에서 열쇠를 가지고 와 문을 열어줬다. 험상궂은 인상의 사내가 인형처럼 무기력하게 쓰러져 있는 혜선의 손톱을 피가 나도록 깎고 있었다. 혜선의 손톱에서 난 피가 바닥으로 뚝뚝 흘렀다. 주인아줌마는 꺄아악 비명을 지르며 복도로 뛰쳐나갔다. 연지는 싱크대의 프라이팬을 들어 사내의 턱을 거칠게 갈겼다. 사내의 몸이 액션 영화처럼 붕 떠서 바닥에 나뒹굴었다.

"혜선아, 괜찮아?" 연지가 의식이 없는 혜선을 끌어안고 물었다.

혜선이 가까스로 눈을 떴다. 힘없는 손으로 연지의 손을 꼭 쥐었다. 그때, 주인아줌마가 불러온 사람들이 험상궂은 사내를 제압하고는 등 뒤로 손을 묶었다. 연지는 여전히 자신의 손을 꼭 쥐고 있는 혜선을 부둥켜안고 "괜찮아. 이제 괜찮아" 하고 중얼거렸다.

다시 눈을 뜨니, 이번엔 시체 안치실이었다. 수많은 스테인리스 블록 가운데 하나를 남자가 끄집어냈다. 꺼낸 블록 안에는 파리한 안색을 한 혜선이 눈을 꼭 감고 누워 있었다.

'내가 분명 살렸는데.'

혜선이 대체 왜 이런 모습으로 있는 건가. 연지는 얼빠진 얼굴로 혜선과 자신을 아까부터 노려보고 있던 남자를 번갈아 봤다.

사십 대 중반의 마른 체격을 한 남자를 자세히 보니 낯이 익었다. 연지를 성혜선 사망에 대한 용의자로 의심했던 최이삭 형사였다. 그때, 죽은 줄 알았던 혜선의 눈꺼풀이 파르르 떨리다 열렸다. 눈물이 가득 고인 눈으로 호소하듯 연지를 바라봤다. 몸을 움직일 수 없는 상태 같았다. 연지는 놀라 눈만 껌뻑껌뻑했다. 연지를 노려보던 최이삭 형사가 블록을 다시 안으로 집어넣었다. 철컹 소리가 났다.

"열어주세요. 혜선이가 살아 있어요!"

연지는 블록을 빼내려고 달려가 손잡이를 잡고 낑낑거렸지만 바윗덩어리를 잡은 듯 꿈쩍도 안 했다.

"형사님, 살아 있다니까요!"

형사는 팔짱을 끼고 차갑게 연지를 노려볼 뿐이었다. 연지는 기가 막혀서 블록 손잡이를 잡고 빼내기 위해 안간힘을 쓰는데, 도저히 움직이질 않았다.

"혜선아!" 연지가 비명을 지르며 잠에서 깨어났다.

침대에서 일어난 연지는 아직도 생생하고 기괴한 그 꿈에 대해서 생각했다. 시계를 보니 10시였다. 오래도록 꿈속에서 시달렸던 것 같다. 냉장고에서 두유와 곶감을 꺼내 와 의무적으로 씹었다. 손가락 끝에 시체 안치실의 블록 손잡이를 붙잡고 꺼내려고 애쓰던 감촉이 아직도 느껴지는 것 같았다. 연지는 어젯밤까지만 해도 전혀 계획에 없었던 누군가에게 전화를 걸었다.

"가온 언니. 십이 년 전에, 그러니까 혜선이가 죽기 전에 이사

간 집을 알고 있었어?"

기억하지 못할 것이다. 오래전 일이다. 연지는 곶감을 씹으며 그렇게 생각했다.

"응. 동아리 회원 다들 알고 있었지." 가온이 뜻밖에도 당연하다는 듯 말했다.

"어떻게?"

"혜선이가 이사 간 다음 날, 회식 자리에서 누가 말했거든. 그러고 보니 그날 너만 없었던 것 같네."

"우리가 같이 사진 찍은 날이 마지막 모임 아니었어?"

사진을 찍은 날 이후, 자주 보는 사람들끼리 한 번 더 모임을 가졌다고 했다. 가온의 말에 의하면, 몇 번이나 문자를 했었는데 연지가 끝내 안 왔다고 했다. 연지는 그때의 기억이 없었다.

"누가 얘기했는지 기억나?" 연지가 대수롭지 않은 듯 물었다.

"응."

"누군데?"

"경신이. 혜선이가 학교 뒤편 원룸으로 이사 왔다고. 말만 하숙집이지, 밥만 위층 주인집에서 먹고 일반 원룸이랑 다를 바가 없더라고. 남자친구 생겨서 자취하는 거냐고 취해서 막 떠들었는데, 하숙집 이름이랑 호수까지 정확히 말했어. 어떻게 알았는지는 모르겠지만."

연지는 전화를 끊고, 냉장고에서 고구마를 꺼냈다. 에어프라

이어에 넣으려고 했는데 생각에 잠겼다 다시 정신을 차려보니 생고구마를 먹고 있었다. 그때 준영에게 전화가 왔다.

"나 천안이에요. 호두과자 사 갈까요?" 준영의 목소리가 밝았다.

그는 약속대로 전화를 한 참이었다. 본가가 천안이라느니, 오랜만에 집밥을 먹었느니…… 여자친구에게나 할 법한 시시콜콜한 얘기들이었다.

"내일 시간 어때요?" 준영이 물었다.

"약속이 생겼어요. 누굴 만나야 돼서요."

'성혜선이 살해당한 것 같아요. 아마도 우리 동아리 사람한테.' 연지의 입에 이 말이 맴돌았다.

이런 결론에 도달한 것은 가온과의 전화 통화 때문이 아니었다. 모두가 혜선의 집을 알고 있었다는 것은 중요한 사실이지만 결정적인 것은 아니다. 문제는 꿈이었다. 그 꿈은 연지가 십일년 전에 깨닫지 못한 것을 말해주었다. 혜선이 사고로 죽은 것이 아니라 살해당한 것이라고 가정하면, 그날 있었던 여러 이상한 일들의 의문이 풀린다.

일요일의 햇살이 따뜻한 시간. 연지는 약속 장소인 번화가에서 약간 비켜난 곳에 위치한 카페로 들어갔다. 1, 2층이 전부 카페인 곳으로 테이블이 여유 있게 배치되어 있어 중요한 얘기를 하기 적당한 곳이었다. 떠들썩하게 노는 대학생 무리를 지나 연지는 1층 창가에 자리를 잡았다. 그때, 카페 입구 쪽에 앉아 있던 고동색 마이를 입은 남자가 일어섰다. 손목에 찬 시계를 과시하려는 듯 소매를 걷어 올리고 있던 남자였다. 그는 자신의 커피잔을 들고 천천히 걸어와 연지 앞에 앉았다.

"오랜만이다, 임연지."

상호는 여전히 번듯하게 잘생겼다. 세월은 그의 눈빛에 약간의 쓸쓸함을 덧붙였는데, 삼십 대가 된 남자에게는 그게 잘 어울렸다.

"오랜만이야, 공상호."

연지는 맞은편에 앉은 상대를 보며 말했다. 오늘은 그를 만나러 온 자리가 아니다. 하지만 모든 것을 잊을 만큼 자신이 그를 보고 싶어 하고 있었다는 걸 깨달았다. 하지만 계속 쳐다보고 있을 순 없다. 연지는 멍하니 그를 보고 있다 커피 잔으로 시선을 돌렸다. 상호의 눈빛은 십이 년 전만큼이나 도도했다. 약간 화가 난 사람 같기도 하고 사과를 바라는 사람 같기도 했다.

"나는 다른 사람하고 약속을 잡았는데." 연지가 커피를 한 모금 마시며 말을 건넸다.

"다들 올 거야. 시간관념은 준호보단 내가 있는 편이라."

다들? 누가 또 올 사람이 있단 말인가?

"네가 한 말에 신경 쓰이지 않을 사람이 어디 있겠어? 그 동아리에 있었던 사람이라면."

준호를 불러낼 때 한 말이, 미끼를 매단 낚싯바늘처럼 다른 사람들도 낚은 모양이다. 그것은 연지의 의도가 아니었지만……. 어느새 가온과 준호가 다가와 테이블에 앉았다. 연지는 미소를 지어 보였지만, 오늘 일은 정말 계획대로 흘러가지 않고 있었다.

"나는 준호랑만 얘기하고 싶었어." 연지가 세 사람을 보며 말했다.

"왜?" 가온이 홍차를 마시며 물었다.

"준호는 용의자가 아니니까." 연지가 말했다.

"그럼 상호랑 나는 용의자라는 거야?" 가온이 황당해하며 물었다.

"그건 나중에 얘기할게. 내 말은 다 전해 들었지?"

"성혜선은 사고로 죽은 게 아니다. 우리 동아리 회원 중 누군가가 죽였다고 생각한다." 준호가 팔짱을 끼며 중얼거렸다.

표정을 보니, 연지의 단정적인 그 말이 꽤 충격이었던 것 같았다.

"내가 이걸 깨닫게 된 건, 어젯밤 이상한 꿈 때문이야. 꿈속에서 난 혜선이네 집에 갔어. 전날 밤에 혜선이가 엄청 전화를 했거든. 만나자고. 꼭 만나서 할 얘기가 있다고. 난 싫다고 거절했지. 그래놓고 아침에 일어나니까 마음에 걸리는 거야. 그래서 계절학기 수업을 가기 전에 전화를 걸었는데, 아무리 걸어도 전화를 안 받는 거야. 혜선이는 전화를 안 받는 애가 아니었잖아. 너무 찜찜해서 계절학기 수업 전에 집으로 찾아갔어. 초인종을 눌러도 대답이 없어서 문에 귀를 갖다 댔지. 이상한 소리가 났어. 그때 계단에서 주인아줌마가 내려왔어. 난 아줌마를 보고 문을 열어달라고 했고……. 간단히 말해서 안에 있던 살인자로부터 혜선이를 구해냈어."

"무슨 뜬금없이 꿈 얘기야." 가온이 말했다.

"이 꿈이 이상한 건 단순한 꿈이 아니었다는 거야."

"무슨 말인데?"

"이 꿈은……." 연지가 커피를 한 모금 마시고 말했다.

"실제가 될 수도 있었어. 내게 용기만 조금 더 있었다면."

연지는 십일 년 전 그날의 일을 회상했다.

"경찰이 날 용의자로 의심한 거 다들 기억하지? 가장 마지막에 통화한 사람이자, 최초 발견자. 다행히 나는 알리바이가 있었지. 사망 추정 시각에 계절학기 수업을 들었으니까. 교수님과 수십 명의 학생들이 알리바이의 증인이었지. 근데 말하지 않은 게 있어. 난 계절학기 수업 전에도 혜선이네 집에 갔었거든. 아까 말한 꿈은 어떤 부분까지는 실제로 있었던 일이야. 꿈과 실제가 달랐던 건 내가 겁쟁이였다는 거고. 십일 년 전 주인아줌마가 계단에서 내려왔을 때 나는 벽 뒤에 숨었어. 문에 귀를 대고 있는 행동이 도둑처럼 보일 것 같아서. 문에 귀를 대고 있을 때

난 뭔가를 들었고, 그래서 분명 안에 사람이 있다고 생각했어. 하지만 아무에게도 말할 수 없었지. 그걸 말하면 내 알리바이가 깨지니까."

"그 꿈이 왜 성혜선이 살해당했다고 확신하는 이유가 되지?" 가온이 물었다.

"내 꿈이 나에게 얘길 해줬거든. 문에 귀를 대고 있을 때 들었던 소리가 뭔지. 그리고 그게 아주아주 중요한 거였어."

"그게 뭔데?" 상호가 물었다.

"이미 말했지만, 말할 수 없어. 이 자리에도 용의자가 있으니까."

가온이 코웃음을 쳤다. 상호는 뭔가를 생각하는 듯 반쯤 마신 커피 잔을 바라보고 있었다. 준호는 눈을 휘둥그레 떴다.

"기준이 뭔데? 용의자와 용의자가 아닌 사람의?" 준호가 물었다.

"간단해. 둘 중 하나면 용의자야. 성혜선을 사랑했거나 아니면 질투했거나."

연지는 옆자리에 있는 가온과 맞은편에 있는 상호에게 차례로 시선을 주었다. 지금 그쪽들 얘기하는 거잖아, 라고 말하듯.

과거

초저녁의 동아리 방엔 오늘도 두 사람이 있었다. 겨울용 체크무늬 남방을 입은 상호와 머리가 복슬거리는 연지는 오늘도 꽤 친밀해 보였다. 큼지막한 테이블을 가운데 두고 대화했던 예전과 달리 요즘은 테이블 끝 부분에 자리를 잡고 마주 앉아 대화를 했다.

"네 성격에 팔은 어쩌다 다친 거야? 정신 팔다가 어디 부딪힐 성격은 아닌 것 같은데." 연지가 아까 사 온 식혜 캔을 상호에게 건네며 물었다.

"나 사실 대학생이면서 노동자야. 일하다 다친 거." 상호가 식혜를 꿀떡꿀떡 들이켰다.

"아니, 어쩌다가?" 연지가 뜻밖의 사실을 들은 듯 놀란 척하며 물었다.

연지는 대충 눈치채고 있었다. 다만 그의 자존심에 물어본다고 이렇게 술술 털어놓을지 몰랐지만…….

“공사장에서 일하다가. 보통은 근육이 생기고 체력이 좋아지고 하는데, 아주 가끔 팔에 금이 가기도 하더라고.” 상호가 별것 아니라는 듯, 연지가 식혜와 함께 사 온 초콜릿을 한 조각 먹으며 말했다.

“준호네는 살 만해? 텃세는 안 부리고?”

준호네 방 한 칸은 상호의 차지가 됐는데, 그후 둘은 부쩍 친해졌다.

“전에 살던 친구보다 나아. 일단 당분간 여자친구는 안 생길 것 같아.” 상호는 그게 가장 큰 장점이라는 듯 ‘안 생길 것’을 강조하며 말했다.

그가 동아리 방에서 잠깐 살았던 이유는 같이 살던 고등학교 동창에게 긴급한 사정이 생겼기 때문인데, 그 긴급한 상황이란 새로 사귄 여자친구와의 동거를 말했다.

“대학 와서 여자친구 사귄 적 없어? 1학기 때 보통 많이 사귀고 깨지고 하잖아?” 연지가 초콜릿을 한 조각 깨물며 말했다.

“내가 그런 시간이 있었을 것 같아?”

“빌 클린턴은 미국에서 제일 바쁜 사람 중 한 명이었지만, 아내도 있고 짬짬이 다른 여자랑…….”

연지가 음흉한 아저씨 같은 표정을 지었다.

"초반에 잠깐 사귀긴 했어. 곧 흐지부지됐지만." 상호가 얼른 연지의 말을 막으며 말했다.

상호는 대학 OT 때 같은 조였던 여자애와 잠깐 만났다고 했다. 연지는 대체 어떻게 생긴 여잘까, 둘이 찍은 사진은 있나, 진도는 어떻게 나갔을까 같은 것들이 궁금했지만, 상호는 아무것도 아니었다는 듯 입을 다물었다. 참으로 건조한 남자였다.

"시간 빼앗기기 싫어서 여자 안 만나기로 한 거야?"

연지는 상호에게 지금 누가 없다는 걸 전제로 말했다. 당연히 너는 여자가 없겠지. 그러니까 나랑 둘이 이 시간에 이러고 있는 거 아니겠냐? 라는 뜻도 내포되어 있었다.

"전혀." 잘못 짚었다는 듯 상호가 말했다.

"좋아하는 여자가 있다고 했지?" 연지가 당시 대수롭지 않게 넘긴 말이었다.

"OT 때 본 같은 과 선밴데, 처음엔 그냥 착하다고 생각했어. 그러다 교양 수업에서 같은 조가 됐는데, 1학기 끝날 때쯤에 내가 좋아한다는 걸 깨달았지."

연지는 문득 한 사람을 떠올렸다. 그전까진 상호와 관련이 있다고는 전혀 생각지도 못한 상대였다. 마치, 귀 옆에 연필을 꽂아두고 하루 종일 찾은 것 같은 심정이었다.

"두 번이나 고백했는데 전부 거절당했어. 그후론 내가 고백한 적이 없는 것처럼 아무렇지도 않게 대하더라고."

"그 같은 과 선배가 혹시 우리 동아리야? 혜선이?"

"어떻게 알았냐?"

그는 자신이 말한 대로 순정파였다. 스무 살 때부터 사법시험을 준비하는 야망에, 대학생이면서 노동자라고 말할 정도로 시간도 없는 애가 두 번이나 거절당한 여자를 쫓아 관심도 없는 동아리에 가입하다니.

연지는 사실, 방금 전까지도 전혀 예상을 못 했다. 혜선을 대하는 상호의 태도는 무뚝뚝한 남자 그 자체였으니까. 술자리에서 혜선이 뭐라 말을 걸면 무뚝뚝한 얼굴로 물만 벌컥벌컥 마셔댔으니까. 아무 감정도 없는 여자하곤 하루 종일 얘기할 수 있어도, 정작 좋아하는 여자에겐 그게 힘든 성격이었다.

"계속 도전해보지, 왜."

"차단당했다니까. 말도 못 꺼내게 해."

자존심 강한 상호지만 혜선의 두 번의 차단엔 별 타격도 안 받은 것 같았다.

"이런 여자와 결혼하면 행복하겠다는 생각을 했어." 상호가 이어서 말했다.

'공상호 입에서 이런 말이 나오다니.' 하지만 비웃기엔 그의 표정이 너무 진지했다.

"술 마시러 가자." 얘기를 꺼낸 것은 연지였다.

상호의 감정에 전염이라도 됐는지 감정이 복받친 연지는 술을 그다지 마시고 싶어 하지 않는 상호를 끌고 대학 근처 술집으로 향했다. 한잔하고 싶은 날이었다.

두 사람이 간 곳은 막걸릿집이었다. 좌식 테이블들이 나무 파티션 같은 걸로 구분되어 있어 개인적인 얘기를 하기 편했다. 대학 근처라면 이것과 비슷한 집이 한두 군데쯤 있지 않을까 싶을 정도로 어디서 본 듯한 인테리어였다.

"나도 좋아한 지 구 개월 다 되어가." 연지가 상에 차려져 있는 막걸리와 파전을 보며 말했다.

상호는 말없이 연지가 하는 말을 들었다.

"난 첫눈에 반했어. 남자한테 내가 첫눈에 반하게 될 줄 몰랐는데, 이제 우리나라에서 그 남자가 제일 잘생긴 것 같아. 원래 내가 좋아하는 얼굴이 아니었는데, 좋아하다 보니까 취향이 바뀌더라고."

연지가 속상하다는 표정으로 막걸리를 들이켰다.

오늘 상호가 진솔하게 자기 진심을 털어놨으니, 자기도 속마음을 보여줘야 한다고 느낀 걸까. 상호는 언제나처럼 허리를 똑바로 세워 앉은 채 연지의 말을 주의 깊게 들었다. 연지는 시무룩한 얼굴로 막걸리를 들이켰지만, 상호는 술 생각이 별로 없어 보였다. 팔짱을 끼고 어정쩡한 표정으로 연지를 유심히 보고 있었다.

"괜찮은 남자야. 내가 얼마나 죄책감이 컸는지 몰라. 여자친구가 있는 남자를 속으로 좋아하는 게……."

"제국이 형?"

연지가 무겁게 고개를 끄덕였다.

"지금이야 여자친구랑 헤어졌으니까 말할 수 있지만, 전엔 생각도 하면 안 된다고 생각했어. 내 윤리관으로는 말도 안 되거든. 근데 자주 보다 보니까 사람 감정이라는 게 어쩔 수가 없더라고."

여자친구가 있는 남자에게 감정을 가지다니. 차마 그 감정을 입 밖에 낼 수는 없었다. 3월, 제국은 합평회 때 연지의 옆자리에 앉은 적 있었다. 그때 처음 심장이 쿵쿵 뛰었는데, 멈추지가 않았다. 그의 중저음의 목소리가 바로 옆에서 들렸다. 여중 여고를 나온 연지에겐 그 순간의 설렘은 순식간에 사랑이 되어버렸다.

"내 인생에 사랑은 이게 끝일 것 같기도 해. 이런 감정 더는 못 느낄 것 같아."

연지는 마주 보고 있는 사람에게 감정이 전염된 게 아니라, 처음부터 감정 과잉 상태였던 것 같았다. 잘 숨기고 있었을 뿐이었다. 연지는 시무룩한 얼굴로 상호의 비어 있는 잔에 막걸리를 부어주면서 마시라는 손짓을 했다. 하지만 상호는 오늘 통 술 생각이 없어 보였다. 상호는 자신의 막걸리 잔을 보다가 시선을 들어 연지의 얼굴을 유심히 봤다. 그 표정은 마치 라면 물이 끓기 기다리는 히말라야 등산객 같았다.

"자주 연락해보지, 왜. 지금이 기회네." 상호가 말했다.

"내가 마치 여자친구랑 헤어지길 기다렸던 사람 같잖아. 그렇지는 않아. 제국이 오빠가 여자친구랑 결혼해서 행복하게 살길 바랐다고."

연지는 그간 자신의 감정을 내색하지 않으려 노력했다. 그런데 지금 이 순간, 상호에게 왜 마음을 털어놓았을까. 아마도 상호의 순애보적인 사랑에 감정이 북받쳐 올랐던 것 같다.

"넌 계속 도전해봐. 가능성이 있잖아." 연지가 말했다.

혜선은 계속 남자친구가 없었다. 거기다 상호와 혜선은 꽤 잘 어울렸다.

"차단당했다니까. 상대도 안 해주는데 뭘……."

그는 의외로 꽤 수동적이었다. 두 번이나 고백한데다 동아리까지 좇아와 가입해놓고 이런 뜨뜻미지근한 반응이라니.

"여자친구 있던 남자가 헤어졌다고 냉큼 접근하는 건, 전 여자친구에 대한 예의도 아니고. 난 실제로 본 적도 있으니까……. 그리고 제국이 오빠 눈 엄청 높아. 여자친구 엄청 예뻤다고."

전자만큼 후자도 부담이었다. 탤런트급으로 예쁘고 좋은 대학에 다니는 여자친구. 제국은 누구에게나 좋은 남자지만, 여자

보는 눈만은 까다롭다. 거절당할 게 분명했다. 애초에 연지는 연애에 있어서 적극적인 성격도 아니었다.

"넌 포기하지 마. 전략을 잘 짜서 도전해봐."

연지는 상호가 쉽게 포기하는 게 아까웠다. 혜선에게 조금만 다정하게 굴면 분명 승산이 있는데. 얼굴도 잘생기지 않았는가.

"너 진짜 불쌍하다."

술집에서 나온 상호가 연지를 보고 피식 웃으며 말했다. 상호는 그날 연지를 지하철까지 바래다주었다.

그후 여러 날이 지났다. 연지는 통 동아리 방에 가지 않았다. 연지는 그날, 술집에서 상호에게 한 소리를 후회했다. 다른 이유도 있었다. 연지는 상호가 막 동아리에 가입했을 즈음의 일을 기억해냈다. 그날도 연지는 언제나처럼 수업이 끝나고 동아리 방 문을 열었는데, 마침 상호와 혜선이 테이블 모서리 쪽에 나란히 앉아 있었다. 둘은 꽤 다정해 보였다. 아무것도 몰랐던 연지는 눈치 없이 혜선의 옆에 앉아 셋이 함께 오래도록 대화를 했었다. 그날따라 상호는 연지에게 더 퉁명스러웠는데, 연지는 상호가 예의가 없어서 그런 줄 알았지, 그런 내막이 있었는지 몰랐던 것이다. 진작 알았으면 그때 둘만 있게 했을 텐데. 상호는 눈치 없이 두 사람 사이에 끼어 있던 자신이 얼마나 얄미웠을까. '앞으로는 동아리 방에 가지 말자.' 이렇게 생각했다. 연지는 역시 남의 남자에게 관심을 두는 취향이 아니었다. 다른 여자를 좋아하는 남자도 마찬가지였다. 그 여자가 연지의 절친이었을 경우엔 특히 더.

며칠 뒤 학교에 간 연지는 점심을 먹으러 학생 식당으로 갔다. 과 친구들 여섯 명과 식사중이었는데,

"여기서 보네?"

전도하러 온 종교인처럼 상호가 테이블 쪽으로 불쑥 다가왔다. 방금 친구와 식사를 마친 것 같았다. 요 며칠 통 못 봐서 그런지 굉장히 반가워했다.

"동아리 방 오늘 와?"

"안 가는데."

"돈가스 맛있지? 그때 네가 잘라준 것도 되게 맛있었는데." 상호는 아예 연지 맞은편에 서서 자리를 잡고 말을 걸었다.

예전에 같이 학생 식당에 왔던 얘기를 하는 것 같았다. 친구 여섯 명과 식사중인 상대에겐 적절하지 않은 얘기였다. 애초에 이 정도로 살가운 성격도 아니었다.

"쟤 누구야. 예의가 없네."

친구와 함께 나가는 상호의 뒷모습을 보며 같이 밥을 먹던 남자애가 툴툴거렸다. 연지는 왠지 발끈하여 남자애에게 뭐라 하려다 말없이 밥을 먹었다.

"넌 왜 밥 먹는데 와서 그래? 애들이 뭐라 그러잖아." 집에 거

의 도착했을 때쯤 연지는 상호에게 전화했다.

"어." 상호의 목소리가 시무룩했다.

"끊어." 연지가 차갑게 말했다.

"오늘 동아리 방 안 와?"

"안 가. 끊어."

그 뒤로도 연지는 동아리 방에 가지 않았다. 혜선과의 사이도 좋았다. 달라진 건 아무것도 없었다. 일주일에 한 번 열리는 합평회에만 참석할 생각이었다. 그러던 어느 날 강의실에 가는 길에 가온과 마주쳤다. 시간이 남아 복도에서 커피를 한잔하기로 했다.

"상호랑 혜선이가 사귀면 누가 더 아깝냐?" 가온이 자판기에서 커피를 뽑아 들고 말했다.

연지의 심장이 쿵하고 울리는 느낌이었다. 둘의 사이가 꽤 진척이 된 건가.

"내면을 보느냐 외면을 보느냐에 따라 다르겠지. 왜, 둘이 사귄대?"

"혜선이가 동아리 방에서 거의 산다?"

혜선은 통학 시간만 왕복 네 시간 거리였다. 그래서 동아리 방에 들러도 일찍 자리를 뜨곤 했다. 애초에 이런 얘기를 왜 혜선에게 전해 듣지 못했을까. 가온이 언니보단 내가 훨씬 친한데.

연지는 속으로 이렇게 생각했다. 혜선과 상호는 동아리 방에서 둘이 있는 모습이 자주 목격됐다고 하는데 분위기가 심상치 않다고 했다.

"원래 남녀가 모이면 커플도 생기고 그러는 거지. 두 번째 커플이 생길 때가 됐지." 연지가 심드렁한 목소리로 말했다.

그런데 왜 이렇게 기분이 안 좋은 거지. 연지는 창문 너머 하늘을 힐끗 봤다. 역시 그거다. 구름이 잔뜩 낀 날씨. 햇볕이 없어서 세로토닌 분비가 잘되지 않아서 이런 기분을 느끼는 거다.

합평 모임 날이 왔다. 오늘따라 사람들이 많았다. 휴학한 2학년 여자 선배와 3, 4학년 남자 선배들도 참석했다. 아마도 올해도 거의 끝날 때쯤이라 다들 모인 것 같았다. 연지는 가급적 상호를 쳐다보지 않으려 노력했다. 상호는 반대였는데, 연지가 다른 사람에게 하는 말을 받아서 자기가 대답하곤 했다. 누군가가 둘을 예리하게 관찰했다면 연지가 상호에게 화가 난 줄 알았을 것이다. 모임을 마치고 회원들은 술집으로 향했다. 벌써 겨울이 다가오고 있었고, 술 마시기 좋은 날씨였다. 술집의 빈 테이블은 어느새 십 수 명의 동아리 사람들과 각종 술안주와 맥주, 소주로 채워져 있었다.

"너 왜 내 문자에 답을 안 해?" 상호가 연지에게 물었다.

연지는 상호가 대체 왜 자기 맞은편에 앉았는지 이해할 수 없었다. 혜선은 여기서 말하면 잘 들리지도 않을 거리의 테이블 끝에 앉아 있었다. 상호는 거의 매일 문자를 보냈지만 연지는 답을 하지 않았다. 왜냐하면,

"그거 단체 문자잖아."

물론, 예전이라면 유치원 선생님만큼 상냥한 연지는 단체 문자라도 친절히 답장했을 것이다. 하지만 지금은 상황이 바뀌었다. 상호의 감정을 알고 있는 이상 거리를 둬야 한다.

"어떻게 알았어?" 상호가 피식 웃었다.

언제 왔는지 제국이 잔을 들고 다가와 연지의 옆에 앉았다. 그는 단정한 하얀색 니트에 면바지를 입고 있었는데, 오늘따라 밀가루만큼 얼굴이 하얘 보였다.

"둘이 무슨 사이야?" 제국이 둘을 보며 물었다.

아까 둘이 한 대화를 들은 모양이었다. 무슨 사이냐고? 연지와 상호가 눈이 마주쳤다. 아무 사이도 아니라는 뜻으로 연지가 무표정하게 안주를 집어 먹었다. 상호는 허리를 똑바로 세우고 앉아 팔짱을 낀 채, 나란히 앉아 있는 제국과 연지를 보고 있었다.

"형, 전 여자친구 되게 예뻤다면서요?" 상호가 물었다.

"근데, 기가 되게 셌어. 삼 년 동안 엄청 싸웠지." 제국이 소주를 들이켜며 말했다.

고등학교 때부터 사귄 여자친구라고 했다. 학교로 찾아왔을

때 봤는데, 긴 생머리에 여신 같은 느낌이었다. 제국이 이런 스타일을 좋아하는가, 라는 생각이 들기보다는 이런 여자까지 자신을 사랑하게 만들 수 있구나, 하는 생각이 먼저 들었다.

"형은 남자도 꼬실 수 있을걸요." 상호가 연지를 힐끗 보다 말했다.

"몇 번 고백을 받긴 했어. 뭐라 할 말이 없더라고." 제국이 어두운 얼굴로 말했다.

연지는 의외의 사실에 내막이 궁금했지만 더 이상 캐묻지는 않았다.

"얼굴도 잘생기고 성격까지 좋으니까 여자들 마음을 다 흔들어놓죠. 마음 아프게." 상호가 말했다.

연지 보고 들으라는 거였다. '역시 그때 그런 말을 하는 게 아니었는데.' 연지는 굳은 얼굴로 상호를 보다가 자리를 옮기기 위해 잔을 들고 일어났다.

"형은 수수한 여자한텐 관심 없죠? 예를 들어, 화장도 안 하고, 머리는 푸들처럼 복슬거리고, 옷도 무지 촌스럽게 입는 여자요."

상호의 말이 연지의 귀에 꽂혔다. 이건 누가 들어도 임연지였고, 상호는 방금 공격을 선언한 거였다. 연지는 상호를 한참 노려봤는데 그는 전혀 안 미안하다는 듯 말실수한 것도 아니라는 표정으로 연지를 쳐다봤다.

술자리가 끝났다. 술집에서 나와서도 상호는 아까부터 계속 연지의 주변을 맴돌았다.

"저리 가, 저리 가." 연지가 몇 발짝 뒤로 물러서며 어느새 바로 옆에 서 있는 상호에게 말했다.

상호가 성큼성큼 뒤로 물러났다. 그리고 더 다가오지 않았다. 연지 옆에 어느새 제국이 다가와 말을 걸고 있었다. 상호는 멀찍이 서서 그들을 바라보았다. 집에 돌아가기 위해 지하철로 가는 중이었다. 학교 근처에서 지하철까지는 십오 분 정도 걸렸다.

"임연지가 의외로 예의가 없더라고." 제국이 나지막하게 말했다.

지난번 약속을 펑크 낸 일을 말하는 것 같았다. 당시 연지는 별다른 사과도 하지 않았다. 어쩔 수 없는 일이 생겼다고만 했을 뿐. 배려심 많고 좀처럼 화내지 않는 제국이라도 화가 났을 거라 생각했다. 그래서 그가 다가와 말을 건 것도 꽤 뜻밖이었다.

"딱 그 순간에 도저히 갈 수 없는 일이 생기더라구요. 평생 오빠랑 단둘이 만날 인연은 아닌가 봐요."

도저히 갈 수 없는 일. 연지는 왜 이렇게밖에 말하지 못하는지 스스로에게 궁금해졌다. 상호가 아파서요, 가 정확한 말인데.

"아무래도 기간을 너무 길게 잡았던 것 같아. 도저히 갈 수 없는 일이 생길 틈이 없게 모레 어때? 내일 마음의 준비를 하고, 모레 저녁 6시에 종로에서 만나자."

제국이 쑥스러운 듯 이마를 문질렀다. 연지는 고개를 즉시 끄덕였는데, 이 상황을 믿을 수 없었다. 한번 펑크 냈는데도 또 이런 제의를 할 정도면 제국은 정말 연지를 남다르게 생각하고 있는 게 분명했다. 이건 데이트였다.

금요일, 2시 반에 수업이 끝난 뒤 연지는 즉시 집으로 돌아와 한 시간 반 동안 화장을 고쳤다. 옷도 여러 벌 꺼내놓고 최대한 자연스러워 보이는 것으로 고르고 골랐다. 그리고 나갈 시간이 다 되었다. 그때, 전화기가 울렸다. 준호였다.

"연지야, 내가 주소 보낼 테니까 우리 집에 좀 가줘." 준호의 목소리가 초조해 보였다.

대체 무슨 일로? 같은 과 같은 동아리긴 했지만 집까지 찾아갈 정도로 친한 사이가 아닌데.

"상호 팔이 퉁퉁 부었어. 팔도 안 나았는데 공사장 아르바이트를 또 했나 봐. 팔에 무슨 문제가 생긴 것 같은데……. 근데 얘는 고집이 왜 이렇게 세? 의사를 싫어하나? 병원엘 안 간대. 얼굴이 지금 시뻘게. 열이 많이 나서."

준호의 목소리에서 상호에 대한 염려가 느껴졌다.

"넌 어디 있는데?"

"본가로 가는 길이야. 집안일이 있어서 꼭 가야 되거든. 너 안 바쁘지? 아르바이트도 안 하잖아?"

준호의 목소리 너머로 지하철 안내 멘트가 들렸다.

"하필 오늘이야? 다른 사람은 없어? 오늘은 안 돼." 연지가 단호하게 말했다. "고준호, 나 공상호 안 좋아한다니까. 너한테 준 하숙비는 내가 그냥 호구라서 준 거라고. 너 앞으로 이런 일로 연락하지 마. 나한테 전화하면 내가 냉큼 갈 줄 알았어?"

준호의 집에 도착한 것은 오후 6시였다. 문을 두드리니 상호가 나왔다. 그는 하얀 반팔 티에 검은색 운동복 바지를 입고 있었다. 팔이 언뜻 봐도 부은 것 같았다. 얼굴도 약간 붉고, 머리는 온통 땀범벅이었다. 그는 한눈에 봐도 병원에 가야 할 상태였다. 하지만 연지를 바라보는 눈빛만은 여전히 또렷하고 거만했다.

"나랑 데이트하러 온 거야?" 상호가 연지를 아래위로 훑더니 말했다.

연지는 오늘 풀 메이크업을 했고, 좀처럼 입지 않는 검은색 원피스와 베이지색 코트를 입고 있었다. 스무 살 연지 기준에서 잘 차려입는다는 것은 빵모자를 쓴다는 뜻이었다. 오늘도 하얀색 빵모자가 연지의 머리 위에 있었다. 연지는 빵모자를 비뚜름하게 매만지고는 상호의 퉁퉁 부은 팔을 툭 찼다. 살짝 찼을 뿐인데도 상호가 엄청 아픈 듯 팔을 움켜쥐었다. 상호는 뭐 하는 짓이냐는 듯 연지를 봤다.

"일흔 살 할머니도 그 정도로는 안 아파해. 팔 잘라내기 싫으면 얼른 옷 입어." 연지가 말했다.

연지는 단호한 얼굴로 상호의 방에 들어갔다. 상당히 많은 책들이 차곡차곡 정리되어 있었는데, 소설은 보이지 않았다. 인문, 경제, 정치에 관련된 책들과 사법시험 준비용 서적들뿐이었다. 말끔하게 정리된 비키니 옷장에서 점퍼를 꺼내 상호에게 건넸다.

상호의 상태는 생각했던 것보다 심각했다. 그는 열이 나는 것 정도는 대수롭지 않게 생각하는 것 같았는데 병원 의사의 생각은 달랐다. 전에 금이 간 자리에 염증이 생겼다고 했다. 그는 다시 팔에 깁스를 해야 했다. 진료를 마친 상호는 링거를 맞고 병원 침대에 누웠다. 그는 깜빡 잠이 들었는데 여전히 땀을 많이 흘렸다. 이마에서 흐르는 땀을 연지가 닦아주었다. 문득 벽시계를 보니 7시가 훌쩍 지나 있었다.

준호의 전화를 받고 난 후, 지하철을 타는 순간까지도 연지는 결정을 못 내렸었다. 연지의 집에서 제국과의 약속 장소인 종로와 상호가 사는 학교 뒤편은 완전히 반대 방향이었다. 연지는 지하철역에 도착해 두 방향 사이에 선 순간 마음의 결정을 내렸다. 아니, 처음부터 그럴 생각이었는지도 모른다. 한순간도 고민조차 하지 않았던 사람처럼 바로 뛰어서 학교 가는 방향의 지하철을 탔으니까. 제국에겐 미안하다고 했다. 이번에도 피치 못할 사정이라고 했다. '상호가 아파서요'라고 말할 순 없었다. 그렇게 말하면 제국도 준호처럼 자신의 감정을 오해할 테니까.

현재

카페 안. 연지의 앞엔 오랫동안 잊고 있었던 추억 속의 사람들이 앉아 있었다. 스무 살, 스물한 살 때의 가온, 준호, 상호의 모습이 눈에 선했다. 이제 그들의 나이는 서른두 살, 서른세 살이 되었다. 어엿한 사회인으로 성장한 그들이다. 창밖으로 지나가는 행인들은 이 사람들을 보고 소개팅을 하는 걸까 생각할지도 모르겠다. 화장실에 가기 위해 그들의 자리를 지나쳐 가며 토막 대화를 들었던 사람은 소규모 동창회를 한다고 생각했을 것 같다. 하지만 그들의 분위기는 꽤 험악했다.

"네 꿈이 그래서 뭘 얘기해줬다는 건데?" 가온의 목소리엔 비꼬는 기색이 역력했다.

"정신이 번쩍 든다. 대체……." 준호가 말했다.

"분위기를 이렇게 만들어놓고 꿈에서 뭘 들었는지 왜 그렇게 확신하는지 끝까지 얘기 안 할 거야?" 가온이 말했다.

"혜선이 누나가 살해당했을 수도 있다는 건 나도 의심했던 일이야. 하지만 동아리 사람에게 그렇게 됐을지도 모른다고? 그게 무슨 개소리야. 우리 중 한 명이 그랬다는 거야? 맨날 보던 일곱 명 가운데 한 명이?"

준호는 이 사건의 시작점이자 연지가 가져온 사진을 보며 말했다. 가온은 십이 년 전만큼 날카로운 눈으로 연지를 바라보았다. 상호는 가타부타 말없이 침묵만 지켰다.

"혜선이가 죽었을 때, 형사는 왜 날 의심했을까. 면식범이 한 일이라고 생각했거든. 옆집 여자가 자는 중에 혜선이 목소리를 들었다고 했어. 새벽까지 일하다 잠이 들었고, 화장실에 가기 위해 잠깐 깼을 때 들은 거라 정확한 시간을 기억 못 했어. 11시에서 12시 사이였던 것 같다고 말했지. 혜선이가 이렇게 말했대. '웬일이야?' 그러고는 문 닫히는 소리를 들었다고 했어. 사망 추정 시각도 그즈음이지."

"집에 들인 사람이 아는 사람이었다는 거야?" 가온이 말했다.

"내가 계절학기 수업이 끝나고 오후 3시에 그 집에 가서 손잡이를 돌렸을 땐, 문이 잠겨 있지 않았어. 쓰러져 있는 혜선이 말고는 아무도 없었어. 그리고 내가 감췄던 사실, 수업 전에 그 집에 들렀던 때가 그 애의 사망 추정 시각이어서 의심받을 사람은 나밖에 없다고 생각했어. 그 집을 아는 게 학교에서는 나뿐인 줄 알았으니까." 연지가 말했다.

"왜?" 준호가 물었다.

"내가 혜선이한테 시켰으니까. 아무한테도 집을 알려주지 말라고. 이사하고 딱 삼 일 됐는데, 그 집을 동아리 사람들이 전부 알고 있었으리라고 생각이나 했겠어? 하지만 십일 년 동안 정말 찝찝했어. 사고라고 하면 이해가 안 되는 일이 두어 가지 있었는데 의심할 만한 사람이 내가 봐도 나밖에 없었으니까. 차라리 이렇게 이해하려고 했지. 자살인가? 그러면 그것도 이해가 되거든. 근데 역시 아니었어. 성혜선은 살해당한거야. 우리 동아리 사람한테."

"그래서 뭐 어떻게 하겠다는 건데? 방송국에 제보라도 하게?" 가온이 말했다.

"몰라. 아직은 모르지만……." 연지가 말을 하다 말고 숨이 가쁜지 숨을 깊게 들이켰다 내쉬었다.

"내가 할 수 있는 일은 다 할 거야. 그게 내 의무라고 생각해. 십일 년 전, 무책임하게 도망쳤던 나에게 지워진 의무."

준호가 팔짱을 끼고 뭔가 생각하다 아이스커피를 들이켰다. 가온은 여전히 날카로운 눈으로 연지를 보고 있었다. 상호는 허리를 똑바로 세워 앉은 채, 연지의 얼굴을 아무런 감정이 안 느껴지는 표정으로 보고 있었다. 그렇게 대화가 끝났다.

카페 유리문을 열고 나오는 네 사람의 표정은 적어도 작은 동창회를 마친 사람들 같진 않았다. 연지는 의혹을 제기한 게 아니라 선전포고를 한 상태였다. 앞으로 그 사진과 관련된 사람들의 인생이 피곤해질지도 모른다. 연지를 제외한 사람들은 다들 그런 생각을 하고 있는 것 같았다.

"술 한잔할래?" 가온이 세 사람을 보며 말했다.

아까부터 말이 없던 상호가 고개를 끄덕였다. 준호도 고개를 끄덕이며, 어떻게 할래? 하는 눈빛으로 연지를 봤다. 그때 자동차 경적 소리가 울렸다.

진회색 승용차가 카페 앞 도로에 멈췄다. 조수석 창문이 내려가고 운전석에 있던 준영이 손을 흔들었다. 그러더니 근처에 차를 대고 뛰어왔다. 하얀 셔츠와 청바지를 입고 있었는데, 오늘따라 그는 더 풋풋한 청년 같았다. 준영은 큼지막한 쇼핑백을 들고 자연스럽게 연지 옆에 섰다. 연지의 일행에게 호의적인 미소를 짓고 있는 그는 역시 사회생활이 몸에 밴 남자였다.

"약속을 두 개 잡아놨어, 임연지? 이런 종류의 얘길 하면서도?" 가온이 준영과 눈인사를 하면서 말했다.

"나랑 매일 전화하는 남자야. 아무 용건도 없이 그냥 전화하는 사이." 연지가 준영을 흐뭇한 얼굴로 보며 말했다.

남자가 멋있어서 의외라는 듯한 준호의 표정을 보면서 연지는 회심의 미소를 지었다.

"이분이 그……." 가온이 연지에게 눈썹을 찡긋 올렸다.

'이분이 그……'라는 말의 의미를 깨달은 연지는 준영을 데리고 황급히 자리를 떠야겠다고 생각했다. 가온은 원래 말하는 데 거침이 없었다. 여기 더 있다간 무슨 말이 나올지 몰랐다.

"차 저기 대면 견인차에 끌려갈걸요?" 연지는 일행들에게 눈인사를 하고, 준영의 팔을 잡아끌고 가려는데…….

"천안에서 사 온 호두과잡니다. 아주 잘하는 집이에요."

준영이 쇼핑백에서 호두과자 봉지를 꺼내 가온과 준호에게 주었다. 그는 역시 영업맨 출신다웠다. 준영이 상호에게 호두과자를 건네주면서 그의 얼굴을 유심히 봤다.

"공상호 씨? 여기서 뵙네요. 연지 씨 언니 되는 분이 멋있다고 해서 궁금했는데." 준영이 싱긋 웃었다.

"너 언니 있었어?" 상호가 의외라는 듯 말했다.

"모임에서 본 적 있대. 변호사거든. 그리고 언니 있지. 근데 그걸 네가 기억하는 게 이상하지."

"한 번도 언니 있다고 얘기한 적 없어." 상호가 중얼거리듯 말했다.

"멋있으시네." 가온이 연지를 보며 말했다.

연지는 약간의 승리감을 느끼며 준영의 팔에 살짝 팔짱을 꼈다. 준영이 미소 지으며 일행들에게 눈인사를 했다. 배웅 인사를 한 후 유유히 차로 갔다.

"잘돼가는 남자 있다더니……."

아직 카페 앞에 서 있는 가온의 목소리가 꽤 크게 들렸다.

"누나한테도 그렇게 말했어?" 준호의 목소리도 들렸다.

"꼭 그렇게 말한 건 아니고……. 자고 싶은 남자가 있다고 했어." 가온의 목소리가 뉴스를 진행하는 아나운서만큼 정확하게 들렸다.

준영이 우뚝 걸음을 멈춰 섰다. 그리고 횡단보도에서 뜻하지 않게 부딪힌 여자를 보듯 연지를 봤다.

"어머, 들렸어요? 연지야, 미안해!" 가온이 크게 외쳤다.

"괜찮아, 언니."

연지가 아무렇지 않게 뒤로 돌아 가온에게 손을 흔들었다. 준호가 호두과자를 먹으면서 재미난 구경거리를 봤다는 듯 웃었다.

"이거 진짜 다른 호두과자랑 좀 다르네." 준호가 상호의 입에 호두과자 하나를 쏙 넣어주며 말했다.

상호가 연지와 준영의 뒷모습을 보며 무표정하게 호두과자를 먹었다. 입에 안 맞았는지 표정만 보자면 칡뿌리라도 삼킨 것 같았다.

"공상호 씨 잘생겼던데요." 운전석에 앉은 준영이 안전벨트를 매며 말했다.

"성격이 안 좋아요." 연지가 옆자리에 앉아 호두과자를 하나 먹으며 말했다.

"아까 들은 말 기억해둘게요."

"그러니까요. 여기 원래 차 대면 안 되는 덴데. 그래도 딱지 안 떼어서 다행이에요."

준영이 피식 웃다가 차를 출발시켰다.

과거

연지는 강의실에 가는 길에 가온과 마주쳤다. 마침 수업이 일찍 끝나 여유가 있던 터라 복도 맨 끝에 있는 자판기에서 커피를 뽑아 먼저 가온에게 건넸다.

"성혜선 같은 애들도 연애를 하긴 하네. 난 걔 어장 관리만 하다 졸업할 줄 알았거든." 가온이 커피를 받아 들고 의외라는 듯 말했다.

그때 연지가 자판기에서 커피를 뽑다가 컵을 놓쳤다. 복도 바닥에 커피가 쏟아졌다. 가온이 놀라 가방에서 휴지를 꺼내 연지에게 건넸다.

"그걸 왜 언니가 먼저 알아? 내가 혜선이랑 더 친한데?" 연지가 바닥에 엎드려 엎질러진 커피를 휴지로 닦으며 말했다.

연지의 머릿속에 가온이 전에 했던 말이 떠올랐다.

—상호랑 혜선이가 사귀면 누가 더 아깝냐?

—혜선이가 동아리 방에서 거의 산다.

연지는 혜선이 누구와 사귄다면 분명 상호일 거라고 생각했다.

"내가 알아낸 거야. 두 사람의 의사랑 상관없이."

"혜선이, 회장이랑 사귀어?"

연지의 목소리가 살짝 높아졌다. 가방에서 물티슈를 꺼내 다시 한번 바닥을 닦았다. 바닥에 커피 자국은 말끔히 지워져가고 연지의 표정도 점점 풀렸다. 가온이 '두 사람의 의사랑 상관없이' 알아낼 만큼 관심을 가질 대상은 제국밖에 없었다. 가온은 매사에 심드렁한 성격이었는데, 제국에 대해서라면 뭐든 관심 있었다. 그렇게 말하면 가온은 벼락같이 화냈을 테지만.

"지금 심정이 어때?" 가온이 자판기 앞 의자에 앉아 커피를 마시며 물었다.

가온은 연지를 안됐다는 얼굴로 봤다.

"언니는 어때?" 연지가 커피를 마시며 되물었다.

연지 역시 상대를 안됐다는 얼굴로 보고 있었다. '그쪽도 같은 처지 아니슈?'라고 말하는 것처럼.

"뭔 헛소리야?" 가온이 정색을 하며 일어섰다.

가온은 씩씩대며 자리를 떴다. 문득 창밖을 본 연지는 오늘 날씨가 꽤 좋다는 생각이 들었다. 덥지도 춥지도 않은 알맞은 날씨다. 때는 12월 초였지만 겨울치고는 따뜻한 날씨였다. 연지는 한결 편안해진 마음으로 제국과 혜선에 대해 생각했다. 전혀 예상하지 못한 조합이었다. 두 사람 사이에 뭔가 있다는 건 전혀 느끼지 못했으니까. 하지만 둘에겐 연지가 모르는 일 년의 역사가 더 있었다. 그리고 둘은 누구에게나 친절한 남자, 누구에게나 다정한 여자였다. 그 두 사람이 만난다면…….

'방에서 혼자 소주 한잔하는 사람들 꽤 있겠네.'

가장 먼저 떠오른 건 상호였다. 요즘 동아리 방에서 자주 함께 있었다던데. 그의 입장에서는 정말 당황스러울 것이다. 두 번이나 고백했던 여자와 잘되어가는 줄 알았을 텐데. 연지는 문득, '방에서 혼자 소주 한잔하는 사람' 중에 자신도 포함되어야 함을 깨달았다. 하지만 연지의 마음은 잔잔한 바다처럼 고요했다.

'내 사랑엔 소유욕이 없나 봐.'

연지는 두 사람이 행복하기를 바라며 다음 수업을 듣기 위해 일어섰다.

연지는 오랜만에 동아리 방을 찾았다. 울적할 상호를 위로하기 위해 식혜와 초콜릿도 샀다. 하지만 막 문을 열고 들어온 연지의 눈에 들어온 건,

"혜선아." 연지가 의외라는 듯 혜선을 보며 말했다.

정말 의외였던 건 혜선과 같이 있던 상대였다. 소파에 나란히 앉아 꼭 붙어서 한 권의 책을 읽고 있던 건 상호였다. 그는 팔에 염증이 생긴 탓에 다시 깁스를 한 상태였다. 혜선이 페이지를 넘겨주고 있었다. 상호가 연지를 보고 몸을 살짝 일으켰다. 얼굴엔 반가운 기색이 역력했다. 연지는 두 사람을 보자마자 문을 닫고 다시 나가려고 했다.

"네가 경비원이냐? 사람 있는지 확인만 하고 가게?" 상호가 벌떡 일어서서 말했다.

"혜선아, 너 이거 먹어."

연지가 다시 들어와 식혜와 초콜릿이 든 비닐봉지를 테이블에 내려놨다.

"그리고 너 나한테 말 걸지 말랬지?" 연지가 상호를 보며 말했다.

"언제?"

"너 몰랐어? 우리 절교야. 우린 끝났다니까. 항상 잘 지내. 정말 잘 살아. 그러길 바랄게."

연지는 지난번 상호가 아파서 병원에 데려다준 후로 그와 만난 적이 없었다. 동아리 방에 아예 출입하지 않았고, 그가 매일 보내오는 단체 문자에도 답을 하지 않았다.

"둘이 뭐 있었어? 사귀는 사이도 아니고 뭘 끝내." 혜선이 둘을 번갈아 보며 물었다.

상호가 일어선 채, 예의 그 자존심 강해 보이는 얼굴로 연지를 봤다. 연지는 미소 한번 짓지 않고 굳은 얼굴로 상호를 바라보았다. 팽팽한 시선이 오가고 연지가 문을 닫고 나갔다. 상호는 자리에서 일어나 연지가 사 온 식혜 캔을 따서 마셨다. 처음 둘이 친해졌을 때처럼 꿀떡꿀떡 한 번에.

그 주 수요일에 열리는 합평회가 끝난 후.

뒤풀이로 간 술집에서 뜻밖의 일이 벌어졌다. 혜선과 제국이 사귀는 게 알려진 후, 연지는 혼자 슬퍼할 사람이 있으리라는 생각은 했다. 또 짝사랑의 상처를 이번 술자리에서 폭음으로 표현할 사람도 나타날 거라 생각했다. 그러나 오늘 주사를 부리는 주인공은 뜻밖의 인물이었다.

"상호야, 집 쫄딱 망한 게 그렇게 부끄럽냐? 돈이 없어서 동아리 방에서 자면 잔다고 말을 하지. 형이 도와줬을 텐데." 경신이 상호에게 말했다.

경신이 취해서 제대로 눈도 뜨지 못하며 말했다. 한 손엔 소주와 맥주를 섞어 만든 반쯤 남은 폭탄주를 들고 있었다. 경신은 말릴 수 없는 지경이 되어 있었다. 취해서 기분이 나빠진 탓인지 동아리 남자들에게 하나하나 꼬투리를 잡으며 치부를 건드렸다. 상호는 굳은 얼굴로 앉아서 경신의 술주정을 인내심 있게 받아주었다. 어디까지 하나 보자는 듯이.

“상호야, 미안해.” 준호가 두 손을 가지런히 모은 채 상호 옆에서 중얼거리듯 말했다.

상호의 사정을 말해준 사람이 준호인 것 같았다.

“준호 너는 우리 동아리에 관심 있는 여자 없다고 했지? 자기 스타일 없다고. 그게 아니라 널 좋아하는 여자가 아무도 없는 거겠지. 넌 그냥 계산적인데다 못생긴 거야. 널 아무도 안 좋아하니, 너도 아무도 안 좋아하는 거지. 그러다 졸업하고 말겠지.”

준호는 무표정하게 앉아 있었지만 내심 충격이 커 보였다. 테이블 위는 경신이 자신을 말리는 사람들을 뿌리치는 과정에서 술잔과 안주가 엎어지는 등 엉망이 된 뒤였다.

“장제국, 너 인마.” 경신의 얼굴이 붉으락푸르락 뒤틀렸다.

경신의 목적은 제국인 것처럼 보였다. 앞의 두 사람을 바라보던 표정과 지금은 확연히 달랐다. 여차하면 달려들어 싸울 듯한 표정이었다.

“네 인생에 이 동아리가 몇 순윈데? 과 친구들, 교내 봉사 동아리, 고등학교 동창들…… 교우 관계 좋아서 좋겠다. 아무리 그래도 회장이라는 게 일주일에 한두 번 들를까 말까.”

경신의 잡아먹을 듯한 표정에 비해 내용은 앞에서 시비를 건 사람들보다 너무 시시했다. 억지로라도 제국에겐 흠잡을 게 그다지 떠오르지 않은 듯했다.

“장제국, 이 개자식아.”

경신은 눈을 부릅뜬 채 제국을 노려봤다. 그때, 성화가 더는 못 참고 경신을 일으켜 세우려고 했다. 평소 무던한 성격이라 웬만한 일에는 나서는 법이 없었지만 오늘은 달랐다.

"조성화, 내가 왜 이러게?"

술에 취해 얼굴이 벌게진 경신이 성화의 손을 뿌리치며 말했다. 성화가 중심을 잃고 바닥에 쓰러졌다.

"너랑 사귀는 게 아니었는데……." 경신이 자기 얼굴을 세수하듯 빡빡 문지르며 말했다. 정말로 후회된다는 듯.

"박경신, 취했으면 집에 가."

화가 나고 날이 선 여자의 목소리가 들렸다. 목소리의 주인공은 혜선이었다. 혜선이 화내는 모습을 연지가 본 건 그날이 처음이자 마지막이었다. 경신의 반응은 더 의외였다. 그는 바닥에 주저앉아 엉엉 울었다. 마치 엄마에게 호되게 혼난 아이처럼. 누가 보든지 말든지 온 얼굴에 눈물범벅을 하고서.

"난 죽어도 안 되는 거였지. 난 죽어도 아닌 거지."

경신이 나지막하게 중얼거렸다. 그는 혜선이 화를 낸 순간부터 온몸의 에너지가 방전된 사람 같았다. 이제 그가 행패 부리는 걸 막을 필요는 없어졌다. 다만, 우는 걸 달래줘야 했을 뿐이다. 그날의 술자리는 그렇게 끝났다.

오랜만에 동아리 방에 놀러 온 3학년 여자 선배가 혜선을 아련하게 보며 이렇게 말했다고 한다.

"제국이한테 잘해줘. 걘 내 미래의 아들감이야."

그 선배가 또 아련한 얼굴로 이렇게도 말했다고 한다.

"화룡점정이라는 말은 이럴 때 쓰는 말이지. 넌 다 가진 거야. 얼굴도 예쁘지, 성격도 좋지, 하다 하다 장제국까지 갖다니."

하지만 모든 것을 가진 혜선에게 최근 들어 자꾸 안 좋은 일이 생겼다. 요즘 혜선은 동아리 방에 자주 있고, 또 오래 있었다. 그러다 보니 리포트도 주로 동아리 방에서 썼는데 어느 날 상호랑 밥을 먹고 와보니, 혜선의 리포트가 테이블에 널려 있었다고 했다. 마치 회 밑에 까는 무채처럼 갈기갈기 찢겨서.

연지가 오랜만에 동아리 방에 가보니 혜선이 난감한 얼굴을 하고 있었다.

"연지야, 우리 방에 귀신 있나 봐."

혜선의 말에 의하면, 상호가 수업을 들으러 간 후 혼자 소파에서 깜빡 잠이 들었는데, 일어나보니 구두 한 짝이 사라졌다고 했다. 연지는 가타부타 말도 없이 동아리 방을 나갔다 잠시 뒤 다시 들어왔다. 혜선의 잃어버렸다던 구두를 들고.

"분명 방에 있던 신발을 어떻게 밖에서 찾아왔어?" 혜선이 신발을 건네받으며 말했다.

신발엔 흙이 약간 묻어 있었다.

"그냥 신발에 발이 달려 있었다고 생각해."

연지는 그 이상 말하려 하지 않다가,

"혹시 또 리포트가 찢어지는 것처럼 이상한 일 생기면 나한테 말해. 내가 혼내줄게"라고 말했다.

"귀신이 아니라 사람이 그런 거야? 그게 더 슬픈데." 혜선이 우울한 듯 말했다.

"그러니까 누군지는 나 혼자만 알게. 나 빼고, 우리 동아리 사람들 아무도 안 슬프게."

혜선이 더는 묻지 않고 시무룩한 얼굴로 고개를 끄덕였다.

연지가 학교에서 집으로 가는 길이었다. 운동장 계단 한가운데, 제국이 혼자 우두커니 앉아 있었다. 뭔가를 골똘히 생각하는 것 같았다. 연지는 문득 오늘 들은 말이 생각났다.

—성혜선 같은 애들은 남자 사귀면 안 된다니까. 만인의 연인으로 남아야지.

'미래의 아들감' 운운했던 3학년 선배가 또 동아리 방에 들러 이렇게 말했다고 한다. 혜선이 제국을 두고 상호와 동아리 방에서 붙어 있는 게, 아무래도 심상치 않아 보인다는 제보를 익명의 누군가에게 듣고 난 뒤였다.

연지는 우두커니 앉아 있는 제국을 멀리서 바라보았다. 그에게 말을 걸까 하다가 그만두었다. 혼자 있는 제국의 모습은 그와 어울리지 않았다. 혼자 있는 걸 좋아하는 성격도 아니었다.

12월, 그해의 마지막 동아리 정기 모임 날이 왔다. 그날 모인 것은 여덟 명이었다. 늘 보던 사람들. 그날 꽤 많은 술을 마시고 많은 대화를 했다. 상호와 연지는 서로 마주 보고 앉아 있었지만 대치중인 적군처럼 일절 대화가 없었다.

"모두 모여봐."

카메라를 가져온 준호가 앵글 안에 모두를 담기 위해 테이블에서 일어났다. 앵글을 맞춘 뒤 서빙하는 직원에게 찍어달라고 부탁하고는 자신도 상호 옆자리에 가 앉았다. 십이 년 뒤 모두에게 참 많은 생각을 하게 할 사진을, 모두 꽤 방심한 상태에서 찍었다. 가온과 얘기중이던 제국은 사진을 찍은 후 혜선의 옆자리로 자리를 옮겼다.

"내 고등학교 친구 중에 턱돌이라는 별명을 가진 애가 있었어. 주걱턱이 꽤 심했거든. 걔가 이번에 수술을 했더라고."

상호가 맞은편 연지를 보는 건지 그 옆에 있는 사람을 보는 건지 애매한 시선으로 말했다.

"천만 원쯤 깨졌겠네." 상호의 옆자리에 앉은 준호가 말했다.

"네가 봐도 반하겠지? 하고 뿌듯해하는 녀석에게 턱만 고쳐서 되겠냐? 그랬더니 화를 엄청 내더라고."

"그렇게 큰돈을 썼는데, 그런 소릴 들어봐. 당연히 화가 나지."

준호가 감정이입하며 말했다.

"근데 미안하다고 사과하니까 엄청 놀라더라고. 내가 자기한테 사과한 게 처음이라고."

"정말 요즘 성격 꽤 좋아졌어." 오늘은 멀쩡한 경신이 잔을 들고 다가와 상호 옆에 앉으며 말했다.

"이 자리에도 나한테 상처를 받은 사람이 있다면, 미안해."

상호가 테이블에 있는 술잔에 시선을 고정하고 있다가 문득 연지를 봤다.

"괜찮아, 자식이." 경신이 다 이해한다는 듯 상호의 어깨를 끌어안고 말했다.

"받아줄게." 준호가 눈을 감고 고개를 끄덕였다.

준호도 같이 살면서 쌓인 게 있었던 것 같다. 상호가 물끄러미 연지를 봤다. 연지는 아무 말도 안 했지만, 자신한테 하는 말이라는 걸 알고 있었다. 하지만 아무 말도 하지 않았다. 대체 뭣 땜에 화가 났을까. 스무 살의 연지는 다른 스무 살들처럼 자신의 감정에 서툴렀다. 연지가 뭐라 말하려 입을 떼는데, 혜선이 술이 올라 볼이 발그스름해진 얼굴로 잔을 들고 방긋 웃으며 상호에게 다가왔다. 연지는 얼른 자리에서 일어나 비어 있는 성화의 옆자리로 갔다.

술자리가 끝나고 지하철로 향하는 길이었다. 적당히 술이 오른 혜선이 연지의 옆에서 걸었다. 연지의 집에서 같이 자고 싶다고 조르는 중이었다. 혜선은 볼이 발그레해져 미소 짓고 있었다. 기분이 좋아 보였다. 하지만 연지는 집에서 혜선을 재울 기분이 아니었다.

"세상에서 가장 나쁜 여자가 누군지 알아? 안 만나주면서 여지만 남기는 여자."

혜선이 오늘 술자리에서 한 행동은 도저히 남자친구가 있는 여자 같지 않았다. 혜선은 누구 한 사람 소외되는 걸 싫어했다. 그래서 감정조차 평등하게 나눠주려고 했다. 남자친구가 생겼다 해도 달라질 건 없었다. 준호, 제국, 경신, 상호 모두에게 똑같이 눈을 맞추고, 상냥한 미소를 지어주었다. 게다가 명쾌하게 설명할 수 없지만 분명 그것 말고 뭔가가 더 있었다. 상대를 오해하게 만드는 뭔가가.

"우리 주변에도 그런 여자가 있어? 난 못 봤는데." 혜선이 의아한 듯 말했다.

"내 앞에 있는 것처럼 보이는데?"

혜선의 입에서 미소가 사라졌다.

"그래, 넌 그런 여자가 아니야. 내가 알아. 그냥 착한 거지. 근데 꼭 그렇게 모두에게 사랑을 받아야겠어? 다른 사람 생각은 안 해?"

혜선의 이런 애매한 태도는 주위에 좋지 않은 영향을 끼쳤다. 운동장에 우두커니 앉아 있던 제국에게도, 동아리 방에서 남자친구 있는 여자와 내내 붙어 있다는 소문의 주인공이 된 상호에게도.

"내가 제국이랑 사귀어서 화났구나." 혜선은 이해한다는 투였다.

연지는 걸음을 멈추고 혜선을 봤다. 자신이 잘 숨겼다고 생각했던 감정이 알고 보면 티가 났던 걸까. 적어도 동아리 여자들은 다 눈치채고 있었던 걸까.

"난 제국 오빠 때문에 화난 게 아니야. 네가 애매하게 사람 감정을 갖고 노니까 화난 거지."

연지는 다시 앞을 보며 뛰듯이 걸었다. 혜선도 놓칠세라 종종 뛰듯이 쫓아왔다. 다른 일행들은 이미 점처럼 멀어져 보였다. 연지는 지하철 타는 방향과 다른 방향으로 걸었다. 혜선과 함께 지하철을 타고 집으로 돌아갈 마음이 없었다. 혜선을 떼어놓고 싶었다.

"나는 누구의 감정도 갖고 논 적 없어." 혜선이 쫓아오며 말했다.

"성혜선 선배, 이쯤 했으면 알아들었음 좋겠는데." 연지가 걸음을 멈추고 말했다.

"뭘."

"당분간 동아리 일 외에 개인적인 연락은 안 했음 좋겠어. 문자 해도 답장 안 할 거야. 미안해."

혜선이 울먹였다. 평소의 연지라면 달래줬을 테지만 이번엔 무작정 앞을 보며 도망치듯 뛰었다. 여기서 벗어나고 싶었다. '왜 이렇게 화가 난 걸까.' 연지 스스로도 정확히 설명할 수 없다. 단지 혜선을 보고 싶지 않았다.

"나 보름 뒤에 학교 근처로 이사해. 놀러 올 거지?" 뒤에서 혜선의 목소리가 들렸다.

연지가 걸음을 멈추고 돌아와 혜선 앞에 섰다.

"통학하기가 너무 멀어서, 엄마 졸랐어. 연희 하숙이라는 원룸 건물인데, 밥도 주는 데야." 눈물 섞인 눈을 한 혜선이 방긋 웃었다.

"난 이런 쪽으로 얘기 많이 들었어. 우리 언니 주변에서 일어난 여러 가지 사건들을 들었거든. 예쁘고 착한 여대생이 학교 근처에서 자취할 때 일어날 수 있는……. 내 말 잘 들어."

연지가 혜선의 어깨를 잡고 눈을 마주쳤다.

언니에게 들은 얘기 대부분은 옛날 에로 영화에나 나올 법한 여대생들의 얘기였다. 언니는 방학 때 집에 올 때마다 고등학생인 연지에게 갖가지 일화를 전하며 겁을 주었다. 언니는 연지를 과보호하는 경향이 있었는데 성적인 부분에선 유독 그랬다. 대학에서 일어날 사고를 방지할 차원으로 언니가 전해준 사례들은 『천일야화』만큼 다양했다. 미성년자인 연지는 그 위험천만한 소굴에 발을 디딘다는 것에 겁에 질렸다. 그리고 그때 마음에 새겨진 이미지를 아직까지 간직하고 있었다.

"만약, 우리 동아리 남자 회원이 문을 두드리면 어떻게 할 거야? 술을 너무 많이 마셨는데 지갑이 없어졌어, 재워줘." 연지가 목소리를 남자처럼 굵게 내며 말했다.

"열어줘야지."

"그게 새벽 1시면?"

"열어주지 말아야겠지?"

"낮 1시라도 열어주면 안 돼. 하지만 넌 새벽 1시라도 열어달라고 애원하면 열어줄 성격이야. 그러니까 애초엔 아무한테도 네가 자취하는 걸 얘기해선 안 돼. 나 말고 그 누구한테도." 연지가 다짐받듯 혜선과 눈을 맞췄다.

혜선이 입술을 꾹 다물고 야무지게 고개를 끄덕였다.

현재

이틀 뒤, 연지는 강원도 한 대학 건물의 복도를 걷고 있었다. 이십 대 초반의 앳된 대학생들이 깔깔거리며 연지를 지나쳤다.

'좋을 때지.'

연지는 교수 연구실 앞에 서서 자신의 복장을 점검했다. 베이지색 정장을 입고 선물로는 꽃다발을 준비했다. 문득 지난주 일요일 준호에게 들었던 성화에 대한 말이 떠올랐다.

"서른셋에 대학 조교수라니, 이런 단순히 부와 빽만으론 안 되는 거야. 성화 누나의 노력도 인정해줘야 해."

사진 속 사람들 중 가장 예상외의 인생을 살고 있는 사람은 단연 조성화였다. 스물한 살의 성화는 꾸미기를 좋아하고 남자친구 사귀는 데 관심 많았던 평범한 여대생이었다. 적어도 미국에 유학 가서 석박사 과정을 마치고 학위를 받아올 정도의 야망은 없어 보였다. 그녀는 최근 이 대학에서 조교수로 발령받았는데 별다른 이변이 없는 한 부교수-정교수 코스를 밟게 된다고 했다. 요즘처럼 미국 대학 출신 박사가 많은 시대에 귀국하자마자 조교수라니, 역시 부와 빽이 작용한 걸까. 연지는 그런 생각을 하며 연구실의 문을 열었다. 책상에 앉아 통화중인 성화가 연지를 보고 살짝 미소 지었다.

"준호야, 나중에 통화하자."

통화하는 상대가 고준호인 것 같았다. 연지가 보기에 성화는 굉장히 멋있어졌다. 스물한 살의 성화는 아무리 비싼 옷을 입어도 어딘지 애써 꾸민 듯한 인상을 줬다. 키가 커서 시원시원한 느낌은 있었지만 남자처럼 골격이 큰 편이어서 그런 인상이 강했던 것 같다. 지금의 성화에게는 그런 느낌이 없었다. 서른세 살의 조성화는 우아하고 매력적이었다.

"이 사진을 보낸 사람을 찾고 있어." 연지가 사진을 내밀며 말했다.

연지는 성화의 책상 앞에 마주 앉았다. 준호와 통화했다면 이번 방문의 진짜 목적에 대해 들었을지도 모른다. 오래전 연락 끊긴 동아리 후배가 뜬금없이 만나자고 했을 때, 성화도 당연히 목적이 궁금하지 않았을까. 알아볼 시간은 충분했다. 물론 일요일에 했던 대화는 한정적으로 비밀이었다. 하지만 연지는 그 비밀이 잘 지켜질 거라고 기대하지는 않았다.

"짐작 가는 사람 없어?" 성화가 사진을 받아들고 말했다.

"전혀."

연지는 물론 짐작 가는 사람이 있었다. 사진은 구실일 뿐이다. 성혜선을 죽인 범인을 찾고 있고, 언니도 용의자고, 그날 뭐 했는지 있는 대로 털어놓으라고 말하는 것보다는 편안하게 대화할 수 있게 하는 구실.

"박경신, 이 사진 보면 울겠네." 성화가 사진을 보며 중얼거렸다.

혜선의 사고 이후 경신은 곧바로 군대에 갔다. 성화는 얼마 후 다른 남자친구를 만들었다. 연지는 모두와 연락을 끊었지만 가끔 성화의 싸이월드에 들렀기에 소식은 알고 있었다. 싸이 대문은 경신과 찍은 사진에서 새 남자친구와 찍은 사진으로 교체되었다. 경신이 애틋한 첫사랑은 아니었을 것이다.

"혜선이가 많이 참했지. 경신이 술집에서 대성통곡한 거 기억나? 그때 동아리 남자들한테 전부 시비 걸더니 나중에는 어린애처럼 엉엉 울었잖아."

그러고 보니 그랬다. 멀쩡해 보였는데 저런 주사가 있구나, 의외라고 생각했었다.

"걔 진짜 애 같았어. 혜선이랑 사귀는 제국이한테만 화내면 그러니까 동아리 남자들한테 전부 시비 걸었겠지. 성혜선이 그만큼 걔한테 지독한 사랑이었던 거야. 물론 고등학교 때도 여자친구는 있었다지만, 누굴 그 정도로 사랑한 건 성혜선이 처음이었을 거야. 그만큼 굉장히 집요했고……. 나랑 사귀는 중에도 메일을 엄청 보냈더라고. 사랑한다며. 지독한 짝사랑이었어, 걔."

성화는 여전히 무던해 보였다. 아니면 너무 오래전 일이어서 그런가. 아무런 감정을 보이지 않았다. 연지는 자신이라면 정말 화가 났을 것 같다고 생각했다. 경신이 성화에게 갖가지 트집을 잡아서 화내던 일들이 떠올랐다.

"경신이가 혜선의 집을 알고 있었던 것도 사실 미행한 거였어. 혜선이 뒤를 밟다가 학교 근처로 이사 간 걸 알게 된 거지."

연지는 계속 궁금했었다. 경신은 대체 혜선네 집을 어떻게 알게 되었을까. 성화를 만나러 오길 잘했다는 생각이 들었다. 가장 의심스러운 사람은 경신이었다. 어쩌면 일이 쉽게 풀릴지도 모른다. 하늘에서 누군가 날 보고 있다면, 잠깐만이라도 도와주기를. 내가 잘못을 바로잡을 수 있도록. 연지는 기도했다.

"혜선이 죽은 날, 경신 오빠 학교에 있었지? 언니도 있었고." 연지가 별것 아닌 것처럼 물었다. 입술이 바짝 말랐다.

"응?"

"그날 둘 다 봤던 것 같아서."

연지는 대학원생 선배가 봤다는 얘기는 하지 않았다.

"네가 잘못 기억하고 있는 거야. 스무 살, 스물한 살 때 기억은 원래 잘 안 잊히는데, 그날은 더 못 잊지. 주변 사람이 죽은 게 처음이었으니까. 그래서 확실히 기억해. 난 그날 아침부터 경신이랑 스키장에 있었어. 다음 날 연락을 받고 큰 충격을 받았어. 경신이는 더 했고. 그 상태로 운전하면 큰일 날 것 같아서 내가 대신했지. 겨우 면허만 따둔 거라 벌벌 떨면서 운전한 기억이 나."

연지의 몸에서 힘이 쭉 빠져나갔다. 박경신은 알리바이가 있다, 아주 확실한.

다음에 만난 사람은 혜선의 오빠였다. 카페에 먼저 와 자신을 기다리고 있던 남자를 보고 연지는 어떤 그리움을 느꼈다. 혜선과 한 살 터울인 오빠의 눈망울은 혜선과 많이 닮아 있었다.

"당황하셨겠어요. 갑자기 제가 그런 전화를 해서."

"이상하게 들릴지 모르겠지만…… 기다리고 있었어요." 혜선의 오빠가 말했다.

카페에서 둘은 꽤 많은 얘길 나눴다. 연지는 어쩌면 혜선에 대해 아무것도 아는 게 없었던 게 아닌가 하는 생각을 했다. 혜선은 가족에 대해 좀처럼 얘기를 하지 않았다. 자기 얘기를 잘 하지 않는 성격인 게 아니라 약점의 일종으로 생각했던 것 같다. 오빠가 혜선을 아직까지 못 잊는 것도 이해가 갔다. 둘만이 서로에게 완전한 가족이었다. 처음부터 혜선이 사고로 죽었다는 걸 믿지 않았다고 했다. 동아리의 한 회원을 의심했는데, 경찰에게 몇 번이나 조사해달라고 말해도 알리바이가 확실하다는 이유로 들어주지 않았다고 했다. 혜선의 오빠는 그 사람이 보낸 메일을 출력해 와 연지에게 보여주었다. 그리고 뜻밖의 얘기도 들었다. 연지는 그 얘기를 들으며 어쩌면 이것이 사건의 실마리가 되지 않을까 하는 생각을 했다.

다음 날 오후 6시 회사 건물 앞, 준영은 오랜만에 정시 퇴근을 하려는 참이었다. 쑥스러운 듯 옆에 서 있는, 요즘 좋은 관계를 이어가고 있는 회사 동료를 바라봤다. 머리는 복슬거리고 고목나무처럼 안정감 있는 여자.

"괜찮겠어요? 이렇게 같이 퇴근해도. 남들이 사귀는 줄 오해할 텐데요." 준영이 물었다.

"전 괜찮아요. 팔 년간 스캔들이 없었으니까 이제는 있을 때도 됐고요. 그리고 요즘 회사 사람들이 절 좀 다르게 보는 것 같아요." 연지가 흐뭇한 기색으로 말했다.

"어머나, 김준영 씨 안녕하세요." 연지와 같은 팀인 미란이 다가와 말했다.

미란은 준영을 한번 스캔하고는 흡족한 표정을 지었다. 그리고 연지에게 '어쩜 이런 남자랑……'이라는 눈빛을 보내고는 대견한 듯 손을 흔들며 자리를 떠났다.

“보통은 저렇게 직접적으로 표현하진 않아요. 미란이는 저랑 팔 년간 같이 근무해서 친해서 저러는 거예요.” 연지가 말했다.

“예비 장모님인 줄 알았네요.” 준영이 목에 땀이 찬 듯 와이셔츠 단추를 하나 풀며 말했다.

그때 낯익은 남자의 목소리가 연지를 불렀다.

“임연지.”

연지의 심장 깊숙한 곳에서 찌릿한 통증이 왔다. 낯익은 목소리였는데, 누군지 알 수가 없었다. ‘회사에서 날 임연지라고 부를 남자가 없는데.’ 연지는 고개를 돌려 상대를 봤다. 그 남자는 연지의 회사 앞에 있는 게 어울리지 않는 남자였다. 팔 년간 익숙했던 퇴근길이 갑자기 생소해졌다. 한쪽 팔의 소매를 걷어 올려 과시하듯 손목시계를 차고 있는 남자, 상호였다.

“임연지 씨, 오랜만이에요.” 이번에는 낯선 여자가 연지를 불렀다.

타이트하게 몸에 붙는 원피스를 입고 있는 사람은 민지였다. 준영의 잔업을 도와줄 때 만났던 사이로, 연지는 그날 그녀의 복장이 데이트를 하기 위해 완전무장한 병사 같다고 생각했다. 하지만 오늘 보니 평상복인 것 같았다.

“이분, 그때 사진 속 그분 아니에요? 변호사 맞죠?” 가까이 다가온 민지가 상호를 보며 말했다.

민지는 미소 띤 얼굴로 상호를 유심히 쳐다보았다. 사진 속에서 봤던 남자를 실제로 보니 신기한 듯했다.

"연지 씨, 여기서 뭐 해?" 또 누군가 연지를 불렀다.

이번엔 바로 알아차릴 정도로 익숙한 목소리였다. 탈모기가 있는 같은 팀 이용준 씨. 용준은 먼저 민지를 보고 호의적인 눈빛으로 눈을 한 번 깜빡이더니 고개를 돌려 준영을 봤다. 이번엔 심기가 불쾌한 듯 눈빛이 사나워졌다. 식사를 같이한 적도 있고, 준영이 가끔 인사팀에 커피를 돌리기도 해서 안면이 있는데도 그랬다. 다음 타깃은 비싼 시계를 차고 있는 변호사라는 남자였다. 변호사의 부피는 용준의 0.8배였다. 용준은 요즘 탈모에 이어 비만기도 있었다. 용준은 상호를 힐끗 살피더니 이내 차갑게 연지를 봤다. 그 눈빛은 마치 나이트에서 부킹중인 가출한 학생을 찾아낸 담임선생 같았다. 연지는 눈 한번 안 깜빡이고 같이 노려봤다.

"이 회사는 다들 알고 지내? 대기업치고 꽤 가족적이네." 상호가 연지를 보며 말했다.

문을 열고 나오는 사람마다 출석 부르듯 연지 이름을 불러댔으니.

"오늘은 혼자 가야겠네요. 두 분이 할 얘기가 있는 것 같은데." 준영이 말했다.

그는 배려심이 있고 여유도 있는 남자였다.

"끝나고 전화할게요." 연지가 준영을 보며 말했다.

"호두과자 잘 먹었습니다. 다들 좋아했어요." 상호가 말했다.

"그 집 호두과자 정말 맛있던데요." 연지가 말했다.

"둘이 술은 마시지 마요. 끝나고 꼭 전화하고." 준영이 싱긋 웃었다.

연지는 고개를 끄덕이며 생각했다. '삼십 대의 연애는 이런 거구나.'

"준영 씨는 그럼 절 데려다주면 되겠네요." 민지가 준영의 팔짱을 끼며 말했다.

"집에 도착하면 바로 전화해요. 바래다주기만 하고 어디 옆으로 새지 말기예요."

민지와 함께 팔짱을 끼고 계단을 내려가는 준영을 보며 연지가 초조하게 말했다.

"보는 사람들도 많은데 오해할 수도 있으니까 팔짱은 빼지요, 민지 씨?"

연지가 다급하게 말했지만 민지는 전혀 그럴 생각이 없는 듯했다. 한 손은 준영의 팔을 꼭 잡고, 자유로운 남은 한 손으로 여유롭게 연지에게 손을 흔들었다.

"만약 동아리 사람 중 누군가가 찾아온다면 너일 거라고 생각은 했어." 연지가 말했다.

두 사람은 카페에 마주 앉았다.

'너와 둘만 있었던 순간이 정말 편했던 때도 있었는데.'

연지는 커피를 마시며 생각했다. 지금은 이 순간이 참 어색했다. 연지는 상호를 보는 것보다 창밖을 보는 걸 택했다. 따뜻한 햇살이 회색 빛깔로 바뀌는 시점이었다.

"성혜선을 가장 못 잊는 사람이 너일 테니까." 연지가 커피 잔을 보며 말했다.

"그건 너 아니야?"

상호의 말은 어쩌면 틀린 말은 아닐 것이다.

"내가 가진 거랑 네가 가진 건 종류가 다르지. 난 죄책감이고 넌……."

"나한텐 꽤 특별한 사람이었지." 상호가 고개를 끄덕이며 말했다.

"『가면의 고백』, 그거 혜선이가 좋아했던 책이지?"

상호가 처음 동아리에 왔을 때 외국 소설 중 관심 있는 거라며 말한 책이었다. 또한 혜선이 동아리에 가입할 당시 제일 좋아하는 책으로 꼽은 작품이다. 언젠가 술자리에서 흘러가듯 얘기가 나왔고, 연지는 그 작품을 찾아서 읽었다. 뒤끝이 꽤 오래가는 독서였다. 성적으론 남자에게 끌리고 감정적으론 여자에게 끌렸던 남자의 자전적인 소설이었다. 한 모순적인 인간이 자기파괴적 성향을 주체 못 하고 가장 감추고 싶은 것을 한 권의 책으로 풀어냈다는 게 연지의 감상이었다. 혜선도 그런 모순적인 부분에서 매력을 느끼지 않았을까. 혜선 자신도 그랬으니까.

"그 책 읽어본 적 없어. 난 소설 안 읽어." 상호가 말했다.

"성혜선은 그 책만큼 꽤 모순된 인간이었어. 잘 웃고 예쁘고 누구에게나 다정다감한 성혜선과, 부모님 이혼 후 할아버지와 아버지, 어머니 집을 옮겨 다니며 살아야 했던 민들레 홀씨 같은 성혜선이 있었지."

상호가 커피 잔을 응시했다.

"사랑스러운 아이가 아니라 사랑스러워야 하는 아이였대. 엄마에게 응석을 부린 적도 없고, 짜증을 낸 적도 없었대. 왜냐면 그 집은 온전한 성혜선의 집이 아니었으니까." 연지가 이어서 말했다.

자취를 결정한 것도 오빠가 군대를 가게 된 것이 계기였다고 했다. 자식을 낳고 새로 가정을 꾸린 엄마 집에 자기만 있고 싶지 않아 했다고. 그런데 꼭 그 이유만은 아닌 것 같다는 말도 했다. 다른 이유가 있었던 것 같다고. 연지는 혜선과 처음 친해졌을 때의 순간을 기억했다. 자기가 빠른 생일이지만, 같은 해에 태어났으니 친구 하자고 했었다. 마음 붙일 곳이 필요해서 그랬던 것 같다.

"이제 와서 이러는 이유가 뭐야?"

"그때, 문에 귀를 대고 있을 때 아주 작게 소리가 들려왔어. 자각자각? 또깍또깍? 그게 손톱 깎는 소리였다는 걸 이제야 깨달았어."

"그래서……."

"처음 발견했을 때, 그 애의 손톱이 아주 짧고 깨끗했어."

연지가 커피를 마시며 상호의 안색을 살폈다. 입을 꾹 다문 상호의 눈썹이 약간 꿈틀했다.

"난 남의 손톱을 유심히 보는 사람은 아니지만, 혜선이 손톱은 늘 뭔가 칠해져 있지 않았나?" 연지가 말했다.

"화려했지. 마지막 술자리에서도. 그때, 준호 손톱에 네일아트도 해주려고 했었잖아. 자기처럼 예쁘게 만들어준다고."

"범인은 손톱을 잘라야 했던 이유가 있었어. 이제 문이 열려 있던 것도 이해가 돼. 범인은 열쇠를 찾을 수가 없었을 거야."

"왜?"

"혜선이가 어릴 때 열쇠를 몇 번 잃어버려서 크게 혼이 났었대. 알고 보니 어린 친척 동생이 숨긴 거였고, 그래서 손이 잘 안 닿는 데다 보관하는 게 습관이 됐대. 싱크대 선반 위 같은 곳."

"그래서 열려 있었구나."

"혜선이한테 화가 나지 않았다면 전처럼 통화를 했을 거고, 그럼 자기 집을 동아리 사람들이 다 안다는 걸 말했을 텐데."

"왜 화가 났는데?"

"흔한 얘기지. 남자 때문이었어."

"그게 누군데?"

"나도 모르겠어, 누구 때문이었는지. 이상한 말이지만."

그때 왜 그렇게 화가 났던 걸까. 정말 장제국 때문이었던 걸까. 상호는 스무 살 때처럼 허리를 똑바로 편 채, 팔짱을 끼고 연지를 바라보았다.

"이렇게 쉽게 얘기해줄 거면서 일요일엔 왜 비밀이라고 했어?"

"넌 용의자가 아니니까."

당시 상호는 염증이 생겨 팔에 다시 깁스를 한 상태였다. 누군가의 손톱을 깎을 수 없었을 것이다. 자기 손톱도 깎기 힘들었을 테니까.

"가온이 누나가 범인이라고 생각하는 거야?"

"가능성은 있지. 그렇게 생각할 근거도 있고."

"그게 뭔데?"

"십이 년 전에 남의 리포트를 찢고 신발도 숨겼던 사람. 그래놓고 상대를 아무렇지도 않은 얼굴로 대할 수 있는 사람. 오래전 연락이 끊긴 친구에게 그 친구에게 상처인 사진을 보낼 수 있는 사람. 그래놓고 상대를 똑바로 쳐다보면서 사진을 아주 오랜만에 봤다고 말할 수 있는 사람이라면……. 그리고 그 사람은 알리바이가 없고 동기도 명확하다면 의심스럽지."

"동기가 명확하다고?" 상호가 의아한 듯 물었다.

"나도 준호 만나기 전까진 몰랐어. 근데 준호가 답을 주더라고."

"준호는 별말 안 했다고 했는데?"

"아주 중요한 말을 했지. 장제국이 곧 결혼한다고……. 몰랐어?"

"알고 있었어. 준호가 말해줬어."

"그게 아니라, 가온 언니가 장제국 사랑하는 거."

좋아한다고 말하려다 사랑이라고 표현을 바꿨다. 박가온의 감정은 그것에 더 가까울 테니까. 십이 년 전, 혜선이 동아리 방에서 신발을 잃어버렸다고 울상일 때, 연지가 쉽게 되찾아온 것은 복도 창밖으로 신발을 던지고 있는 가온을 봤기 때문이다. 되돌아온 신발을 보고 가온은 누군가에게 들켰다는 걸 알게 된 것 같다. 그후로 그런 일은 일어나지 않았다.

"곧 결혼하니까 제국 선배는 가온 언니와 거리를 둔 거 아닐까. 이게 마지막 기회라고 생각했는지도 모르지. 다시 만날 수 있는."

"그래서 가온이 누나가 사진으로 임연지를 낚고, 임연지가 모두를 모이게 만들 거라고 생각했다고?"

"박가온은 정말 똑똑해. 난 정말 그럴 생각이거든. 물론 그쪽 의도와는 다르게 흘러가겠지만." 연지가 커피를 마시며 말했다.

상호는 말없이 연지의 얼굴을 찬찬히 들여다봤다.

"내가 제주도를 이런 목적으로 가게 될 줄 몰랐네. 가장 의심 가는 사람을 만나러 갈 거야. 혜선이 오빠의 부탁도 있고." 연지가 말했다.

경신이 제주도에 살고 있었다. 그리고 경신은 혜선의 오빠가 지금도 의심스럽다고 생각하고 있는 사람이었다.

"경신이 형을 의심하는 거야?"

"경신이 오빠는 혜선이 뒤를 미행만 한 게 아니었어. 싫다고 거절하는 혜선이를 붙들고 계속 얘기 좀 하자고 할 정도라 엄청 스트레스 받았다고 했어. 일방적으로 사랑한다고 메일을 계속 보내기도 했고. 여자친구도 있는데. 박경신도 겉으로 보이는 것과 달리 정상은 아니었어."

"같이 가자, 제주도." 상호가 아무 감정도 담겨 있지 않은 얼굴로 말했다.

"괜찮겠어? 갈 거면 각자 가는 게 마음 편하지 않을까."

상호도 이 사건에 대해 파헤쳐볼 생각 같았다. 하지만 연지는 '예비' 남자친구가 있었다. 오래전 동창이라지만 남자와 제주도 여행에 동행한다는 것은 예비 남자친구에게 말하기 뭐한 일이었다. 예정된 연애가 취소될 위험도 있고. 어쩌면 예정된 연애라는 건 처음부터 없었을지도 모르지만. 준영은 상담 이후 구체적으로 말을 꺼낸 적이 없으니까.

"네가 경신이 형한테 상처를 줄지도 모르잖아. 살인자 보듯이 한다거나 하면……. 그 형 꽤 절절했거든, 혜선이 선배한테."

장례식장에서 경신이 서럽게 울던 장면이 생각났다. 눈가가 짓무를 만큼 눈이 빨개져 있었다. 그것보다 연지의 머릿속에는 상호가 자신의 말을 하나도 믿지 않는 게 아닐까 하는 생각이 스쳤다. 가타부타 말이 없었던 건, 내 말에 동의해서가 아니라 내 의도를 모조리 파악하기 위해서 그랬던 것일 수도 있다고.

"나머지 두 사람도 그렇게 생각하고 있어?" 연지가 물었다.

문득, 일요일에 만났던 세 사람이 모두 비슷한 생각을 했고 연지가 빠진 술자리에서 의견을 모은 게 아닐까 하는 생각이 들었다. 상호는 세 사람을 대표해서 연지를 만나러 왔고.

"십이 년 전 임연지는 고집이 셌어. 동아리 사람들을 안 보겠다고 결정한 이후 쭉 나타나지 않았지. 의심과 확신은 아주 다른 종류고, 네가 지금 믿고 있는 건 의심일 뿐이라고 내가 말해도 넌 안 들을 거야. 네가 오늘 말한 건 전부 의심일 뿐이야. 십이 년 전에 찍은 사진을 보내온 것도 가온이 누나가 그랬다는 증거는 없잖아. 네 추측이지. 가온이 누나가 제국이 형을 사랑했다는 것도 추측이고. 결혼할 여자가 있어서 만나주지 않았다는 것도 추측이야. 그나마 확실한 건, 그때 혜선 선배의 신발을 가온이 누나가 던졌다는 것밖에 없잖아."

연지는 상호를 보며 침을 꿀꺽 삼켰다. 적에게 너무 많은 걸 말했다. 동아리 사람들이 똘똘 뭉쳐서 범인을 찾아내려는 걸 방해할지도 모른다.

"그럼에도, 난 네 말을 믿어." 상호가 말했다.

"뭐?"

"너한테 넘어갔다고. 그래도 경신이 형은 아니야. 그 형은 속이 뻔히 보이는 사람이라."

"적어도 박가온이 장제국을 사랑했던 건 추측이 아니야. 증거는 없어도 기억이라는 게 있거든." 연지가 머릿속을 가리켰다. 증거가 여기 들어 있다는 듯.

일요일 아침, 연지는 제주도행 비행기를 기다리며 김포공항 벤치에 앉아 있었다. 노란색 여름용 블라우스와 너풀거리는 치마를 입은 연지는 양옆에 앉은 동행들에게 시선을 주지 않으려 노력했다.

"호두과자 되게 좋아하시나 봐요." 연지의 오른편에 앉아 있던 상호가 연지의 왼편 상대에게 물었다.

"충동구매였어요. 냉동실이 호두과자로 꽉 차서 빨리 먹어치워야 돼요." 준영이 몸을 숙여 상호를 보며 말했다.

준영은 경신에게 선물로 줄 호두과자도 한 상자 준비해 왔다. 연지는 팔짱을 끼고서 좌우의 동행들을 봤다. 상호는 하늘색 반팔 셔츠에 청바지를 입고 있었고, 준영은 파란색 반팔 셔츠에 청바지를 입고 있었다. 마침 또 둘 다 손목에 고급 시계를 차고 있었는데, 그러다 보니 같이 서 있으면 사이좋은 형제 같기도 하고 커플 같기도 했다. 연지는 가운데 앉아 있기 부담스러웠다.

며칠 전, 준영이 차로 연지를 집에 데려다주는 중이었다. 제주도에 상호와 같이 가게 되었다는 말에 준영은 어떻다는 의견도 말하지 않고 운전에만 집중했다. 평소와 달리 연지가 이것저것 회사 생활에 대해 물어봐도 짧게만 대답했다.

"오랜만에 제주도에 가게 됐네요." 준영이 싱긋 웃었다.

"내 의심이 맞든 아니든, 이게 밝혀지면 내 인생의 전환점이 될 거예요." 연지가 말했다.

차는 집 앞에 도착했다. 준영이 차 의자에 기대어 연지의 얼굴을 봤다. 여덟 시간 꽉 채워 일한 직장인의 피로감이 살짝 느껴졌다.

"할 수 있는 데까지 해보는 게 내 의무라고 생각해요." 연지가 말했다.

연지는 자신이 가지고 있는 죄책감에 대해서 토로했다. 혜선을 살릴 기회가 있었다는 게 잊혀지지 않는다고 말했다. 준영은 말없이 고개를 끄덕였다. 그는 좋은 상담자였는데, 연지의 말에 동의해주었기 때문이 아니라 따뜻한 눈빛을 하고 있었기 때문이다.

연지가 김포공항 벤치에 앉아 그런 생각을 하고 있는데, 준영이 거래처 사람과 통화를 위해 일어섰다.

"결혼은 언제 해?" 상호가 물었다.

결혼이라니? 뜬금없이 무슨……. 그때, 준호를 다시 만났을 때 허세를 부린 게 생각났다. "결혼하자고 하는 남자는 있어"라고 했지.

"내가 조금 미루자고 했어. 서로 마음은 있었는데 사귄 지는 얼마 안 됐거든."

'거짓말은 거짓말은 부르는 법이지. 이래서 시작도 하면 안 된다니까.' 연지는 대답을 하며 이런 생각을 떠올렸다.

상호가 그렇구나 하는 얼굴로 고개를 끄덕였다. 둘은 서로 모르는 사람처럼 한참 말없이 있었다. 연지의 시야에 편의점 마크가 찍힌 봉지를 들고 천천히 뛰어오는 준영의 모습이 들어왔다. 회사에서는 먼발치에서 바라만 보던 남자가 옆에 앉아 바나나와 두유를 내밀자 연지의 얼굴에 흐뭇한 미소가 지어졌다.

'내가 바나나랑 두유 좋아하는 건 또 어떻게 알고.'

"둘이 무슨 사이예요?" 상호가 두유에 빨대를 꼽으며 준영에게 물었다.

서른두 살의 상호는 꽤 신중한 성격이었다. 예를 들어, 사실 확인을 절대 한 사람에게만 하지 않았다. 관련자의 진술이 같은지 하나하나 체크해보면 누가 거짓말하는지 알 수 있겠지. 이번엔 그 거짓말쟁이가 나인 게 문제지만. 연지는 긴장하기 시작했다.

"임연지 씨는 뭐래요?" 준영이 두유에 빨대를 꽂으며 되물었다.

"준영 씨, 아무 말도 하지 마세요." 연지가 바나나 껍질을 까다가 다급하게 말했다.

"혹시 아무 사이도 아니다, 직장 동료다 이렇게 말한 건 아니죠?" 준영이 의심스러운 눈으로 두 사람을 보며 물었다.

"그렇게 말하진 않았지만……." 상호가 애매하게 말을 흐리며 빨대로 두유를 마셨다.

"뭐 어떻게 말했는데, 임연지 씨." 준영이 서운한 얼굴로 연지를 봤다.

이 상황에서 '결혼을 조금 미룬 사이'라고 말했다고 할 순 없었다. 연지는 입을 다물기 위해 바나나를 한입에 넣었다. 준영이 두유를 들고 답답한 듯 연지를 봤다. 상호는 피식 웃고는 두유 팩을 구겼다. 손에 든 음료수를 단숨에 다 마셔버리는 건 여전하구나, 하고 연지는 생각했다.

거래처에서 준영에게 또 전화가 왔다. 준영은 전화를 받으러 자리를 비우면서도 두 사람을 향한 시선을 거두지 않았다. 방금 전 대화 후, 준영은 연지를 지금 만나는 남자와 옛 남자 모두에게 여지를 남기는 머리가 복슬한 구미호쯤으로 생각하는 것 같았다. 덕분에 연지는 앞에 있는 스크린에 시선을 고정한 채 옆 사람에게 물었다.

"혜선이가 제국 오빠한테 헤어지자고 했었대. 좋아하는 남자를 못 잊겠다고."

혜선에게 좋아하는 남자가 있었다는 소리는 가온에게만 들은 게 아니었다. 혜선의 오빠도 같은 소리를 했다. 급하게 자취를 결정한 이유가 학교에 좋아하는 사람이 있어서였던 것 같다고 했다. 상호는 말없이 고개를 끄덕였다. 그에게도 충격이었을 것이다. 연지도 처음 듣고 꽤 놀랐으니까.

"혹시 누군지 알아?" 연지가 물었다.

상호는 바닥을 바라볼 뿐 입을 열 기미가 없어 보였다. 역시 그는 모를 것이다. 두 번이나 자신에게 고백했던 남자에게 좋아하는 남자 얘기를 꺼낼 만큼 성혜선은 잔인하지 않았다.

"만인의 연인이 좋아했던 남자는 누굴까. 누가 혜선이를 좋아하는 건 쉽게 상상이 되는데, 혜선이가 누굴 좋아하는 건 상상이 안 돼." 연지가 혼잣말처럼 중얼거렸다.

혜선은 정작 중요한 얘기는 아무것도 하지 않았구나. 제국과 사귀는 게 알려졌을 때도, 두 사람 사이에 그런 감정이 오갔는지 연지는 전혀 예상하지 못했었다.

'그 사람을 찾아내면, 이 일을 밝혀낼 실마리가 있지 않을까.'

전혀 모르던 정보에, 모르던 사람이니, 그 사람을 만나면 중요한 정보를 알 수 있지 않을까. 연지 앞에 놓인 엉망이 된 퍼즐판의 중심을 잡아줄 핵심적인 조각을.

제주공항으로 마중 나온 경신은 여유가 넘치다 못해 부유해 보였다. 요란한 하와이안 셔츠에 반바지를 입고 있었는데, 끼고 있는 선글라스부터 신고 있는 샌들까지 죄다 명품이었다. 경신은 상호를 보자마자 안아주었는데, 누가 보면 십 년 만에 상봉한 형제일 줄 착각할 정도로 뜨거운 포옹이었다. 실제로는 오륙 년 만이라고 했다.

"소개 좀 해줄래?" 경신이 준영을 보며 미소 짓고는 말했다.

경신은 연지와 상호를 번갈아 봤다. 누구의 지인이냐는 뜻이었다.

"연지 직장 동료분." 상호가 말했다.

"곧 가까워질 사이예요. 물론, 저쪽에서 그럴 의사가 있다면요."

김포공항에서의 일로 약간 자신감이 떨어진 연지가 뒤엣말을 덧붙였다.

"사귀는 사이입니다, 이미." 준영이 멋진 미소를 지으며 경신과 악수했다.

연지는 활짝 웃는 자신을 숨길 수가 없었다. 경신은 선글라스를 머리 위로 올리고 입을 살짝 벌린 채 준영을 봤다. 마치 골동품을 감정하는 사람같이 진지한 얼굴이었다.

"너무 멋있으신데?" 경신이 연지를 보며 말했다.

"의외지? 난 지금도 남자친구 없을 줄 알았는데." 상호가 얄밉게 말했다.

약간 자존심이 상한 연지가 허세를 부렸다.

"몰라서들 그렇지, 우리 팀에도 나 좋다고 쫓아다니다 두 번이나 까인 뒤에 애정이 증오로 바뀐 남자도 있어. 우리 준영 씨 봐, 인기가 없게 생긴 얼굴인가? 근데도 나한테 매달리는 거 봐."

물론 쭉 비연애주의자로 살다 강산이 한 번 바뀐 뒤에야 나타난 남자라는 사실은 굳이 말하지 않았다. 사정을 아는 준영이 피식 웃었다.

경신은 사십여 분간 벤츠를 몰고 제주공항 주변 번화가를 지나 농촌 분위기가 나는 동네로 들어섰다. 동네가 뭔가 휑하다는 느낌이 들었는데, 가만 보니 주변에 다니는 사람이 없어서 그런 것 같았다. 밭에도 일하는 사람 한 명 안 보였다. 제주도는 번화가와 번화가가 아닌 곳의 차이가 극명했다. 그럼에도 경신의 집을 본 세 사람은 입이 떡 벌어졌다. 경신은 제주도에 대저택을 짓고 살고 있었다. 마당이 초등학교 운동장만 했다.

"재테크용이야. 엄마가 이십 년 뒤에 여기 땅값이 엄청나게 오를 거라네." 경신이 말했다.

경신의 어머니는 제주도 부동산업계에서 투자 성공 사례로 꽤 유명했다. 경신은 이곳에서 임대업과 카페를 운영했다. 어머니가 물려준 건물이라고 했다. 집으로 들어가니 거실 한복판에 가족사진이 보였다. 그는 벌써 세 살짜리 딸과 한 살짜리 아들을 둔 가장이었다. 경신은 연지 일행을 지하방으로 데려갔다.

"준호한테 얘기 들었어. 아, 모르는 척하라고 했는데." 경신이 난감한 듯 연지 눈치를 보다 말했다.

준호는 정말 연락 안 하는 동아리 멤버가 없는 모양이었다.

"나도 꺼내 본 지 오래된 사진들이야. 그 애를 조금이라도 생각나게 하는 건 가슴이 아파서 못 보겠더라고." 경신이 앨범 하나를 꺼내 뒤적거렸다.

연지는 책장에 꽂혀 있는 수십 개의 앨범들을 신기한 듯 쳐다봤다. 옷장엔 중고등학교 교복과 체육복이 보였다. 방에서 윙하는 소리가 들려 살펴보니 제습기였다. 경신은 많은 것들을 보관하고 있었다. 수집벽이 있는 것 같았다. 이 방 안엔 경신의 과거가 그대로 들어 있었다.

"그날 아침부터 스키장에 있지 않았다면 너희들 만나는 게 꽤 겁났을지도 몰라."

경신이 앨범을 테이블에 펼쳐놓고 사진들을 꺼냈다. 미리 찾아놓은 모양이었다. 사진 하단에 1월 6일이라는 날짜가 보였다. 햇빛이 쨍쨍한 날 스키장에서 찍은 사진이다. 같이 놀러간 친구들과 여자친구 성화와 함께 스키장 곳곳에서 찍은 사진들이었다. 그중엔 이른 아침에 찍은 사진도 있었다.

"그 선배가 왜 우리를 봤다고 했는지 모르겠어. 참 희한한 일이네." 경신이 테이블에 엉덩이를 걸친 채 말했다.

대학원생 선배 얘기를 어떻게 알고 있지? 동아리 사람들에게 말한 적이……. 연지는 의아했다. 가만 생각해보니 그 선배를 만났을 때 가온과 함께 있었다. 일요일에 연지와 만나고 난 후, 가온에게 일종의 경보 장치가 작동한 것 같았다. 일을 크게 만들려고 하는 상대에 대한.

"둘이 이날도 싸웠어?" 연지가 사진들을 보며 물었다.

"그날만큼 걔가 얌전했으면 사귀는 내내 그렇게 안 싸웠지." 경신이 말했다.

스무 살 때 연지가 알던 경신은 남자다움을 과시하려는 경향은 있었지만 그래도 상냥한 편이었다. 다만, 여자친구에게만은 예외였다. 무슨 이유인지 성화에게는 너무하다 싶을 정도로 차갑게 대했는데, 아직까지도 그걸 성화 탓으로 돌리고 있었다.

'뭔가 이상한데.'

연지가 사진들을 뒤적거리며 생각했다. 경신이 어릴 때부터 친했다는 동네 친구하고 찍은 사진과 성화와 함께 찍은 사진들이 섞여 있었다. 성화는 분홍색 목도리를 두르고 있었다. 보던 사진을 보고 또 보다가 한 사진에 시선이 멈췄다. 그 사진에만 유일하게 성화의 목도리가 풀려 있었다.

"이거 무슨 자국이지?"

성화의 목에 불그스름한 자국이 길게 나 있었다. 사진에서 이 정도로 보일 정도면 실제로 보면 더 심했을 것이다. 연지의 머릿속에 한 단어가 맴돌았다.

"1월 6일에 도착했다고 했지?" 연지가 알면서도 다시 물었다.

"새벽에 도착했어. 아침 스키를 타고 싶었거든." 경신이 그날 아침에 찍은 사진들을 내밀며 말했다.

연지는 고개를 끄덕였다. 더이상 할 말이 없었다.

"만약 네가 정말 그렇게 생각한다면, 나도 돕고 싶어. 바빠서 같이 찾진 못해도 금전적으론 얼마든지."

둘이 남게 됐을 때 뜻밖에도 연지에게 경신이 이렇게 말했다. 그의 눈빛은 진심이었다. 연지는 뜻밖에도 자기편이 되어주는 경신에게 묘한 동질감을 느꼈다. 둘 다 〈사랑은 창밖에 빗물 같아요〉라는 노래를 낭랑하게 부르던, 눈망울이 선했던 여자를 못 잊고 있었고, 어쩌면 집착하고 있는지도 몰랐다. 저도 모르게 그의 손을 꼭 잡았는데, 손이 축축했다. 축축한 손 때문에 연지는 묘한 불쾌감을 느끼면서 뭔가 중요한 것을 놓친 느낌이 들었다. 그게 뭔지는 알 수 없었다.

제주공항에 도착한 연지의 표정은 밝았다. 두 남자를 벤치에 앉혀두고 화장실에 가는 순간까지도 얼굴엔 생글생글 웃음이 떠나지 않았다. 여자 화장실에 들어와 세면대에서 손을 씻던 연지는 문득 생각난 듯 어디론가 전화를 걸었다.

"가온 언니, 그 대학원 선배 연락처 좀 가르쳐줄래?"

그 선배의 이름을 아는 사람이 동아리에서 가온 말고 또 있을까 싶었다. 합평회에는 안 오고, 회식 자리나 가끔 시간 날 때 동아리 방에 들르는 정도였으니까.

"왜 그러는데?" 전화기 너머에서 가온이 물었다.

"그 선배가 착각한 거 같아서. 분명 우리 모두를 봤다고 했는데, 경신 오빠랑 성화 언니는 그날 학교에 없었거든."

"나 전화번호 몰라." 가온이 새침하게 말했다.

협조하지 않겠다는 결심이 풍겼다. 처음 만났을 때, 혜선이 사고로 죽은 게 아니라느니 동아리 멤버 모두에게 동기가 있느니 했던 말은 다 잊어버린 모양이었다. 막상 연지가 정말로 일을 벌이려 하니 오히려 발을 빼고 있었다. 사람들의 관심이 다시 쏠리게 되면 자신에게 피해가 올 것을 염려하는 것 같았다.

"박가온, 사진 네가 보낸 거 알고 있어. 내가 모를 줄 알아?"

연지의 목소리는 싸늘했다.

"무슨 헛소리야. 너 다른 사람한테도 이런 헛소리 했어?" 가온의 목소리도 거칠어졌다.

"상호 입이 무겁기나 바라."

"퀵 서비스 회사 찾아가서 누가 보냈는지 조회라도 한 거야? 그래서 뭐가 나왔어? 왜 이렇게 당당해? 기가 막히네."

이미 대비를 해두었는지 가온의 목소리에서 당당함이 느껴졌다. 아니면 연지의 완전한 오해거나.

"십일 년 전에 장례식장에서 내가 본 거 사람들에게 말하기 전에 솔직히 불어. 이쪽이 덜 창피할걸?" 연지가 차갑게 말했다.

아무에게도 말하지 않겠다고 스스로 약속한 일이었다. 당시

가온에게 연민을 느꼈으니까. 하지만 이제 그건 중요한 게 아니었다.

"네가 이렇게 무례하게 군 거 아무한테도 말 안 할게. 대학원 선배한텐 내가 사정 얘기하고 연락하라고 할게. 사과는 나중에 해라."

가온의 목소리에 힘이 쭉 빠져 있었다.

"성화 언니랑 경신 오빠 빼면 언니밖에 없다는 거 알고나 있어." 연지의 목소리는 거칠었다.

둘을 제외하면 유일한 용의자가 가온이라는 소리였다.

"그 사진을 보낸 사람은 정말 후회할 것 같다. 아마 네가 이런 사이코인지 몰랐을걸, 걔도." 가온의 목소리가 점점 작아졌다. 막 마라톤을 마친 사람처럼 몹시 지친 느낌이었다.

"그날, 학교 간 거 제국 오빠 보러 간 거지? 단편영화 촬영 있었잖아."

1월 6일은 제국이 해외 봉사 동아리 모금 파티에서 상영할 단편영화를 촬영하던 날이었다. 가온은 아무에게도 말하지 않고 몰래 보러 갔을 것이다. 계절학기도 듣지 않던 가온이 집에서 한 시간 거리의 학교까지 간 이유였다. 가온은 아무 말도 하지 않고 전화를 끊었다. 연지는 술에 취했다 막 깨어난 사람처럼 화들짝 놀라 주변을 둘러봤다.

'참, 여기 화장실이었지.'

화장실 손님들은 원치 않게 흥미로운 쇼를 감상한 것 같았다. 연지는 아무 일 없었다는 표정을 지으려고 애쓰며 놀란 가슴을 부여잡고 화장실을 나왔다.

제국의 회사 앞에 도착한 것은 그날 오후 7시의 일이었다. 서울에서 제주로, 다시 서울로, 당일치기라 꽤 빡빡한 일정이었다. 제국은 영국에서 연수를 마치고 며칠 전 귀국한 모양이었다. 일요일이지만 일이 밀려 있어 회사에 저녁까지 있을 예정이라고 했다. 제국은 오 년, 십 년 치 계획을 세워두고 계획에 맞게 살 사람이다. 계획대로 회계사가 됐고, 적절한 나이에 결혼을 할 예정이었다. 직장에서도 인정받고 있을 것이다. 성실하고 좋은 사람이니까.

책상 수로 대충 따져보니, 제국의 회계 사무소는 약 칠십 명쯤 근무하는 것 같았다. 일요일이라 텅 비어 있었다. 사무실 전면에 난 유리창으로 오피스 거리의 풍경을 바라보며 연지는 생각에 잠겼다. 여기 온 이유에 대해. 제국이 다른 사람들에게 비밀로 남겨두었던 일을 물어보려는 것이었다. 일행들을 차에 남겨두고 혼자 와야 했던 이유이기도 하다. 어느새 낯선 그림자가 다가와 유심히 연지를 쳐다보았다. 연지가 화들짝 놀라 상대를 봤다. 서른세 살이 된 제국이 연지를 보며 싱긋 웃었다.

'스무 살 때 이런 모습에 설렜었지.'

스무 살의 3월, 한 조각의 기억이 떠오른다. 합평회에서 우연히 제국의 옆에 앉았다. 연지는 진지하게 소설을 읽어나갔고, 제국은 소설 대신 연지의 얼굴을 유심히 바라보았다. 갓 동아리에 들어온 애가 너무 진지해서 신기해 보였던 것 같다. 제국이 자기를 보고 있다는 걸 깨달은 연지의 얼굴이 새빨개졌다. 그걸 본 제국이 싱긋 웃었다. 지금처럼.

제국은 다른 회계사들처럼 정장 차림이었다. 격무로 피곤에 찌든 기색이었지만 아직도 대학생 같은 느낌이 남아 있었다. 맑은 눈빛과 유난히 하얀 얼굴이 그런 분위기를 내는 것 같았다.

"나랑 결혼할 사람이야." 제국이 사진을 내밀며 말했다.

제국은 개인 사무실을 갖고 있었다. 책상과 책장만으로 꽉 차는 공간이었지만 창문은 크고 넓었다. 연지는 책상 맞은편에 앉아서 사진을 건네받았다.

"오빠보다 열 살은 어려 보이네요. 그리고 꼭……."

사진을 보고 누군가와 정말 닮았다는 생각이 들었지만 입 밖으로 꺼내진 않았다.

"혜선이랑 닮아서 만난 건 아니야. 만나고 나서 보니 닮아 있던 거지." 제국이 직접 탄 커피를 건네며 말했다.

예비 신부는 혜선과 정말 닮아 있었다. 당시 나이까지도. 이 남자 지금 나이에 이십 대 초반을 꾄 건가.

"부담은 갖지 마. 그래도 안 주면 서운해할 것 같아서. 십 년 만에 만났지만." 제국이 청첩장을 건네며 말했다.

연지는 청첩장을 받으며 여전하다고 생각을 했다. 제국이 사람을 지그시 바라보는 눈빛, 말할 때 웃고 있는 입매. 의도는 아니더라도 상대에게 호감이 있는 것처럼 느껴지게 하는 태도를 보인다. 여자들이 오해할 수밖에 없는 성격이다. 결혼식 날짜는 한 달 뒤였다.

"다른 사람들하곤 연락해요?"

"한동안 안 했었어. 다들 동아리를 나갔으니까. 지금 생각해보면 혜선이가 구심점이었던 것 같아. 모두를 모이게 하는. 나도 그 동아리에 있고 싶지 않더라고."

왜 다들 동아리를 나갔을까. 모두 약속이나 한 듯이 그만둔 건 역시 이상하다. 하지만 생각해보니 그럴 수밖에 없다 싶기도 했다. 문학에 관심 없던 상호와 경신이 동아리에 든 목적은 혜선이었다. 제국에게는 여자친구였고, 제국이 나가자 가온도 동아리에 있을 이유가 없었을 것이다. 연지는 죄책감에 그 사건을 묻어버리고 싶어서 모두와 연락을 끊었다.

"한동안 모두 연락이 끊긴 채 살았는데, 준호랑 가온이가 그때 친했던 사람들에게 연락하기 시작했고 나도 제대한 뒤로 가끔 만나기도 했지."

"지금은 가온 언니랑 연락 안 하죠?"

"그동안 몇 번…… 시행착오가 있었어. 그리고 거리를 둬야 할 때라고 깨달았지. 안 만난 지 꽤 됐어."

제국은 단어를 세심하게 고르는 것처럼 천천히 말했다. 시행착오라는 말을 할 때는 약간 뜸을 들였다. 그의 머릿속엔 여러 생각이 오가는 것 같았다. 몇 번의 시행착오란 그의 지나간 연애를 말하는 것 같았다. 연지는 말없이 고개를 끄덕였다.

"가온이랑 내가 초등학교 동창인 거 몰랐지? 비밀로 하기로 했거든. 지금 생각하면 별것도 아닌데."

연지의 머릿속에 꽤 감상적인 생각이 떠올랐다. 가온이 이 동아리에 든 목적이 제국 때문이었을까. 어쩌면 처음부터 그 학교여야 했던 이유도 제국 때문 아니었을까. 십이 년 전, 상호를 처음 알게 됐을 때 가온과 꽤 비슷하다는 생각을 했다. 가장 비슷한 점이 책은 꽤 많이 읽어도 문학은 거의 읽지 않는다는 점이었다. 문학에 관심 없는 사람이 문학 동아리에 든 이유는 뭐였을까. 하기야, 당시 동아리에서 문학에 관심이 있던 사람이 몇 안 되긴 했지만 말이다.

"초등학교 때 짝이었거든. 키가 비슷했어. 어쩌다 보니 계속 같은 반이기도 했고. 그때도 우린 비슷했어. 걘 나한테 좀 못되게 굴고, 난 받아주고. 걔가 날 어떻게 생각하는지 아니까."

혜선의 장례식장에서 본 풍경이 떠올랐다. 연지는 늦은 밤에야 겨우 빈소에 갈 용기를 낼 수 있었다. 도저히 그런 곳에서 혜선의 가족을 마주할 용기가 없었다. 장례식장 주변을 뱅글뱅글 돌다 겨우 들어가는데 제국이 아무도 없는 주차장 한구석에서 주저앉아 울고 있었다. 하루 종일 빈소를 지키고 있었던 듯, 검은 양복은 구겨지고 얼굴은 초췌했다. 연지는 보면 안 되는 장면을 본 사람처럼 몸을 숨겼다. 제국은 그런 흐트러진 모습을 남에게 보이는 걸 용납하지 못하는 사람이었다. 자세히 보니 옆에 누군가 서 있었다. 구경꾼처럼 서서 보고 있던 여자는 발작적으로 주저앉더니 제국을 껴안았다. 가온이었다.

"우니까 하나도 안 잘생겼다."

가온이 옷소매를 끌어당겨 눈물범벅인 제국의 얼굴을 닦아주었다. 그런 가온의 얼굴도 눈물범벅이었다.

"가온아, 자리 좀 비켜줘." 제국이 무거운 목소리로 말했다.

제국은 혼자 있고 싶어 하는 것 같았다. 하지만 가온은 그럴 생각이 없어 보였다. 가온의 손이 제국의 얼굴을 움켜잡았다. 넌 아무데도 도망갈 수 없다는 듯이.

"박가온, 오늘은 시비 좀 걸지 마라." 제국이 얼굴을 움켜쥐고 있는 가온의 손가락을 하나하나 떼며 말했다. 완전히 지친 목소리로.

또 얼굴에 달려드는 걸 막기 위해 제국은 가온의 손을 꼭 붙잡았다. 가온은 손을 붙잡힌 채로 호소하듯 제국의 얼굴을 봤다. 그후의 광경은 정말 뜻밖이었다. 가온은 제국의 입술에 자기 입술을 밀어붙였다. 너무 거칠어서 제국이 뒤로 넘어질 정도였다. 죽도록 짝사랑하던 사람과 첫 키스를 하는 것처럼 서툴고 집요했다.

"방금 일은 없었던 거야. 너랑 나 모두 잊는 거야."

제국이 방금 전, 기습적인 공격에 놓쳤던 가온의 손을 다시 붙잡고 말했다. 분위기가 참 묘했다. 마치 친오빠가 자기 장난감을 깨부순 막내 여동생을 혼내는 대신 다음부터 그러지 말라고 말로 잘 설득하는 분위기였다.

"미안해, 제국아. 정말 미안해." 가온은 이성을 잃은 것 같았다.

그 순간의 박가온은 연지가 알고 있던 박가온이 아니었다. 자존심 세고, 누구에게도 사과하지 않고, 사람을 계급으로 나누는 박가온이 아니라, 사랑 앞에 자존심도 뭣도 없는 사람이었다. 대체 뭐가 미안하다는 걸까. 제국에게 그렇게 못되게 굴 땐 사과 한번 안 하더니. 그 순간엔 뭐가 그렇게 미안하다고.

연지는 제국이 타준 커피를 마셨다. 둘은 잠깐 말이 없었다. 서른세 살이 된 제국도 그때 일을 떠올렸을까.

"결혼은 새로운 시작이니까 우리는 만나선 안 돼." 제국이 말했다.

그건 연지에게 하는 말이 아니었다. 아마도 자기 자신에게 다짐하듯 하는 말이었을 거다. 아마도, 그에게도 가온은 꽤 의미 있는 사람이었을 거라고 연지는 생각했다.

"혜선이가 좋아했다는 남자가 누구예요? 단념이 안 된다고 오빠한테 헤어지자고 했다고."

"너 몰랐어? 그래서 둘이 싸운 거 아니었어?" 제국이 되물었다.

"싸운 적 없어요. 그냥 제가 약간 화가 났었어요."

제국은 연지의 얼굴을 잠깐 응시했다.

"나랑 잡은 약속을 두 번이나 펑크 내게 한 남자."

진지하게 말하는 제국의 얼굴에 약간 웃음기가 보였다.

"나중에 준호한테 들었어. 네가 상호를 병원에 데려간 날이 우리가 만나기로 했던 그날이더라고. 그리고 깨달았지. 그날 밤 혜선이가 너한테 왜 만나자고 했는지. 왜 미안하다고 했는지." 제국이 묘한 얼굴을 하고 연지를 쳐다봤다.

1월 5일 밤, 그러니까 혜선이 죽기 하루 전 연지에게 전화가 걸려 왔다. 그날은 동아리 회원들끼리 진짜 마지막 술자리를 한 날이었다. 아마도 술집에서 잠깐 나왔을 때 전화를 한 것 같았다. 만나자고, 만나야 해. 그렇게 말하던 그 순간 옆에 제국이 있었던 것 같다.

"자세한 얘기는 상호가 제일 잘 알겠지. 둘 사이에 여러 일이 있었을 거야. 혜선이가 상호를 많이 좋아했어. 나하고 사귄 지 일주일도 안 되어 후회하기 시작했거든. 이게 아닌 것 같다고. 그 남자를 못 잊겠다고."

연지는 두 사람이 사귄다고 했을 때 둘 사이에 그런 기미를 느끼지 못했기에 의외였다. 하지만 제국의 성격을 잘 생각해보면, 그도 연지처럼 자기 감정을 잘 숨긴 것뿐이다. 좋아하는 감정이 없었다면 사귀었을 리 없을 남자다. 그리고 자기 감정을 잘 파악하고 있는 남자이기도 했다. 그렇기에 제국은 혜선이 헤어지자고 했을 때 쉽게 헤어질 수 없었을 것이다. 두 사람은 대외적으로는 사귀는 걸로 하고 거리를 두며 지냈다고 했다. 처음엔 얄밉고 화가 났었다고 했다. 그러다 혜선이 죽고, 그 애를 정말 사랑한다는 걸 깨달았다고. 그리고 아주 후회했다고 한다. 뭘 후회해야 하는지 정확히 모른 채.

사무실을 나온 연지는 지금의 상황이 비현실적이라고 느꼈다. 다시는 안 만날 줄 알았던 제국을 만났고, 건물을 나와 걷고 있는 자신을 차에서 기다리는 두 남자가 있다. 한 남자는 십 년 넘게 기억 속에 묻혀 있다 뜬금없이 불쑥불쑥 튀어나오던 남자이고, 한 남자는 회사에서 몰래 흠모했던 남자다. 이 두 남자는 그새 친해졌는지 차 문을 여는 연지는 쳐다보지도 않고 자기들끼리 낄낄 웃으며 얘기를 나눴다. 뒷좌석엔 그들이 먹은 샌드위치 포장지와 쿠키 봉투가 든 비닐봉투가 아무렇게나 널브러져 있었다. 연지는 봉투를 잘 묶어 바닥에 내려놓고 뒷좌석에 탔다.

"형, 인사도 못 하고 가서 미안해요. 연지가 사적으로 할 얘기가 있다고 해서요."

상호가 귀에 핸드폰을 갖다 대고 있었다. 제국과 통화중인 것 같았다. 둘은 많이 만나지는 않았던 것 같았다. 존댓말을 하는 것도 그렇고, 상호의 성격과 달리 너무 깍듯했다.

"둘이 무슨 얘기 했어?" 상호가 전화를 끊고는 연지에게 물었다.

"글쎄."

상호가 뒷좌석으로 고개를 돌리고, 더 말을 해보라는 눈빛을 보냈지만 연지는 침묵했다.

"제국이 형이 우리 오늘 술 마셔야 하는 거 아니냐고 하는데?" 상호가 이게 대체 무슨 뜻이냐는 눈으로 연지를 봤다.

"여기 술 좋아하는 사람 있어요? 커피나 한잔합시다." 준영이 강행군에 지친 얼굴로 두 사람을 보며 말했다.

결국 그들이 간 곳은 제국의 사무실에서 가까운 종로의 대형 프렌차이즈 카페였다. 준영이 막 자리에 앉아 커피를 한 모금 마시려는 찰나 또 전화가 걸려 왔다. 연지는 회사에서 틈만 나면 전화를 받고 있는 준영의 모습에 매력을 느꼈었다. 이 남자 정말 바쁘구나. 고용의 안정성과 정시 퇴근을 가장 중요시하는 연지는 바빠 보이는 남자가 왠지 멋있어 보였다. 하지만 오늘 하루 종일 같이 있는 동안 준영은 정말 전화 속에 파묻혀 사는 사람 같았다. 이 남자가 없으면 일이 안 돌아가는 건가. 준영이 눈짓을 하며 전화기를 들고 카페 밖으로 나갔다.

"성혜선이 누굴 정말로 좋아할 수도 있다는 걸 제국 오빠 사무실에서 알게 됐어.” 연지가 앞에 놓인 커피 잔을 보며 말했다.

“근데 늦게 깨달았던 것 같아. 자기한테 두 번이나 고백한 남자를 뒤늦게 좋아하다니.” 연지가 고개를 들어 상호를 똑바로 봤다.

상호는 어정쩡한 표정을 지었다. 자기도 알고 있었다는 건지, 숨기고 있었는데 들켰다는 건지 감을 잡을 수 없었다.

“네가 거절한 거야? 대체 왜? 그리고 왜 말 안 했어. 그게 너라고.”

혜선은 그 남자를 못 잊겠다고 말했다고 했다. 애초에 못 잊겠다는 남자를 두고 제국과 사귄 이유는 뭐였을까. 자신에게 두 번이나 고백한 남자와 연결되지 않은 이유는 무엇일까?

“나한테 직접적으로 그렇게 말한 적 없었어. 다만 그런 느낌을 받은 적은 있어. 내가 고백하면 받아줄 거라고.”

“그게 언제였는데.”

“그게 좀 이상한데……. 제국이 형하고 사귀기 며칠 전. 그래서 내 착각인가 싶었지.”

카페 밖에서 준영은 전화를 하면서 두 사람을 보고 있었다. 연지와 상호는 그 시선을 알아차리지 못할 만큼 얘기에 빠져 있었다.

“그 뒤로는 전혀 그런 내색 안 했어. 그냥 동아리 선후배처럼 일상적인 대화만 했지. 그러다 혜선이 선배가 죽기 하루 전에 술자리가 있었는데, 넌 그날 빠졌고, 술 마시다가 잠깐 밖에 나온 적이 있었어. 술 좀 깨려고. 잠깐 눈을 감았다 떠보니까 앞에 혜선이 선배가 있었어."

혜선은 그날 밤 연지에게 전화를 했다. 꼭 할 얘기가 있다고. 만나야 한다고.

"'그때 왜 주저한 거야?' 이렇게 묻더라고. '내가 그렇게 티를 냈는데. 혹시 두 번이나 고백했다 거절당해서 복수하려고 하는 거야?' 그러더라고." 상호가 말했다.

—혜선이가 상호를 많이 좋아했어.

제국의 말이 연지의 머릿속을 스쳤다. 연지는 술자리에서 〈사랑은 창밖에 빗물 같아요〉를 부르던 혜선을 보고 내가 남자라면 반드시 저 여자를 사랑하게 됐을 거라고 생각한 적이 있었다. 그건 본능적인 반응이었다. 혜선에게는 남자에게 거부할 수 없게 만드는 뭔가가 있었다. 그런데 혜선은 사랑받는 데는 익숙해도, 누군가를 사랑하는 데는 서툴렀던 것 같다.

"복수하려는 게 아니라고 했어. 주저했던 건, 다른 사람이 신경 쓰여서라고 했어."

상호는 자신의 시계를 내려다보았다. 시계를 보면서 옛 기억을 회상하고 있는 건가. 맨날 차고 있는 저 시계는 대체 얼마짜릴까. 상호의 자부심이 저 시계로 표현되는 건가. 연지는 뜬금없이 그런 생각을 했다.

"혜선이 선배가 물어봤어. 그게 임연지냐고." 상호가 고개를 들어 연지를 쳐다봤다.

연지는 고개를 돌릴 타이밍을 놓치는 바람에 상호와 눈을 마주치고 있을 수밖에 없었다. 지금 상황에서 눈을 피해버리면 더 이상할 것 같았다. 그렇게 상호를 쳐다보다가 문득 이상한 기운을 느끼고 위를 올려다보니 어느새 준영이 와서 두 사람 앞에서 있었다. 연지가 뭔가 해선 안 될 행동을 한 것 같다는 착각에 빠지려는 찰나, 전화가 왔다. 대학원생 선배였다. 연지는 자리에 두 남자를 두고 카페 밖으로 나왔다.

"정확히 모두를 본 건 아니야. 모두를 봤다고 착각했던 거였어." 전화기 너머에서 대학원생 선배가 말했다.

연지는 지나가는 차 소리와 카페 안에서 들려오는 음악 소리를 피해 선배의 말에 귀를 기울였다.

"한 명을 못 봤는데, 경신이였어. 근데 있다고 착각했던 거지. 왜냐면 성화랑 마주쳤을 때 경신이랑 같이 학교에 왔다고 했거든."

"그럴 리가 없어요. 성화 언니는 그때 강원도 스키장에 있었어요."

"아니야. 성화 그때 필름에도 찍혔을걸. 그 필름이 아직 있을지는 모르겠지만."

선배는 1월 6일을 아무 영양가도 없는데 무지하게 바빴던 날로 회상했다. 어떻게 해서 별 안면도 없는 제국의 부탁으로 전혀 상관없는 해외 봉사 동아리의 단편영화 촬영에 스태프로 참가하게 됐던 것이다. 학교 주변을 촬영하며 돌아다니다가 학교 뒤편 원룸촌에서 성화와 마주쳤다고 했다.

문득 성화의 목에 길게 난 붉은 자국이 머릿속에 떠올랐다. 왜 그렇게 된 걸까. 조성화는 왜 학교 뒤편에 있었지? 학교 뒤편에 뭐가 있지? 원룸촌이 있었다. 그 뒤에는? 산이 있었다. 학교 뒤편엔 그쪽에 자취하는 학생 말고는 가지 않는 곳이다. 지하철역과 버스 정류장은 정문 쪽에 있다. 조성화는 거길 갈 이유가 없다. 애초에 강원도 스키장에 있었다고 했었어. 왜 거짓말을 했지?

'사진, 사진, 사진.'

연지는 강원도 스키장 사진에서 뭐가 이상한지 깨달았다. 햇볕이 있을 때는 조성화가 없었고, 밤이 되니까 조성화가 생겼다. 조성화는 아침부터 스키장에 있었던 게 아니었다. 왜 그걸 깨닫지 못했지. 대체 왜. 연지는 후들거리는 손으로 경신에게 전화를 걸었다.

"오빠, 죽은 사람이든 산 사람이든 둘 다에게 중요한 문제예요. 정말 1월 6일 그날 아침부터 성화 언니랑 같이 있었어요?"

"아니, 성화는 오후에 왔었어." 경신의 목소리는 단호했다.

연지는 눈이 뻐근할 정도로 부릅떴다. 자신이 심각한 상황에

처하게 되면 이렇게 눈을 크게 뜨는 버릇이 있다는 걸 자각하면서 문득 어떤 시선을 느끼고 카페 안을 바라보았다.

'내가 왜 여기 있지?'

분명 카페 밖으로 나와서 원래 앉아 있던 곳과 떨어진 장소에서 통화중이었는데……. 통화에 온 신경을 쏟느라 발이 어디로 가는지를 미처 살피지 못했던 것 같다. 연지는 어느새 두 남자가 앉아 있는 자리의 창밖에 서 있었다. 그리고 두 남자는 연지가 인상을 찌푸린 채 눈을 치켜뜨고 통화중인 걸 다소 심각한 얼굴로 바라보고 있었다.

"그날 네가 가고 난 뒤에 사진을 뒤적이다가 갑자기 이상한 생각이 들었어. 왜 성화가 오전엔 없지? 그때 기억난 거야. 처음엔 분명히 새벽에 성화를 데리러 가기로 했었거든. 하지만 전날 또 크게 싸웠지. 거의 헤어질 정도로. 성화가 스키장에 안 간다고 했어. 그랬는데 그날 저녁쯤에 알아서 스키장에 찾아왔더라고. 이걸 왜 잊고 있었지……. 잘 모르겠네."

'그만큼 여자친구가 오빠에게 중요한 사람이 아니었던 거겠죠. 언제 오는지 가는지도 모를 만큼.' 연지는 그런 생각을 입 밖에 내진 않았다.

"오빠, 그날 보여준 사진들 잘 보관해둬요. 곧 중요한 역할을 할 것 같으니까. 혹시 동아리 사람 중에 누가 물어봐도 아무한테도 말하면 안 돼요."

연지는 두 남자가 있는 카페에서 멀리 떨어져 통화를 하는 중이었다. 차들이 쌩쌩 소리를 내며 지나갔지만 연지의 머릿속에선 조성화가 했던 말이 리플레이되고 있을 뿐이었다.

—네가 잘못 기억하고 있는 거야. 스무 살, 스물한 살 때 기억은 원래 잘 안 잊히는데, 그날은 더 못 잊지. 주변 사람이 죽은 게 처음이었으니까. 그래서 확실히 기억해. 난 그날 아침부터 경신이랑 스키장에 있었어. 다음 날 연락을 받고 큰 충격을 받았어. 경신이는 더 했고. 그 상태로 운전하면 큰일 날 것 같아서 내가 대신했지. 겨우 면허만 따둔 거라 벌벌 떨면서 운전한 기억이 나.

'왜 거짓말을 했을까.'

연지가 다시 눈을 부릅뜨며 생각에 빠졌다. 그리고 자신이 너무 멀리까지 걸어왔다는 걸 깨닫고 서둘러 카페로 뛰어갔다. 두 남자는 디저트의 맛에 흠뻑 취해 있었다. 이 프렌차이즈 카페는 케이크가 유명했다.

"이거 하나 포장해 가야겠어요. 여자친구가 단걸 좋아해서." 상호가 일어서며 말했다.

연지는 방금 전에 자신이 뭘 들었는지 제대로 뇌에 입력이 안 되었다.

"제가 사드릴까요?" 준영이 일어서서 같이 계산대로 가며 말했다.

"왜요?" 상호가 같이 걸어가며 의아해하며 물었다.

"약간 우정이 생긴 것 같아서, 기념으로."

우정이 생긴 기념으로 카운터에서 서로 계산하려는 두 남자를 보는 와중에도 연지는 충격에서 벗어나질 못했다. 연지의 손엔 포크가 들려 있었다. 상호의 입에서 '여자친구'라는 말이 나오기 전까진 오랜만에 단걸 먹어볼까 했었는데, 지금은 지우개로 입맛을 싹 지워버린 기분이었다.

과거

연지는 스물한 살이 된 것을 기념하여 대청소를 하는 중이었다. 언니가 미국에 있었기에 망정이지 지금 집안 꼴을 봤다면, 어릴 때처럼 언니 앞에 무릎을 꿇고 반성의 시간을 가져야 했을지도 모른다. 그때 준호에게 문자가 왔다.

—우리 동아리 멤버들 다 좋지 않냐?

준호는 아르바이트를 하고 있지 않았고, 여자친구도 없었으며, 가족과도 떨어져 학교 근처에서 자취를 했다. 그런 것들이 그를 감상적으로 만들었으리라. 연지는 특별히 답장은 하지 않았다.

—제국이 형이랑 경신이 형 곧 군대 가잖아. 이대로 끝내기

아쉽다고 모두 모이기로 했는데, 너 정말 안 올 거야? 너만 빠지는 건데?

준호는 뱉은 말을 칼같이 지켜야 되는 건 사나이만이 아니라는 걸 알아야 했다. 연지도 한번 안 간다고 했으면 안 가는 성격이었다. 진작에 안 간다고 통보한 후였으므로 역시 답장은 하지 않았다. 그때 가온에게 전화가 왔다.

"연지야, 준호가 네 핸드폰 고장 난 것 같다고 전화해보래서."

"준호한테 쓸데없는 문자 그만 보내라고 해. 걘 알바라도 하면서 에너지 소진을 해야 돼. 애가 생긴 거에 비해 외로움을 너무 탄다니까."

연지가 전화를 끊고 방바닥을 닦았다. 그때, 또 문자가 왔다.

—모두에게 행복과 사랑이 함께하는 한 해가 되기를 바랍니다. 공상호.

상호도 외로움을 타는지 준호만큼이나 문자를 자주 보냈다. 같은 집에서 사는 주제에 그렇게 외로우면 둘이 대화를 하면 되지. 연지는 방바닥을 닦으며 툴툴댔다. 효율성을 중시하는 상호는 대개 단체 문자를 보냈다. 1월 1일엔 새해 기념 인사를 보내고, 1월 3일엔 "새해엔 다른 사람의 실수를 보듬을 수 있는 넓은 마음을 가집시다-공상호"라고 보냈다. 그리고 1월 5일인 오늘도 문자가 왔다. 연지는 모두 답신을 하지 않았다.

연지는 하루 종일 청소를 했다. 집안일은 해도 해도 끝이 없었고, 연지의 손은 느렸다. 지친 얼굴로 겨우 텔레비전을 보다가 침대에 누웠다. 늦은 밤이었고, 집안은 오랜만에 먼지를 털어냈으며, 모든 게 평화로웠다. 그때 혜선에게 전화가 왔다.

"넌 왜 나한테 솔직하게 얘길 안 해?" 혜선이 코맹맹이 소리로 물었다.

취한 건가 우는 건가. 연지는 둘 다라는 걸 알았다. 연지는 여러 가지 이유로 혜선의 술주정을 받아줄 기분이 아니었다. 전화를 끊어버렸다.

"나한테 화난 이유 있잖아. 장제국 때문이 아니지?" 혜선이 다시 전화를 걸어 물었다.

"선배한테 화 안 났어."

"혜선이라고 불러. 선배 취급한 적도 없으면서."

혜선이 따지듯 말했다. 그래봤자 강아지가 으르렁대는 것만큼의 공격성을 보일 뿐이지만.

"그게 잘못인 것 같아. 앞으로 꼭 선배님이라고 부를게." 연지가 빈정대듯 말했다.

"왜 나한테 솔직하게 말하지 않았어? 그랬으면……."

혜선이 뭐라 말하려는데 연지가 말을 끊었다.

"지금 어디서 전화하는 거야? 전화 끊고 빨리 집에 가."

"연지야, 미안해. 꼭 해야 될 말이 있어. 내일 만나서 얘기해. 꼭 만나야 돼."

혜선의 목소리에는 취기보다 울음기가 더 많이 섞여 있었다. 연지는 혜선의 우는 목소리를 듣고 싶지 않았다. 연지는 짜증스러워져 전화를 끊고 핸드폰을 무음으로 돌리고 잠을 잤다. 오랜만에 하루 종일 생산적인 활동을 했더니 잠이 깊이 들었다.

아침에 일어나보니 새벽에 전화가 몇 번 더 와 있었다. 연지는 기분이 이상했다. 분명 어제 그렇게 몸 쓰는 일을 하고, 잠도 푹 잤는데 왜 이렇게 기분이 안 좋은 거지. 아침 독서를 하는데 오늘따라 집중이 잘되질 않았다. 깨끗한 방바닥을 청소기로 다시 밀어도 보고, 인터넷으로 최신 뉴스도 검색하며 서핑도 해봤지만, 울적해진 기분이 괜찮아질 기미가 없었다. 계절학기 수업을 들으러 나가면서 연지는 혜선에게 전화를 해야겠다고 생각했다. 그래야 기분이 나아질 것 같았다.

만나서 해야 할 얘기래봤자 별것 아닐 거다. 혜선이 얄미웠다. 남자들이 다 자기를 좋아하게 만들어야 직성이 풀리는 애다. 그런 애랑 친하게 지내기 싫다는데 왜 끈덕지게 연락하는지 모르겠다. 그런 생각을 하면서 지하철을 타러 걸어갔다. 다른 생각도 들었다. 혜선의 눈이 촉촉해지는 건 자주 봤지만 정작 우는 모습을 본 적 있던가. 처음인 것 같았다. 왜 울었을까. 어젯밤에는 통화 내내 울고 있었다. 연지가 멋대로 전화를 끊어버리기 전까지.

혜선은 전화를 받지 않았다. 집 앞에서 전화를 건 순간부터 지하철에서 내려 학교 앞에 도착할 때까지. 열 통을 넘게 했는데 받지 않았다. 연지는 핸드폰으로 시간을 확인했다. 1월 6일 11시 36분. 수업은 12시였는데, 교수님이 십오 분쯤 늦게 오곤 했다. 연지는 혜선의 집에 들렀다가 수업에 들어가기로 결심했다. 그래도 지각은 하지 않을 거다. 혜선은 오늘 이전까지 이 정도로 전화를 안 받았던 적이 없었다. 혹시나 못 받아도 십 분 안에 문자나 전화가 오곤 했다. 무슨 일이 생겼을지도 모른다는 생각이 들었다. 연지는 원래 겁이 많았기에 걱정하는 일은 대부분 별일 아닌 것으로 밝혀졌다. 오늘도 마찬가지일 거라고 생각하며 걸음을 서둘렀다.

건물엔 혜선이 말한 대로 '연희 하숙'이라는 간판이 크게 걸려 있었다. 2층 복도로 들어가보니 일반적인 원룸과 다를 게 없었다. 현관문도 여느 원룸과 비슷했다. 식사만 5층에 있는 주인집에서 같이한다고 했다. 연지가 혜선의 집 초인종을 눌렀지만 대답이 없었다. 이번에는 문을 콩콩 두드렸다. 혹시 다른 집에 피해를 줄까 싶어 작게 "혜선아, 나야" 하고 부르기도 했다. 하지만 역시 대답이 없었다. 대신 방 안에서 작게 뉴스 소리가 들리는 것 같았다. 귀를 대보려는데 소리가 멎었다.

'옆집에서 나는 소리였나.' 연지가 고개를 갸웃했다.

그때 누군가 계단을 내려오는 소리가 들렸다. 중년 여성이었다. 연지는 '저분이 집주인이구나' 하고 본능적으로 알았다. 연지는 자기도 모르게 벽 뒤쪽으로 숨었다. 문에 귀를 갖다 대고 있는 모습이 도둑처럼 보일 것 같았다. 주인이 1층에서 밖으로 나가는 소리가 들렸다. 연지는 다시 문에 귀를 갖다 댔다. 또각, 또각, 또각. 아주 작은 소리가 들려왔다. 이건 분명히 안에서 들리는 소리였다.

'집에 있는 건가.'

연지는 참 이상하다고 생각했다. 혜선이는 전화를 안 받을 성격도, 집에 있는데 모른 척할 성격도 아니었다. 문에 밖을 볼 수 있는 구멍이 나 있으니 누구라는 걸 알 텐데. 손잡이에 손을 갖다 댔다. 문을 열어볼까 하다 그건 아니라는 생각이 들었다. 연지는 시간을 확인하고는 지각할지도 모른다는 생각에 서둘러 건물을 나왔다.

현재

연지는 제대로 잠을 잘 수 없었다. 가슴속에서 뭔가 갈기갈기 찢겨져나가는 기분이었다. 너무 예민해진 상태라 간신히 잠이 들려 해도 깨고 다시 깼다. 결국 제대로 자지 못한 채 회사로 출근했다. 점심시간, 연지는 멍하니 책상에 앉아 있었다. 그때 책상 위에 바나나 두 개와 우유 한 팩이 놓였다. 고개를 돌리니, 같은 팀 지원 씨가 인자한 얼굴로 연지를 보고 있었다. 연지는 마치 데자뷔 같다고 느꼈다.

"이 바나나의 의미는 뭐야?" 연지가 힘없이 껍질을 까며 말했다.

연지는 오늘 아침을 먹을 수 없었다. 점심도 마찬가지였다. 역류성식도염이 왜 골치 아프다는 건지 처음으로 알게 됐다. 딱

하룻밤 만에 증상이 발현했다. 약을 처방받아야 했지만 그럴 기분도 아니었다. 그래서 굶기로 했다. 하지만 바나나 정도는 괜찮을 것 같았다.

"너 남자한테 차였냐? 딱 그 표정인데." 지원이 연지를 유심히 보다 말했다.

"보다 복잡한 표정이라구." 연지가 힘없이 우유 팩을 뜯으며 말했다.

퀭한 얼굴의 연지는 퇴근 후 할 일이 있었다. 오늘 힘없는 손으로 이리저리 연락을 한 끝에 찾고 있던 남자가 근무하는 곳을 알게 됐다.

연지는 모 경찰서 맞은편 카페에 앉아서 그를 기다렸다. 십일 년 만의 재회였다.

"나한테 연락한 거 맞아요?" 경찰서에서 나와 카페 안으로 들어온 최이삭 형사가 연지를 보며 말했다.

연지는 마른 체격에 날카로운 눈빛을 한 형사를 퀭한 눈으로 바라봤다. 십일 년 전 연지를 범인으로 의심했던 남자다. 그는 연지를 시체 안치소에 데려가 시신을 직접 보여주기도 했다. 연지가 범인이라면 참혹한 모습을 보고 감정의 변화를 보여줄 거라고 믿었던 것 같다.

연지는 그동안 있었던 일을 모두 밝히고 재수사가 가능한지 물어봤다.

"안 찾아와도 될걸 찾아왔어요." 형사가 말했다.

연지는 아무 말 없이 커피를 한 모금 마셨다.

"페이스북에서 찾은 거예요? 내 이름이 특이하긴 하지." 특이한 자기 이름이 탐탁지 않아졌다는 투였다.

"형사님은 죄 없는 사람은 의심하고, 죄 있는 사람은 못 본 척 넘기시네요. 제 얘기를 듣고도 어떻게 그렇게 말할 수 있어요?" 연지가 바나나밖에 못 먹어 힘이 없는 목소리로 말했다.

스무 살 때는 형사의 매서운 눈빛에 벌벌 떨었지만 지금은 다르다. 연지는 이 순간만큼은, 최이삭 형사와 칼싸움을 해도 한 방에 심장을 겨눠 끝장내줄 자신이 있었다.

"이게 밝혀지면 당시 수사팀과 고매하신 최이삭 형사님이 무능해 보여서요? 인사고과에 치명적인가요?"

"내가 뭘 어떻게 해주길 바라요? 원하는 게 뭐예요?"

형사는 연지를 쳐다보려고도 하지 않았다. 앞에 앉은 젊은 여자가 뭐라고 하거나 말거나 적당히 넘겨버리겠다는 작정한 것 같았다.

"저는 형사님에게 잘못을 바로잡을 기회를 주려고 왔습니다." 연지가 그를 똑바로 보며 말했다.

"내가 그쪽을 의심한 걸 원망하는구먼, 아직까지도."

"제가 여기 온 건, 페이스북으로 형사님을 찾아서가 아닙니다. 성혜선의 오빠가 가르쳐준 겁니다. 가장 마지막까지 오빠분의 말을 들어준 분으로 알고 있습니다. 수사팀 다른 사람들은 처음부터 상대해주지 않았는데도요. 오빠분은 혹시 나중에 다른 증거가 나오면 형사님을 찾아갈 생각이었다고 했습니다. 그래서 제가 찾아온 겁니다. 다른 증거가 나왔으니까요."

형사는 말이 없었다.

"왜 저를 의심하신 거죠? 그러지 않았다면 제가 그렇게 겁을 먹지 않았을 텐데요. 그랬다면 계절학기 수업 전에 성혜선의 집을 찾아간 걸 얘기했을 거고, 무슨 소리를 들었다는 걸 말했을 테죠. 누군가는 그게 손톱 깎는 소리라는 걸 알아차렸을 수도 있겠고요. 어쩌면 제가 알아차렸을 수도 있고요. 그 뒤로 전 아예 그 일을 생각하지 않으려고 했거든요. 그래서 몰랐던 거예요. 그게 무슨 소린지. 그랬다면 조성화의 목에 난 붉은 자국이 의심을 샀을 거고, 알리바이에 대해 의심했을 거고, 그 시간 단편영화 촬영용 필름에 찍힌 것도 찾았을지 모르죠. 그러니까 이건 전부 형사님 탓이에요."

"정말 내 탓이라고 생각해요?"

연지가 눈을 치켜뜬 채 형사를 노려봤다.

"아니요. 전부 제 탓이에요. 제가 조성화의 공범이 아닌가 싶어요. 근데요, 형사님도 좀 괴로웠음 했어요. 왜냐면 전 진짜 형사님이 원망스럽거든요. 그렇게 의심하지만 않았다면, 전 거짓말을 하지 않았을 거예요. 솔직히 말하면 재수사를 해달라고 온

게 아니에요. 이걸 말해주고 싶었어요. 그때 담당 형사가 형사님이 아니었고, 손톱 깎는 소리를 들은 게 저 말고 다른 똑똑한 애였다면, 조성화는 지금 대학 교수가 되지 못했을 거라고요. 감옥에 있을 테니까."

연지가 일어섰다.

"당시 옆집 여자가 싸우는 소리를 들었다고 했어요. 둘 다 여자 목소리였다고. 그래서 범인이 여자라고 생각한 거예요." 형사가 연지를 올려다보며 말했다.

연지는 일어선 채 듣고 있었다.

"그후 옆집 여자가 증언을 철회했어요. 잠결에 악몽을 꿨던 것 같다고. 시신을 발견한 여대생이 용의자라는 소리를 듣고 부담스러웠나 봐요."

"그게 언젠데요."

"11시에서 12시 사이. 그쪽이 들렀다고 말한 시간이랑 겹치네."

연지가 가방을 챙겨 들고 나가려고 하는데, 뒤에서 최이삭 형사의 야단치는 듯한 목소리가 들려왔다.

"그때 왜 말하지 않았어요? 아무리 그래도 그런 얘기라면 했어야지."

연지는 예전과 다름없이 살았다. 역류성식도염은 열흘 정도 지나자 점점 좋아지다가 완전히 나았다. 소득은 체중이 이 킬로그램 빠졌다는 것이다. 연지는 회사 화장실에서 거울로 자신의 몸을 만족스러운 듯 비추어 봤다. 성혜선과 관련된 증거 수집은 그대로 스톱이었다. 제주도에 가서 경신에게 사진을 받아 오지도 않았고 대학원 선배를 만나러 가지도 않았다. 아무것도 변하지 않은 것처럼 그렇게 시간이 모든 걸 해결하도록 내버려둘 수도 있었다. 조성화에게 걸려 온 전화만 아니었더라면.

조성화의 전화를 끊고, 연지는 일이 이렇게 된 시작점에 대해 다시 생각했다. 그 사진이다. 그 사진만 나한테 날아오지 않았다면 나는 이걸 끝까지 깨닫지 못했을 텐데. 어떻게 일이 여기까지 흘러왔을까. 어쨌든 조성화가 만나자고 하니 나가야 했다. 무슨 꿍꿍인지 알아야 했다.

퇴근 후, 성화가 말한 장소로 나갔다. 카페엔 성화와 준호가 먼저 와 앉아 있었다.

"누나가 우리 밥 사준대."

그때, 카페로 익숙한 얼굴이 들어왔다. 상호였다. 제주도에 같이 간 이후 처음이었다. 하얀 와이셔츠에 차콜색 넥타이에 차콜색 양복바지를 입고 있었다. 그는 어두운 색이 잘 어울렸다. 넥타이가 평소 매던 것과 달리 세련됐다는 생각이 들면서, 그런데 누가 골라준 걸까, 여자친구인가……라는 데까지 상념이 이어졌다. 식도염이 도질 것 같아서 그만 멈추기로 했다.

현재 모든 내막을 아는 사람은 연지와 최이삭 형사뿐이었다. 제주도에 같이 간 상호도 자세한 내막은 알지 못했다. 성화 귀에 흘러 들어갈 길을 최대한 차단하겠다는 생각이었다.

"연지야, 내가 고백했다. 네가 십이 년 전에 하숙비 주면서 상호를 집에 들이라고 했던 거 말해줬어, 이번에."

준호는 그다지 중요하지도 않은 말을 엄청난 비밀 얘기를 하듯이 털어놓았다. 준호 마음속에 숨겨진 비밀이 저 정도라니. 연지는 부러웠다.

"그걸 네가 알았어도 우리 사이는 변함없었겠지? 네가 딱히 나한테 잘해준 것도 없잖아." 준호가 상호에게 말했다.

"너와의 사이는 변하지 않았겠지." 상호는 뭔가 딴생각중인 것 같았다.

"성화 언니, 이제 방학이라 서울로 올라온 거예요?" 연지가 물었다.

벌써 6월 중순이었다. 1학기 기말고사가 끝나갈 즈음이다. 성화의 본가는 서울에 있었다.

"응. 나 유학 생활만 한 팔 년 해서 친구가 진짜 없어. 이제 옛날 친구들을 만날 여유가 생기기도 했고. 진짜 고마운 게, 네가 찾아온 게 계기가 돼서 애들하고 연락도 자주 주고받게 됐어." 성화가 세상 선한 사람처럼 연지를 향해 웃어 보였다.

연지도 조성화를 보며 화답하듯 웃었다. 이 웃음은 가짜다.

조금 전 했던 말에는 꿍꿍이가 있다. 날 불러낸 건 무슨 목적일까.

"사진을 보낸 사람도 이렇게 우리가 만나길 바랐나 봐. 누군지 참." 준호가 말했다.

2차로 간 노래방에서 가장 잘 논 사람은 성화였다. 연지는 한 곡 부르라는 준호의 권유에도 근엄한 표정을 지으며 자리에만 앉아 있었다. 이 노래방에서 연지는 철저히 구경꾼이고 관찰자이고 싶었다. 그런 연지에게 성화가 노래방 책을 안겨주며 당장 한 곡 부르라고 야단이었다. 연지는 굳이 원한다면 불러드리죠, 하는 얼굴로 책을 뒤적거렸다. 생각해둔 노래가 있었다.

"그대 떠나버린 걸 나 지금 후회 안 해요. 그저 지난 세월이 내리는 빗물 같아요. 그렇지만 문득 그대 떠오를 때면 이 마음은 아파올 거야. 그 누구나 세월 가면 잊혀지지만 사랑은 창밖에 빗물 같아요."

연지의 선곡은 〈사랑은 창밖에 빗물 같아요〉였다. 연지는 음치인 편이라 노래방에 가도 거의 노래를 부르지 않았다. 혜선에 비하면 못 들어줄 수준이었다. 하지만 끝까지 불렀다. 성화를 똑바로 보면서. 상호가 목이 죄어오는 듯 넥타이를 풀렀다.

"지금 친구들하고 노래방에 와 있어요."

연지는 복도로 나와 준영과 통화를 했다. 연지의 노래가 끝날 즈음 전화가 왔다. 연지는 일부러 "준영 씨에게서 전화가 왔네"

라고 호들갑을 떨며 밖으로 나왔다. 상호는 음료수를 꿀꺽꿀꺽 마시며 눈길 한번 안 줬지만.

"보고 싶어요."

연지의 얼굴에 미소가 지어졌다. 내가 이런 말을 하다니. 한 달이 조금 넘는 시간 동안 나쁜 일만 있었던 건 아니라는 걸 깨달았다.

다음 날 퇴근 무렵 연지의 회사로 뜻밖의 남자가 찾아왔다. 연지는 남자를 데리고 회사 맞은편 카페로 갔다.

"아주 번듯해 보이네요. 이런 데는 연봉이 얼만가?"

최이삭 형사는 일부러 말끝을 흐렸다. 슬슬 말을 놓겠다는 뉘앙스를 풍겼다. 명함을 건넬 때만 해도 그가 찾아올 거라고는 예상 못 했다. 눈앞에서 버릴 수는 없으니 일단 주머니에 구겨 넣기만 한다는 분위기였는데.

"이걸 물어보려고 온 건 아니지. 그럼 난 아메리카노. 초코 케이크도 하나 사주면 고맙고."

최 형사는 기다리고 있을 테니 얼른 다녀오라는 눈짓을 했다.

연지가 커피, 초코 케이크, 크루아상을 테이블에 내려놨다. 최 형사는 크루아상을 반으로 잘라 단숨에 입안에 넣었다. 인간을 사물화한다면 비쩍 마른 막대기가 어울릴 것 같은 남자인데, 먹방 유튜버가 돼도 성공할 것처럼 맛있게 먹었다.

연지는 요즘 참 다양한 사람들과 카페에 온다는 생각을 했다. 그전엔 회사 동료 지원 씨나 미란 씨, 아니면 언니랑만 들렀는데……. 그러고 보니 요즘 통 언니를 만날 여유가 없었다. 정확히는 무슨 생각을 하는지 들킬 것 같아서 언니를 피하고 있었다.

"그쪽이 저번에 말한 정보 사실이더만." 형사가 말했다.

연지는 사실로 쉽게 드러날 만한 정보를 말한 기억이 없었다. 단지 성화가 범인이라고만 말했을 뿐.

"조성화라는 여자 꽤 복잡하더라고. 열아홉 살에 입건된 적 있다고 했지? 남자친구 목을 졸라서."

연지는 고개를 끄덕였다. 처음 듣는 얘기였다.

"그 집안이 아주 부자라는 거 알고 있었지?"

"자세한 얘긴 안 했지만 다들 대충은 알고 있었죠. 옷차림 같은 걸 보면."

"가정폭력으로 일 년에 열두 번 신고가 들어오는 집안이라는 것도 알았나?"

"그게 중요한가요?"

"이제부터 중요해져. 조성화의 부모가 이혼 소송중인데 사유가 뭔지 아나?"

"가정폭력?"

"아내의 바람. 물론 아내 쪽은 삼십 년간 바람을 피워온 건 남편이라고 주장하고 있고. 회사를 물려받기로 되어 있던 유일한 아들도 엄마 편을 들었어. 남자는 노발대발했지. 아들에게 아무 것도 물려주지 않겠다고 선언했어. 그럼 그 재산은 누구한테 갈 것 같나? 아버지의 든든한 편이 되어주고 있는 딸이 있지. 조성화는 큰 부자가 될 거야."

연지는 고개를 끄덕였다.

"예상치 못한 일만 생기지 않는다면." 형사가 연지를 의미심장한 눈으로 봤다.

연지가 별생각 없이 고개를 끄덕이다 집중을 하고 형사를 봤다.

"지금 그 사진 갖고 있나? 대학원생 선배라는 사람 녹취록은?"

"지금 갈까요?"

"집에 있나? 그럼 가지." 형사가 일어나며 말했다.

"아니요. 제주도에 가자는 말인데요. 그 사진은 제주도에 사는 조성화의 예전 남자친구 집에 있거든요."

"그쪽은 십이 년 전이랑 바뀐 게 없구만." 형사가 기막히다는 듯 말했다.

연지는 아무 말도 할 수 없었다.

"그쪽 말대로, 성혜선은 운이 없었어. 자네 같은 친구와 나 같은 형사를 만나다니."

형사는 초코 케이크를 복스럽게 먹고 있었지만 표정에서는 고뇌의 기색이 엿보였다. 연지와 만난 이후 그의 머릿속에서도 옛날 생각이 떠나지 않았던 게 아닐까. 엉뚱한 사람에게 초점을 맞추다 진범을 잡을 시간을 놓치고 윗선에 떠밀리듯 사고사로 처리해버린 것에 대한 죄책감.

"난 당시 옆집 여자를 찾았어. 십일 년 전에 성혜선 옆집에 살던 여자 말이야. 사정을 듣더니 증언을 다시 해주겠다는군. 잠결이었지만 여자들이 싸웠던 걸 들은 건 분명하대."

연지는 고개를 끄덕였다.

"형벌보다 무서운 게 뭔지 아나? 낙인이야. 조성화가 그렇게 많은 걸 이룬 뒤에 이 일이 밝혀지는 이유가 뭐겠어?" 형사가 말했다.

연지가 또 말없이 고개를 끄덕였다.

"사람은 높은 곳에 있는 사람이 추락하는 데 관심이 많지." 최 형사가 말했다.

"조성화의 목에 난 붉은 자국 사진과 대학원생 선배의 증언, 옆집 여자분의 증언만 있다면 방송에서도 관심을 가지지 않을까요? 한번 보도가 되면 흥미로운 사건이니 인터넷에서도 화제가 될 거고, 학교처럼 보수적인 집단에서 그런 소문은 치명적이죠. 조성화는 아주 괴로워질 거예요."

연지는 침을 꿀꺽 삼켰다. 가능한 일이었다. 왜 불가능하다고만 생각했을까.

"뭐 하고 있어?" 최 형사가 왜 아직 여기 있냐는 듯 물었다.

"예?"

"뛰어, 제주도로."

제주행 비행기에 오른 것은 세 시간 뒤였다. 연지는 땀범벅이었지만, 희망에 차 있었다. 혼자서는 엄두도 못 낸 일이었지만 최이삭 형사가 옆에 있다고 생각하니 무슨 일이든 저지를 수 있을 것 같았다.

"임연지 씨, 안녕하세요."

제주공항에서 처음 만난 사람은 경신의 아내였다. 연지는 불안한 기색으로 아내 뒤에 몸을 쪼그린 채 서 있는 경신을 봤다.

"난 정말 아무한테도 말 안 했어. 이 일을 아는 건 우리 둘뿐이라고."

경신의 말에 연지는 갑자기 불안해졌다.

"분명히 그 사진들은 내 서재 책상 안에 있어야 했어. 내가 그걸 넣고 서랍을 잠갔거든. 근데 그게 없어. 사진이 없어졌다니까." 경신은 억울한 듯 말했다.

연지는 본능적으로 경신의 아내를 돌아봤다. 뭔가를 숨기고 있는 얼굴이었다. 인사할 때의 당당함은 어디 가고 사진이 없어졌다는 소리가 나오면서부터 경신과 연지의 얼굴을 쳐다보려고 하지 않았다.

"집에 가서 찾아보실래요?" 연지가 자꾸 쳐다보자 경신의 아내가 또랑또랑한 목소리로 물었다.

"정말 몰라?" 경신이 아내에게 물었다.

체념한 듯 묻는 태도를 보아 하니, 이미 여러 번 물어보고 여러 번 모른다는 대답을 들은 것 같았다.

"왜 나한테 그래. 내가 뭘 안다고?"

경신의 아내에게 지능적인 범죄자가 될 소질은 없었다. 부정을 하면서도 경신과 눈은 마주치려 하지 않았다. 적어도 연지가 보기에는 수상쩍었다. 최이삭 형사가 같이 왔다면 실토하게 할 수 있지 않았을까.

"성혜선은 정말 운이 없네. 나 같은 친구를 둬서." 연지가 자조적으로 중얼거렸다.

성과 없이 서울로 돌아가야 했다. 연지는 최근 자신이 밟고 있는 땅에 서서히 균열이 생기고 있음을 알았다. 회사 부장이 이따금 연지를 째려봤다. 오늘만 해도 아프다는 핑계로 오후에 출근하겠다고 통보했다. 연지는 초중고를 지나 대학 생활 내내 결석을 해본 적이 한 손에 꼽을 정도였다. 그런데 최근 한 달 반 동안의 근무 태도를 보자면 정리 해고감이었다.

연지는 대학원생 선배의 회사 앞에서 세 시간째 그를 기다리고 있었다. 여름의 땡볕은 연지의 피부 톤을 21호에서 23호로 바꿔놓을지도 몰랐지만 상관없었다. 회사는 출입증이 있어야 들어갈 수 있는 곳이었고, 멀리 떨어져 있는 카페에 앉아 마음 편하게 그를 기다리고 있을 심적 여유도 없었다. 금방 나온다고 해놓고 세 시간째 안 나오고 있다는 건 업무가 바쁘기 때문일 수도 있겠지만 만나고 싶지 않다는 뜻일 가능성이 더 높아 보였다.

"많이 기다렸지? 내가 커피 사줄게." 건물에서 나온 선배가 미안한 얼굴로 말했다.

일이 정말 바빴다고 했다. 정말로 그런 것이기를 바랐다.

"녹음한 것 좀 보여줘." 카페에 앉자마자 선배가 말했다.

"왜요?" 연지가 잠깐 머뭇거리다 물었다.

"녹음 안 했지?" 선배가 단정적으로 물었다.

대학원 선배는 망설이는 연지의 표정에서 녹음을 하지 않았다는 걸 금방 알 수 있었을 것이다.

"못 봤어. 못 본 걸로 하지." 선배는 연지를 쳐다보려고도 하지 않고 카페를 나가려고 했다. 이내 다시 돌아와 연지 앞에 섰다. 그리고 한마디했다.

"좀 빨리 오지 그랬냐." 선배가 안타깝다는 듯 말했다.

조성화가 어떻게 경신의 아내와 대학원생 선배를 구워삶았는지는 모르지만, 어쨌든 이미 수를 썼다는 걸 깨달았다. 그걸 기념하기 위해 노래방에 가서 기분 좋게 놀아댔던 건가. 최이삭 형사에게 전화가 왔다. 그에게서도 예상한 소식이 들려왔다. 옆집 여자가 기억이 흐릿하다며 증언을 취소하기로 했다는.

점심시간 직전에야 사무실에 도착한 연지는 동료들에게 꾸벅 인사하고 사무실을 둘러봤다. 부장의 심상치 않은 표정이 눈에 띄었다. 부장이 오늘은 한마디하겠다는 듯 다가왔다가 연지가 손가락만 갖다 대도 비명을 지를 것 같은 히스테리 직전 상태인 걸 보고 자리로 돌아갔다. 연지는 점심을 거르고 업무에 매진했다. 초인적인 집중력으로 평소 같으면 삼 일 걸릴 기획안을 다섯 시간 안에 끝낸 후 부장에게 제출했다. 퇴근 시간, 연지는 부서에서 가장 마지막으로 퇴근했다. 사무실 불을 끄고 나오니 뜻밖에도 문 앞에서 준영이 기다리고 있었다. 연지는 그를 보자마자 힘이 쭉 빠진 몸으로 그를 안았다.

"요즘 살 빠졌어요? 저번보다 마른 것 같은데……. 밥이나 먹으러 갑시다." 준영이 연지의 퀭해 보이는 얼굴을 보며 말했다.

"가정식 백반 어때요?" 연지가 물었다.

"좋죠."

"잘됐네요. 우리 집 가요. 가정집이고, 밥도 있어요. 대신 라면은 안 돼요."

연지는 조심스럽게 위험을 피하며 살아온 과거와 끝을 내기로 결심했다. 이제 연애도 하고, 실연도 당해보고, 상처도 받아볼 생각이다. 어차피 성혜선에 대한 죄책감은 계속해서 마음 한 구석에 머무를 것이다. 연지가 밟고 서 있던 안정감은 이제 무너졌다. 앞으론 무너지는 땅을 피해 달리고 또 달려야 한다. 준영이 한동안 안정감이 되어줄 것이다. 그것도 얼마나 갈지 모르겠지만.

"오늘 엄청 슬퍼 보여요." 준영이 연지의 얼굴을 찬찬히 보다가 말했다.

"준영 씨는 멋있어요. 건강해 보이고." 연지가 힘없이 싱긋 웃었다.

회사 건물 앞을 나오면서 연지는 준영의 손을 잡았다. 그의 손가락은 기다랗고 약간 거칠었다. 고생을 많이 한 손 같았다. 그래도 따뜻했다. 입에서 절로 미소가 지어졌다. 그 순간 회사 앞에 주차된 하얀색 차가 연지의 시야에 들어왔다. 성화가 그 차에서 나와 손을 흔들었다. 연지는 자기도 모르게 준영의 손을 놔버렸다. 조성화가 습기 차고 더러운 술집 뒤편의 뒷골목이라면, 김준영은 회사 유리창을 비추는 밝은 햇볕과 도시에 부는 시원한 바람이었다. 그 둘이 같은 공간에 공존하며 있다는 게 낯설었다.

세 사람은 고깃집으로 갔다. 삼겹살이 지글지글 익는 동안 연지는 되는대로 입에 고기를 욱여넣었다. 음식을 저장중인 로봇처럼 표정 없는 얼굴로 연지는 계속해서 먹었다. 성화가 다정한 얼굴로 연지를 쳐다봤다.

"참 맛있게 먹지 않아요? 대학 때부터 그랬어요."

연지는 음식을 씹다 말고 무표정하게 성화를 봤다. 맛있게 먹는다는 소리는 평생 몇 번 들어본 적 없다. 아무도 자기가 어떻게 먹는지 관심 없었다. 이 여자는 무슨 꿍꿍이일까. 그때 문을 열고 익숙한 남자가 테이블로 걸어왔다.

'쟤는 여자친구랑 데이트는 안 하나. 어쩜 이렇게 부르면 부르는 대로 다 나오는지.'

"상호야, 아직 밥 안 먹었지?" 성화가 연지 옆자리를 가리키며 앉으라고 눈짓했다.

"임연지 씨, 집에 갈래요? 안색이 안 좋아 보이는데." 준영이 연지의 표정을 살피며 물었다.

"노래방 가자. 내가 기분 업시켜줄게." 성화가 말했다.

지금 이 테이블에서 기분 좋아 보이는 사람은 성화뿐이었다. 그런 성화를 보며 연지는 또 우걱우걱 로봇처럼 삼겹살을 씹었다.

성화의 텐션은 노래방에 가서도 그대로였다. 몸을 자유롭게 흔들며 연달아 노래를 세 곡이나 불렀다. 일행들은 성화에 비하면 참 못 노는 사람들이었다. 오페라라도 보러 온 듯 무표정한 얼굴로 성화의 노래를 들었다. 성화가 리모컨으로 네 번째 곡의 번호를 눌렀다.

"그대 떠나버린 걸 나 지금 후회 안 해요. 그저 지난 세월이 내리는 빗물 같아요. 그렇지만 문득 그대 떠오를 때면 이 마음은 아파올 거야. 그 누구나 세월 가면 잊혀지지만, 사랑은 창밖에 빗물 같아요."

연지의 이마에서 핏줄이 꿈틀거렸다. 마음속의 뭔가가 뚝, 하고 끊어졌다.

성화는 연지를 응시하며 노래를 부르고 있었다. 연지는 자기를 바라보고 있는 그 눈빛이 오싹할 정도로 공허하다고 느꼈다. 속이 텅 비어 있는 것 같았다. 상호는 무표정하게 음료를 꿀떡꿀떡 들이켰다. 제주도에 갔다 온 날 이후 연지는 상호에게 말을 걸지 않았다. 개인적인 문자도 하지 않았다. 성화가 나타나서 상호까지 부르지만 않았다면 만날 일도 없었을 것이다.

"집에 가고 싶어요." 연지가 귓속말로 준영에게 말했다.

준영이 연지를 차에 태우고 출발했을 때, 연지는 마음속으로 어떤 결심을 내렸다. 세 시간 전만 해도 전혀 상상하지 못했던 일에 대해.

"우리 팀 여자 동료들은 다 삼십 대인데요, 가끔은 수위 높은 대화도 나누곤 하죠. 이런 얘기까지 할 정도예요. 우리 회사에서 같이 밤을 보내고 싶은 남자는 누구인가." 연지가 명랑하게 말했다.

"오다가다 볼 때는 다들 순진해 보이더니." 준영이 운전대를 잡고 말했다.

"제가 뭐라 그랬게요?"

"예상은 가지만, 모르는 척할게요."

"난, 남자를 보면서 그런 생각을 하지 않아. 난 순전히 정서적으로만 끌리거든."

그때를 회상하는 듯 연지의 얼굴에 엷은 미소가 지어졌다.

"구미호네." 준영이 말도 안 된다는 듯 피식 웃었다.

"그렇게 말했지만 머릿속으로 한 남자를 생각하고 있었죠. 저를 가끔 엄청 일찍 출근하게 만드는 남자."

"혹시 부장님?"

"그 남자가 성실과 근면의 아이콘이라서요. 정시보다 두 시간 일찍 출근하더라구요. 전 더 일찍 나와서 복도에서 그 남자가 지나가길 기다렸다가 우연인 척 마주치곤 했죠."

"그 남자랑 같은 차 타고 있어서 좋겠네요."

"근데, 감정이라는 건 정말 별거 아니더라고요." 연지의 표정이 쓸쓸해졌다.

운전하던 준영이 놀라 연지를 봤다.

"아침에 끓여놓은 국이 저녁에 쉬어버리는 것보다 빠르더라고요, 감정이 변하는 게."

"그쪽은 그렇게 쉽게 마음 변할 사람이 아니에요."

"다른 남자가 좋아지면, 저 같은 사람도 어쩔 수가 없더라고요."

"다른 남자를 못 잊고 있었던 거겠죠, 처음부터."

연지는 핸들을 쥐고 있는 준영의 손을 바라봤다. 핸들을 너무 꾹 쥐고 있어 핏줄이 두드러져 보였다.

"여기 내려주세요. 그동안 고마웠어요."

연지가 앞에 보이는 지하철역을 가리키며 말했다.

"그쪽은 참 제멋대로예요. 그렇게 말하니까 밤새 안 내려주고 싶은데요." 준영이 지하철역을 그대로 지나치며 말했다.

그의 목소리는 여느 날과 다를 바 없었다. 하지만 화가 나 있다는 건 알 수 있었다.

"그렇게 말하는 건 김준영 씨랑 안 어울려요."

"난 그쪽이 모르는 줄 알았어요. 자기가 흔들리는 거."

"상호라고 생각하는 거예요? 내가 걜 못 잊고 있었고, 다시 내 앞에 나타나서 흔들렸다고?"

말도 안 돼. 연지는 속으로 고개를 저었다.

"제주도 같이 갔을 때, 내가 둘 사이에 끼어 있는 느낌이더라고요. 내가 연애하다 잠깐 싸운 남녀 사이에서 중재하는 친구 같았어요."

연지는 속으로 계속 고개를 저었다. 그건 정말 아니에요.

"김준영 씨는 성공할 거예요. 성실하고 감도 좋으시네요."

연지의 입 밖으로 나온 건 이런 말이었다. 준영이 운전대를 돌리며 비웃듯 피식 웃었는데, 정말 화가 난 상태였다.

"저도 잘 몰랐던 제 감정을 제대로 짚어주셔서 감사해요." 연지가 말했다.

"그쪽은 스무 살 때 공상호 씨랑 뭔가 있었고, 지금도 뭔가 있어요. 하지만……"

준영이 갓길에 차를 대고 몸을 돌려 연지를 봤다. 제대로 눈을 맞추고 대화를 하겠다는 태도였다. 연지는 그의 얼굴을 똑바로 쳐다볼 수가 없어서 앞만 보고 있었다.

"지금 헤어지자고 하는 건 다른 이유 때문일 거예요. 잠깐, 우리 사귄 건 맞죠?"

"당연하죠. 손도 잡고 포옹도 했는데. 오늘 우리 집에 가서 가정식 백반까지 먹었으면 빼도 박도 못했죠."

"오늘 같이 집에 가자던 사람이 왜 갑자기 그만 만나자고 하죠?"

"제가 구미호라서요."

"아까 연지 씨는 마음이 딴 데 있는 사람 같았어요. 공상호 씨한테도 관심 없었어요. 나한테도 그랬죠. 임연지 씨는 되게 혼자 생각하고 결정 내리는 사람이네요."

준영이 다시 차를 출발시켰다.

"김준영 씨는 인내심이 많고요."

"아까 식사를 하고 노래방에 간 두 시간 만에 그쪽 마음이 변했어요. 왜냐고 물어도 대답 안 할 거고. 그러니까 삼 일만 더 생각해봐요."

연지는 운전중인 준영의 손을 쳐다보았다. 아까 잡았던 꺼칠

하고 기다란 손가락이 벌써부터 그리워졌다.

"난 매달리는 남자는 아니에요." 준영이 연지의 집 앞에 차를 세우며 말했다.

"솔직하게 말할게요."

연지가 준영을 보며 말했다. 여름용 와이셔츠와 넥타이를 매고 있는 이 남자의 몸이 자신을 향해 있다. 그는 영리한 눈빛을 가졌다.

"아까 고깃집과 노래방에서 내내 생각했던 건, 내가 상호를 못 잊고 있었다는 거예요. 십이 년 내내."

"그래도 삼 일은 더 생각해봐요. 그 남자, 잘생겼는데 성격은 별로라면서요."

그리고 일주일이 흘렀다. 그사이 연지는 준영과 완전히 헤어졌다. 다시 처음으로 돌아온 느낌이었다. 퇴근해도 혹시 사무실 밖에서 누가 기다릴까 두근대며 밖을 살피지 않아도 되니 편하긴 했다. 연지의 핸드폰 통화 기록도 단조로워졌다. 같은 팀 최지원, 유미란, 언니 승민, 고등학교 여자 친구들만 남았다.

금남 구역과 다를 바 없는 연지의 핸드폰으로 남자가 연락을 했다. 상호였다.

'내 번호를 알고 있었는지도 몰랐네.'

연지는 상호 회사 근처로 직접 찾아가기로 했다. 약속 장소는 회사 근처 상호의 단골 카페였다. 공간은 넓고 사람은 별로 없는 카페의 문을 열었을 때, 상호는 4인용 원목 테이블에 앉아 법학책을 펼쳐놓고 읽고 있었다.

'일부러 모르는 척하는 건가.'

연지는 상호의 맞은편에 앉았다. 꽤 시간이 흘렀는데도, 상호는 여전히 책에 열중했다. 상호의 긴 목덜미가 먼저 연지의 눈에 들어왔다. 남자치고 가늘어 보이는 손가락, 페이지를 응시하는 눈빛, 작게 내쉬는 숨소리. 문득, 이 순간이 낯설지가 않다고 느꼈다. 십이 년 전에도 같은 생각을 한 적 있었다. 십이 년 전에 동아리 방에 앉아 책을 보던 그가 소년이었다면, 지금은 어른 남자였다.

"언제 왔어? 미안하다." 상호가 책을 덮으며 말했다.

연지는 방긋 웃을 수밖에 없었다. 그를 관찰하고 있던 자신이 머쓱했다. 십이 년 전 그날도 그랬던 것 같다. 그때도 상호는 미안하다고 했다. 나중에야 알았는데, 상호는 좀처럼 사과를 하지 않는 사람이었다.

"이렇게 전화로 불러내도 괜찮나? 사귀는 사이인 분이 신경 안 쓰일까?" 상호가 말했다.

"괜찮아. 오늘은 허락받았어."

상호가 연지의 얼굴을 빤히 보며 다행이라는 기색으로 고개를 끄덕였다.

"내가 그동안 한 번도 연락 안 해서 화났었어? 처음 만났을 때, 너 꽤 화난 표정 하고 있었는데." 연지가 말했다.

"아니. 난 너 완전히 잊고 있었어." 상호가 말했다. 그는 꼭 맞선 보는 남자처럼 연지를 유심히 쳐다보았다.

"난 네가 결혼했을 줄 알았어." 연지가 말했다.

"난 네가 안 했을 거라 생각했어. 그냥 그럴 것 같았어. 남자친구도 없을 줄 알았는데."

"여자친구는 뭐 하는 사람인데."

"너하고 달라."

상호는 여자친구 얘기를 하면서 연지의 눈을 재빨리 피했다. 자세한 얘기를 하고 싶지 않은 듯했다. 연지의 눈썹이 자기도 모르게 치켜 올라갔다.

"뭐가 다른데."

"자기가 뭘 원하는지는 알아."

'어지간히 좋은가 보네.'

연지는 씁쓸한 마음을 감출 수 없었다.

"너 완전히 잊고 있었다는 거 거짓말이야. 가끔 지나가는 푸들 보면 네 복슬복슬한 머리가 생각나기도 하고, 가끔 화나기도 했어. 얘는 왜 연락을 안 할까. 연락처도 바꿔버리고."

"미안해."

"내 하숙비를 왜 네가 내줬어? 말해봐. 보통 친구로서 선의를

베푼다면 예의로라도 당사자한테 말해주잖아. 근데 넌 말 안 했어. 왜 그랬을까."

연지는 지금 상호의 이런 태도가 스무 살 때의 제국 같다고 생각했다. 연지를 보는 상호의 눈빛엔 상대를 오해하게 만드는 뭔가가 있다. 여자친구가 있는 남자로서는 적절하지 않은 눈빛이다. 상호도 꽤 많이 변했다고 연지는 생각했다.

"네가 방금 한 말을 들었으면 준영 씨가 자기 판단이 맞는다는 걸 확신했을 거야."

"사귀는 사이인 분이 뭐라고 말했는데?"

상호는 '사귀는 사이'라는 말을 비꼬듯 강조했다.

"네가 싫대. 잘생긴 변호사라. 제주도까지 따라올 정도로 시간 여유도 많아서 더 싫대. 둘이 눈 맞을까 봐 걱정되니까 만나지 말래."

"꽤 친해졌다고 생각했는데, 샌드위치도 나눠 먹고." 상호가 의외라는 듯 말했다.

"다음에 보자." 연지가 가방을 챙기며 말했다.

"앞으로 동아리 사람들 모일 때나 보자는 거지?" 상호가 나가려는 연지의 손목을 꽉 붙잡았다.

카페 안에 있던 몇몇 사람들의 시선이 두 사람에게 쏠렸다. 상호의 손에서 힘이 살짝 풀렸지만 연지의 손목을 놓지는 않았다.

"동아리 사람들 모일 때 나는 없을 거야. 내가 말하는 건 십이 년 뒤야."

"너 무슨 〈첨밀밀〉 찍냐? 뭘 그렇게 가끔 봐?" 상호가 황당하다는 듯 말했다.

"십이 년 뒤에 우연히 한 번쯤 마주칠 수도 있겠지. 넌 유모차를 끌고 있고, 네 아내는 일곱 살짜리 애 손을 잡고 있고. 그러다 마주치면 삼 초쯤 눈인사하고 갈 길 가자는 거야."

연지는 십이 년 뒤의 상호의 모습을 떠올렸다. 분명 결혼을 했을 거고, 아이의 아버지가 되어 있겠지. 하지만 십이 년 뒤 자신의 모습을 떠올릴 때면 뿌연 안개가 낀 것처럼 아무것도 그릴 수가 없었다.

상호는 방금 무슨 말을 들은 건지 이해가 안 된다는 얼굴로 연지를 봤다. 연지가 상호의 손을 손목에서 떼어내고는 홀가분하다는 듯 카페 안을 벗어났다. 상호의 시선은 연지의 뒷모습에서 떨어지지 않았다.

그날 밤, 연지는 포근한 침대에 누워 누군가와 한 시간 넘게 통화를 했다.

"상호랑은 아무 사이 아니야. 자기가 뭘 원하는지 아는 여자를 만나는 중이라는데……. 직업이 전문직이라는 뜻 아닐까. 상호가 야망이 좀 있잖아. 여자도 그런 스타일을……." 연지가 침대에서 뒹굴대며 말했다.

"김준영 씨? 그냥 샐러리맨의 신화를 꿈꾸는 남자야. 하루 종일 전화기를 끼고 사는데 연애는 무슨."

상대의 대답을 들은 연지가 와하하 웃음을 터뜨렸다.

"우리 집 놀러 올래? 언제든 환영. 그리고 다음 통화 땐 언니 얘기 많이 해줘. 잘 자, 성화 언니."

연지와 성화는 최근 급속도로 친해졌다. 알게 될수록 성화가 고상하고 품위도 있다고 느꼈다. 자리가 사람을 만든다고 해야 하나. 대학 교수라는 자리가 사람을 변화시킨 것 같았다. 미국 생활을 오래한 탓인지 직설적이면서도 매너가 좋았다. 거기다 요즘 안 입는 옷이라며 좋은 옷도 잔뜩 물려줬다. 연지는 성화가 준 원피스를 몸에 대보며 생각했다.

'조성화가 가장 마음에 드는 건 나와 한 가지 공통점이 있다는 사실이지. 우리가 성혜선 앞에 죄인이라는 거야.'

경신의 아내나 대학원생 선배에게 무슨 짓을 해서 입막음을 했는지 모르지만 아직 끝난 게 아니야.

연지가 거울 속 자신을 향해 히스테릭하게 웃어 보였다. 위태로운 웃음이었다. 얇고 팽팽한 줄에 살짝 칼만 갖다 대면 언제든 펑 하고 터져버릴 것만 같은 아슬아슬함이었다.

'성혜선은 운이 없었다. 나 같은 겁쟁이를 친구로 둬서. 하지만 그 친구는 이제라도 의무를 다할 거야.'

연지는 성화가 준 원피스의 허리 부분을 손으로 잡았다. 역시 약간 줄여야겠다고 생각했다.

며칠이 지난 후, 오랜만에 만난 동생과 함께 분위기 좋은 레스토랑에 앉아 있는 승민은 기분이 좋았다. 『미슐랭 가이드』에 실릴 법한 곳이다. 제대로 차려입은 웨이터가 수십만 원짜리 와인을 따라주었다. 연지가 오랜만에 자기 취향을 잘 맞춰준다고 느꼈다. 승민은 같이 온 연지의 지인을 호의적인 시선으로 바라보았다. 왠지 호감이 가는 이유는 와인 때문만이 아니었다.

"전 정말 얘가 고목나무인가 했어요. 얘가 생긴 게 별로야, 아니면 직업이 없어. 대체 뭐 때문에 연애를 못 하는 거야."

승민이 얼큰히 술이 오른 얼굴로 성화를 보며 다정하게 말했다. 여자의 옷차림이라든가 지적인 분위기는 승민의 허영을 만족시키기 충분했다.

"썸 타던 남자 멋있던데요." 성화가 말했다.

승민은 입이 헤벌어지며 무슨 얘기냐는 듯 연지를 쳐다봤다. 연지가 준영에 대해 짤막하게 얘기를 했다.

"이번에 느낀 건데, 그냥 얘가 나한테 남자관계를 숨긴 걸 수도 있겠네. 나는 얘가 뭘 숨기고 그런다는 건 상상도 못 했거든." 승민이 알코올 기운으로 얼굴이 약간 붉어진 채 말했다.

"언니한테는 거짓말하기 힘들 것 같긴 해요." 성화가 말했다.

"어릴 때 내가 얘 보호막이었어요. 아빠 엄마보다 날 더 좋아했다고. 말해봐, 임연지."

"언니는 함무라비법전 같은 스타일이었어. 여기 검은 점 보이지?"

연지가 자기 손바닥을 펼쳐 성화 앞에 보여줬다. 가운데에 자세히 보면 희미한 점이 있었다.

"샤프로 누가 찍은 거야, 다섯 살 때. 난 어려서 기억이 안 나는데, 남자애가 그랬대. 언니가 걔 손바닥에 이런 검은 점 두 개를 만들어줬대. 그후로 새끼 오리가 엄마 오리를 쫓아다니는 것 언니를 졸졸 쫓아다녔다고 하더라고. 내 기억도 그래. 자동항법장치가 장착된 비행기라면 내 목적지는 늘 언니였어."

옛 생각이 나는지 적당히 취한 승민은 눈가가 촉촉해졌다.

"그때, 교환학생을 좀 일찍 갔어야 했나 봐." 주머니에 있던 손수건으로 눈가를 콕콕 찍으며 말했다. 화장이 번지지 않도록 조심스럽게.

연지가 대학에 입학해 서울로 올 무렵, 4학년이 된 승민은 마지막 기회라며 교환학생으로 미국 유학을 갔다. 방학마다 집으로 내려가 연지를 붙잡고 공부를 가르쳤고 소기의 성과도 이뤘다. 거기다 타락한 여대생 시리즈로(실제 사례를 다섯 배쯤 뻥튀기했지만) 연지가 완전히 겁을 집어먹은 뒤니 서울에서 혼자 있게 돼도 안심이라고 생각했다. 그렇게 일 년간 교환학생을 떠났다. 다녀온 후, 승민은 연지의 표정이 완전히 달라졌다고 느꼈다. 세상의 밝은 면만 보고 자란 아이의 무구한 눈빛에서 속에 큰 비밀을 감추고 있는 여자의 눈빛이 되어 있었다.

"난 임연지가 작가가 될 줄 알았어. 십 년 동안 장래 희망을 작가라고 썼던 애니까." 승민이 말했다.

연지는 옛 생각이 났다. 초등학교 때부터 십 년간 꿈이 작가였다. 스무 살 대학 입학하는 순간까지 그걸 의심해본 적 없었다.

"근데, 문학 동아리면 비평을 하는 거지? 습작을 나눠 읽고 비평하는 거." 승민이 물었다.

"그렇지." 연지가 고개를 끄덕였다.

"욕 좀 먹었다고 장래 희망을 포기할 임연지가 아닌데. 고집 엄청 세거든요." 승민이 지독하다는 듯 인상을 썼다.

"연지는 거기서 욕을 먹은 적이 한 번도 없어요. 소설을 아예 안 썼거든요. 일 년 내내." 성화가 말했다.

성화의 목소리에 빈정거림이 섞였다고 느꼈다면 비약일까. 스테이크를 자르는 연지의 칼에 힘이 들어갔다.

"지금은 생각해둔 구상이 있긴 해. 썼다 하면 화제가 될 것 같고." 연지가 스테이크를 먹었다. 고기의 육즙이 살아 있었다.

"써봐." 승민이 몸을 연지 쪽으로 기울인 채 말했다.

"응?" 연지가 난감한 듯 성화의 표정을 살폈다.

"난 네가 책을 썼음 좋겠어. 내 주변에 너만큼 소설 좋아하는 애가 없거든. 넌 겁이 너무 많아. 겸둥아, 그냥 써." 승민이 진지한 얼굴로 말했다.

"장르가…… 언니가 생각지도 못한 걸 텐데?"

"『그레이의 50가지 그림자』도 재밌게 봤고 동성애물도 좋아해. 언니는 허용 범위가 넓어요." 승민이 연지를 인자하게 보며 말했다. 뭐든지 쓰기만 하면 괜찮다는 듯.

성화도 둘의 얘기를 경청했다.

"내가 쓰려는 건, 추리소설이야." 연지가 성화와 눈을 마주치며 말했다.

연지가 포크로 스테이크를 찍어 건배하듯 성화의 얼굴 쪽에 콕 찍는 시늉을 했다.

"영화 〈살인의 추억〉 알지? 그거랑 비슷해. 실화를 바탕으로 했다는 점에서."

연지가 눈웃음을 지으며 성화를 봤다. 성화도 화답하듯 미소를 지어주었다. 서늘한 고요함이 테이블을 감돌았다.

"우리 동아리에서 누가 죽었다고 했잖아. 오랜만에 만난 담당 형사가 그 앨 죽인 범인을 찾아가는 과정을 책으로 써보라고 하더라고. 피해자 친구가 십일 년 만에 범인을 알아차린다는 콘셉트로."

"그거 사고라고 하지 않았어?" 승민이 의아한 듯 물었다.

"사고로 위장된 살인이었다면?" 연지가 뜸을 들이다 말했다.

"짐작 가는 사람이 있어?"

승민은 한마디라도 놓칠세라 연지의 눈을 쳐다보았다.

'언니가 이 정도로 집중해서 내 얘기를 듣다니, 책으로 쓰면 꽤 팔리겠군.'

"그만 집에 가자. 성화 언니 취했어." 연지가 성화를 똑바로 바라보며 말했다.

"식사는 제가 계산하죠. 비싼 와인을 두 병이나 사줬으니." 승민이 계산서를 들고 성화에게 말했다.

"성화 언니 화내. 오늘 언니가 다 낸다고 했거든." 연지가 계산서를 빼앗아 성화의 손에 쥐여주었다.

웃고 있는 성화의 입이 가늘게 떨렸다. 얼굴에 가면을 끼고 있는 것처럼 어색해 보였다.

성화의 하얀 고급 차를 몰고 있는 것은 무표정한 얼굴을 한 대리 기사였다. 그는 운전 기능이 장착된 로봇처럼 핸들을 돌릴 뿐 같이 있는 여자 세 명의 존재는 의식조차 못 하는 것 같았다. 조수석에는 승민이 완전히 잠들어 있었다. 승민은 술을 마시면 잠을 못 이겼다. 그래서 술자리가 예상되면 차를 놔두고 오곤 했다. 차 안엔 네 사람이 있었지만 살아 숨 쉬는 인간은 성화와 연지뿐인 듯했다.

"요즘에 그런 시계를 차는 건 과시 심리라던가?" 연지는 성화가 버릇처럼 쓰다듬고 있던 백금으로 된 시계를 보며 물었다.

"아버지가 차라고 해서." 성화가 시계를 슬쩍 들여다보다 말했다.

"아버님은 뭐 하시는 분인데?"

"인도네시아에 공장 있고 베트남에도 있고. 나도 자세히는 몰라. "

"알아놔야지. 그게 언니 소유가 될 텐데. 뭐, 언니가 부자가 되면 나한테도 좋겠지."

캄캄하고 한산한 도로를 하얀색 차가 부드럽게 달렸다. 연지는 성화의 눈빛이 텅 비었다고 느꼈다. 창밖으로 지나치는 어둠만큼 공허하고, 속을 알 수 없는 눈빛이다.

"시계 차볼래? 너도 과시 심리 한번 느껴봐." 성화가 시계를 내밀며 말했다.

연지의 손목에 닿는 성화의 손가락이 싸늘하게 느껴질 정도로 차가웠다.

"책은 걱정하지 마. 나 알잖아. 스무 살 때, 단편소설 한 편도 못 쓴 거. 난 늘 너무 늦어. 이번에도 늦었지."

연지가 시계를 어루만지며 말했다.

"오늘 고마워. 언니에 이어 나도 데려다주고 엄청 매너 좋은 남자 같네." 연지가 말했다.

승민을 집에 내려주고 연지도 이제 집에 도착해 내릴 차비를 했다. 로봇 같은 운전기사는 여전히 앞만 바라보고 있었다. 성화의 미소 짓고 있는 입매에 가늘게 경련이 일어났다. 집 앞에 선 연지는 백금 시계를 만지며 멀어져가는 성화의 차를 바라봤다.

다음 날 퇴근 시간, 연지가 누군가를 보고 입을 살짝 벌린 채 건물 계단을 천천히 내려왔다. 잘 차려입은 남자가 회사 바로 앞에 차를 대놓고 기대어 서 있다. 곧 퇴근할 여자친구를 기다리는 모습이다. 곧 어두워질 시간인데도 굳이 선글라스를 끼고 있었다. 연지는 여기서 뭐 하고 있느냐는 얼굴로 남자에게 다가갔다.

"어쩌냐, 십이 년 뒤에 보기로 했는데 일찍 마주쳐서." 상호가 차에 기댄 채 한껏 거드름을 피우며 말했다.

"못 본 걸로 해줄게."

연지가 상호의 차를 지나쳐 정류장으로 걸어갔다. 이쯤에서 상호가 따라와야 되는데. 여기 올 이유가 나밖에 없는데. 준영 씨랑 진짜 우정이 싹튼 게 아닌 이상. 연지는 걸어가면서도 뒤쪽이 신경 쓰였다. 하지만 상호는 운전석에 앉아 시동을 걸었다.

"할 말 있으면 빨리 말하고 가." 차가 출발하기 직전 연지가 뒷좌석 문을 가까스로 열며 말했다.

"뒷좌석이 넓어서 거기 탄 거야?" 상호가 비어 있는 조수석을 가리키며 말했다.

“알잖아. 나 임자 있는 여잔 거. 상대에 대한 최소한의 배려.” 연지가 뒷좌석에 앉아 도도하게 다리를 꼬며 말했다.

“배려심 많은 여자친구네.” 상호가 차를 출발했다.

상호가 차를 주차한 곳은 그들의 모교 주차장이었다. 연지는 차에서 내려 주변을 둘러봤다. 이 장소에 온 것도 정말 오랜만이다. 푸르스름한 나무들과, 익숙한 학교 건물, 떠들며 지나가는 학생들까지 모든 것이 그대로 같았다.

“대학에서 CC를 안 하는 이유가 있어. 한 무리가 모이면 비밀이 없더라고.” 상호가 차 문을 잠그며 말했다.

연지는 상호가 여길 왜 온 건지, 이게 무슨 소린지 파악할 시간이 필요했다.

“그 대학원생 선배랑도 연락을 해? 아니, 그럴 거면 동아리를 왜 다 나간 거야. 다들 거기서 모여 놀지.”

상호는 선배에게 뭔가 들은 것 같았다. 아니면 가온에게 건너 들었거나. 연지도 제국의 해외 봉사 동아리에 찾아가볼 생각을 안 해본 것은 아니었다. 하지만 십이 년이 지난 일이다. 영화 본편 영상은 남아 있을 수 있겠지만 편집 전 영상이 남아 있을 것 같진 않았다.

“아무래도 형수님이 수상해. 경신이 형 말야.”

상호는 경신이 따로 챙겨놓았던 스키장 사진이 사라졌다는 것도 알고 있었다. ‘이 무리는 정말 비밀이 없다’고 연지는 생각했다. 오르막길을 따라 걸으니 동아리 건물이 보였다.

'여전하네. 저 폐병동 느낌 나는 군데군데 금이 간 건물, 유리창조차 음산해 보여. 밤에 오면 귀신 나올 것처럼 생긴 건물 그대로야.'

다른 건물은 다 그럴듯한 외양이었는데 동아리 건물만 이렇게 방치 상태일까 의문스러웠다. 학교 당국도 이 건물이 부끄러운지 정문에서 제일 안쪽에 숨겨놓은 것 같았다.

"나도 그렇게 생각해. 근데 그 오빠는 아무에게도 말 안 한다고 했으면서."

경신의 아내의 흔들리는 눈빛이 아직도 선했다. 연지는 동아리 건물 맞은편 잔디밭에 위치한 늠름해 보이는 나무를 봤다. 저 나무도 그대로네.

"물론 십이 년 전 편집 전 영상이 남아 있을 린 없겠지. 하지만 제대로 끝내는 게 좋잖아. 끝내지 못한 찝찝함이 계속 마음에 남아 있는 것보다." 상호가 손에 들고 있던 선글라스를 다시 끼며 말했다.

"이 시간에 누가 있을까? 좀 늦었는데." 연지가 시계를 보며 말했다. 오후 7시였다.

"동아리 방엔 누군가 있는 법이야, 그때 우리가 그랬듯이." 상호가 혼자 성큼성큼 건물 안으로 걸어가며 말했다.

"넌 네가 오자고 해놓고 같이 안 가고 왜 혼자 가? 예전에도 그러더니."

연지는 뒤따라가다 1층 입구 쪽에 정수기가 아직 그대로인 걸 깨달았다. 맞은편에 각 동아리 방의 위치가 적힌 알림판도 그대로였다. 공상호의 매너도 그대로였다. 동아리 방에 둘이 있다 출출할 때면 같이 학생 식당에 가서 밥을 사 먹곤 했는데, 같이 걷기 부끄럽다는 듯 혼자 성큼성큼 먼저 걸어가곤 했다.

"근데 지금 방학이잖아."

연지가 걸음을 멈추고 말했다. 7월 중순이었다. 직장인들은 점점 날짜에 무감각해진다고 느꼈다. 방학이란 게 없으니. 상호도 계단을 올라가다 걸음을 멈췄다. 그건 생각 못 한 것 같았다.

"어쩌겠어. 우연에 기대를 걸어봐야지." 상호가 뭐 어떠냐는 듯 다시 걸었다.

"너 그 선글라스 잘 어울린다고 생각하지? 근데 이 시간엔 에러거든. 그냥 벗지."

여름이라 아직 밖은 밝았지만 곧 해가 질 기미가 보였다. 상호가 끄덕하고는 선글라스를 주머니에 넣으려는데 연지가 손을 내밀었다.

"나 줘. 요즘 물욕이 생겨서."

연지는 상호의 선글라스를 차고 어두컴컴해진 시야로 성화가 준 백금 시계를 들여다봤다. 시계를 들여다보다 앞서 걷던 상호의 등에 이마를 부딪혔지만, 개의치 않았다. 상호는 한 발짝 옆으로 비켜선 뒤 연지와 나란히 걸었다. 시계에 신경이 쏠려 있는 연지 보폭을 맞춰서 천천히. 지나가던 사람이 보면 둘은 연인 사이로 보일 것이다. 모교를 찾아 데이트라도 온 것처럼 보였으리라. 연지는 해외 봉사 동아리 '이카루스'의 문손잡이를 잡으며 분명 잠겨 있을 거라고 생각했다. 그리고 문득 십이 년 전, 잠겨 있을 거라고 확신하면서도 문손잡이를 돌렸던 순간이 떠올랐다.

당시, 밤 10시가 다 된 시간이었다. 폐병원 같은 동아리 건물은 〈여고 괴담〉을 찍기 딱 좋은 분위기로 보였다. 절약을 위해서인지 건물 복도는 컴컴했고, 비상구 표시만이 초록색 빛을 은은하게 내고 있었다. 동아리 방은 철문이라 안에 불이 켜져 있는지 아닌지 알 수 없었다. 건물 안은 무서울 정도로 조용했고, 혹시 아무도 없다면 얼른 뛰어서 나가야겠다고 생각했다. 손잡이는 거짓말처럼 쉽게 돌아갔다. 그리고 소파에 누워서 책을 읽고 있던 상호가 놀라 벌떡 일어났다. 연지가 느꼈던 공포는 동아리 방의 밝은 빛과 공상호라는 존재로 인해 말끔히 씻겼다. 십이 년이 지나고, 그날을 떠올릴 때면 기억나는 건, 상호와 마주 앉아 있던 테이블에서 느꼈던 안정감과 편안함이었다. 그 시간 바로 집에 가지 않고 아무도 없을 게 뻔한 동아리 방까지 찾아갔던 건 외롭고 울적해서 집에 혼자 있기 싫어서였을 텐데…… 그런 기억은 사라지고 없었다. 그리고 이번에도 손잡이는 쉽게 돌아갔다.

"우리 동아리에서 단편영화 촬영은 드문 일이 아니에요." 남학생이 말했다.

동아리 방엔 예전에 상호와 연지가 그랬던 것처럼 두 남녀가 있었다. 한 명은 앞머리 있는 긴 생머리에 화장기가 없는 여학생이었고, 한 명은 곰 같은 덩치에 순해 보이는 인상을 한 남학생이었다. 지금도 기부금 모금 파티에 쓸 단편영화를 일 년에 두 편쯤 찍는다고 했다. 단편영화에 대한 평가는 파티 후 기부금이 얼마나 모이느냐에 따라 달라진다고 했다. 마치 상업 영화 상영 후 관객 수로 흥행을 평가하는 것처럼.

"보통 편집 전 영상도 보관하곤 해요. 그것도 추억이라 버리기가 그렇거든요. 보통 선배들이 졸업하고 나서 지우는데, 용량이 어마어마하거든요." 앳된 인상의 여학생이 말했다.

연지는 두 남녀 대학생이 마주 앉아 있는 게 아니라 모서리 쪽에 앉아 있다는 걸 깨달았다. 그쪽이 더 가까이서 대화할 수 있다. 둘은 친해 보였다. 동아리 방에 남녀 둘만 있는 건 위험해. 같은 공간에 있었던 기억은 쓸데없이 오래가거든. 안 그래도 이십 대 초의 기억은 오래 남는 법인데. 조심하는 게 좋을 거야. 연지는 이렇게 말해주고 싶었다.

"그래도 그 영화는 있어요. 꽤 명작이죠. 그해에 기부금이 아주 많이 들어왔대요." 남학생이 방 한쪽에 있는 컴퓨터에 앉아

파일을 뒤지며 말했다.

두 사람은 학교 주차장에 주차된 차에 나란히 앉아 있었다. 상호의 노트북으로 이카루스에서 받아 온 영화를 보는 중이었다. 십 분 분량의 영화의 완성도는 꽤 재능 있는 연출과 다소 평범하게 생겼지만 뛰어난 연기력을 가진 여자 주인공이 책임지고 있었다. 제국은 순백의 소년 같은 느낌과 특유의 매력을 보여주긴 했지만 연기는 형편없었다.

"이 남자를 좋아한 거야?" 상호가 영화를 다 보고 난 소감을 말했다.

연지는 기막히다는 얼굴로 상호를 봤다. 대체 언제 적 일을.

상호가 연지 쪽으로 몸을 돌린 채 뜸을 들이고 있었다. 중요한 할 말이 있는 것 같았다.

"괜찮아? 이 시간에 나랑 둘이 있어도?" 침묵 끝에 입을 뗀 상호가 말했다.

밖은 이미 어두워져 있었다. 지나다니는 사람도 거의 없었다. 연지는 상호의 표정이 과하게 진지하다고 느꼈다. 얼굴만 보면 프러포즈하는 남자라고 여길 정도였다.

"그러니까 얼른 출발해." 연지가 안전벨트를 매며 말했다.

상호가 연지 쪽으로 몸을 굽혔다. 연지는 얘가 왜 이러나 싶어 눈이 휘둥그레졌다. 코앞에 있는 상호와 눈이 마주쳤다. 둘 사이의 간격이 반 뼘이나 될까. 너무 가까워서 뭐라고 할 타이밍도 놓쳤다. 그리고 딸깍 소리가 났다. 연지의 안전벨트가 풀렸다.

"돈가스 사줘." 상호가 여전히 연지 쪽으로 몸을 굽힌 채 말했다.

둘의 간격은 여전히 반 뼘이었다. 차 밖에서 본다면 키스라도 하고 있다고 생각했을 거리다. 두 사람의 눈이 마주쳤다. 역시 너무 가까웠다. 고개를 크게 끄덕이다간 얼굴이 닿을 것 같아 연지는 아주 살짝 끄덕였다.

"같이 갈 거냐고 묻는 게 먼저 아니야? 임자 있는 여자한텐." 연지가 학생 식당으로 걸어가며 퉁명스럽게 말했다.

"준영 씨한테 물어볼까?" 상호가 전화기를 꺼내 들었다.

그새 서로 전화번호도 딴 건가.

"돈가스가 먹고 싶네, 갑자기."

연지가 학생 식당으로 뛰듯이 걸었다.

학생 식당은 꽤 많이 변해 있었다. 내부 인테리어를 새로 한 것 같았다. 돈가스 맛은 그대로였다. 얇은 돈가스 위에 분식집 스타일의 소스를 끼얹었다. MSG 맛이 진하게 나는 국물과 단무지, 케첩과 마요네즈를 뿌린 양배추 채가 나왔다.

"돈가스 사달라는 건 그렇다고 쳐. 왜 잘라달래?" 연지가 상호의 돈가스를 자르며 황당한 듯 말했다.

학생 식당은 조금 있으면 끝날 시간이어서 그런지 사람이 거의 없었다. 넓은 식당 안에 두 사람과 멀리 떨어진 자리에 앉은 대학생 몇 팀이 전부였다.

"우리 예전에 왔을 때, 나 이거 어떻게 먹었지? 분명 팔에 깁스를 하고 있었는데."

상호는 오늘따라 이상했다. 뭔가 할 말이 있는지 연지를 유심히 봤다.

"앞에 있던 애가 잘라줬잖아." 연지가 다 자른 돈가스를 상호 앞에 놔두며 말했다.

"너 참 세세하게 기억하는구나?"

"그때 내가 튕기지 말고 먹으라고 했었지." 연지가 자기 몫의 돈가스를 한입 먹으며 말했다.

"그전에 내가 한 말은 기억나?"

상호는 돈가스를 먹을 생각이 없어 보였다. 여전히 다른 할 말이 있는 사람처럼 연지를 바라보았다.

"네가 내 여자친구도 아니고." 연지가 대수롭지 않게 말했다.

"네가 내 여자친구도 아니고, 이걸 왜 잘라줘." 상호가 돌림 노래처럼 같은 말을 반복하며 대답을 기다리는 듯 연지를 쳐다봤다.

연지가 보기에 상호는 돈가스를 먹을 생각이 없어 보였다. 그다지 밥 먹을 생각이 없는 것 같았다. 오늘따라 이상하네. 연지는 질문도 하지 않았으면서 대답을 기다리는 것 같은 상호를 보다가 돈 아까우니 얼른 먹으라는 눈짓을 했다.

'돈가스 잘라주는 호구한테 참 당당했지, 넌.'

연지는 그때를 회상하며, 대학생 시절 자신의 마음은 바다처럼 넓었다고 생각했다. 지금은 흉내 낼 수가 없을 정도의 자상함이었다. 상호는 애매한 얼굴로 그제야 식사를 시작했다. 배가 안 고픈 건 아니었던 듯 꽤 빨리 먹었다.

두 사람은 집으로 돌아가기 위해 차에 탔다. 연지는 오늘 옆자리 남자가 보여준 행동들에 대해 결론을 내고 상호에게 고르고 고른 말을 했다.

"너 남자친구 있는 여자 페티시 있니?"

"내가 복슬 머리한테 이런 취급을 받다니." 상호가 안전벨트를 매며 자조적인 쓴웃음을 지었다.

어느새 검은 어둠이 내린 모교를 상호의 차가 빠져나갔다. 와이셔츠와 넥타이 차림의 운전중인 상호를 봤다. 약간 짧아서 단정한 느낌을 주는 턱선, 선한 눈매는 여전했다. 새삼스럽게도 그는 잘생긴 얼굴이었다. 상호랑 이렇게 둘이 같이 있는 것도 이게 마지막이겠군. 대학 시절로 돌아가는 꿈을 꿨다가 깬 것처럼 연지는 허무함을 느꼈다. 그렇게 하루가 끝났다.

며칠 뒤, 연지는 손님을 데리고 집으로 왔다. 모처럼의 초대였다. 오랫동안 연락 안 하다 최근에 친해진 언니였다. 그 언니는

15평 정도 되는 연지의 아담한 방을 둘러보며 미소 지었다. 경악에 찬 시선을 간신히 숨기는 것처럼 두 눈동자가 흔들렸다.

"꼭 감옥 같다."

성화는 먼지가 안 묻길 바라는 것처럼 가방을 바닥에 살짝 내려놓으며 말했다. 앞뒤 창문에 방범창이 설치되어 있었다.

"4층치고는 과한 편이지. 우리 언니가 아직도 과보호하는 경향이 있어서."

창문마다 설치된 방범창은 언니의 작품이었다.

"너무 으슥한 데 있긴 하더라. 대로변 오피스텔로 이사 가지."

"그것보단 아파트가 좋을 것 같아. 한 32평짜리 역세권으로. 언니는 어떻게 생각해?"

"뭐?"

"사준다는 거 아니었어?"

"왜?"

"왜?" 연지가 황당하다는 듯 되물었다.

연지가 코웃음을 치며 성화를 쳐다봤다. 둘 사이에 싸늘함이 감돌았다. 연지는 뭔 생각으로 여기까지 따라왔냐, 다 알고 온 거 아니냐는 눈으로 공주같이 차려입은 성화를 보다가 식탁을 눈짓했다. 성화의 시선이 부엌에 있는 작은 식탁에 놓인 사진으로 쏠렸다. 혜선과 마지막으로 함께 찍은 동아리 사진이다.

"내가 쓴 책이 화제가 돼서 인세로 작은 오피스텔을 사길 원해? 언니 그런 유명세를 즐길 준비가 되어 있어? 그 대학 계속 근무할 수 있겠어? 제자들이 수군거릴 텐데. 아니면……" 연지가 이건 정말 믿기지 않는다는 듯 뜸을 들이다 말했다.

"내가 지금도 스무 살로 보였어? 이런 기회를 날릴 것 같았어? 하늘에서 성혜선이 비웃을걸?"

"집 사주면 책은 안 나오는 거야?" 성화가 물었다.

"내가 없는 사람한텐 이런 요구 하지도 않아. 충분히 능력이 되잖아. 그리고 미리 말해두는데, 우리 평생 보는 거야."

"평생 어떻게 보는데?"

성화의 목소리가 딱딱 끊겼다. 마치 단어 사이사이에 얼음이 낀 것처럼 차가웠다.

"나는 음유시인이고, 언니는 내 후원자가 되는 거지. 음유시인은 자애로운 백작 부인의 후원을 받으며 여생을 편안하게 사는 거야. 음유시인은 백작 부인의 손에 입을 맞추겠지. 목을 칼로 쑤시는 대신."

"생각해보니까 좀 나눠 쓸 수도 있겠다."

연지는 오늘따라 형광등 불빛이 어둡다고 느꼈다. 천장에 달린 두 개짜리 형광등 중 하나는 고장 났고, 남은 하나의 불빛마저 어두웠다. 바꿀 때가 됐다는 생각이 들었다. 조명이 어두우니 방이 더 좁아 보였다. 성화의 얼굴에 갑자기 환한 미소가 떠올랐다. 그 미소가 피에로의 미소처럼 과장되어 있어 연지는 섬

뜩함을 느꼈다.

"나 한 일주일 연락 안 될 거야." 성화가 피에로의 미소를 유지하며 말했다.

"돈 구해야 돼서 바빠?"

"별장에 가려고. 우리 집 별장."

연지는 그러거나 말거나 관심 없는 듯 윗옷을 벗으며 화장실로 들어갔다. 화장실 문을 살짝 열어놓고 세면대 물을 틀었다. 성화가 무슨 짓을 할 거라고는 생각조차 하지 않는 사람 같았다.

"호텔 바캉스보다 나을걸, 우리 별장이." 성화의 목소리는 어딘지 서늘했다.

"별장에 누구 또 있어?"

"누구 더 부를까?"

"우리 동아리 사람 빼고, 남자만 아니면 괜찮아."

"누가 있을까." 성화가 곰곰이 생각하며 말했다.

"역시 불편할 것 같아. 그냥 안 갈래."

연지가 수건으로 얼굴을 닦으며 화장실에서 나왔다.

"나 농담 아니고, 같이 가자고 말할 친구도 없어. 안에 수영장도 있고, 집도 넓고 좋은데."

"부자 친구가 비용은 전액 부담하는 거지?" 연지가 내키지 않은 듯 말했다.

"부자 친구는 돈 얘기 꺼내는 거 싫어해. 원래 그러려고 했어."

"나 7월 29일부터 휴가야. 그러니까 7월 28일 저녁에 데리러 와줘."

두 사람은 연지의 좁은 싱글 침대에 나란히 누웠다. 어쩔 수 없이 팔이 닿았다. 성화의 팔의 온기가 연지의 몸에 전해졌다. 조성화도 피와 살이 도는 사람이라는 걸 느끼며 연지는 편안하게 잠들었다. 성화는 잠이 잘 오지 않는 듯 감은 눈꺼풀이 새벽까지 미세하게 움직였다.

연지가 정신과에 방문한 것은 다음 날 점심 무렵이었다. 정신과 의사를 마주한 연지의 얼굴은 신경쇠약에 걸리기 직전 같았다.

"잠을 통 못 이루는 이유는 생각해보셨나요?" 의사가 물었다.

의사는 평범한 아저씨 같은 인상이었지만 성품은 자상할 것 같았다. 맑은 눈빛과 또렷한 목소리가 꽤 명석하다는 느낌을 줬다.

"원인이 뭔지는 잘 압니다. 요 며칠 제대로 잠을 잘 수가 없었어요. 차라리 그전으로 돌아가고 싶어요." 연지가 하얀 대리석으로 된 바닥을 보며 말했다.

병원의 공기는 서늘했다. 에어컨을 너무 세게 튼 것 같았다.

"그 남자를 만나기 전으로요. 최근 헤어졌거든요." 연지가 고개를 들고 의사를 똑바로 보며 말했다.

"기절하듯 잘 수 있었으면 좋겠어요. 저번 약은 효과가 없었거든요." 연지의 얼굴이 정말로 슬퍼 보였다.

연지는 퇴근 후, 인근 대형 마트에 들렀다. 크리스마스에 케이크를 고르는 것처럼 진지하게 공구 코너를 둘러보았다. 생크림 케이크를 살까, 초코 케이크를 살까 고민하는 것처럼 칼과 톱 사이에서 갈등하고 있었다.

'대체 내가 이걸 왜 고르는 거야.'

길쭉한 칼을 들고 선 연지는 주변을 둘러봤다. 몽유병 환자가 낯선 곳에서 잠에서 깬 것처럼 어리둥절해 보였다.

'거기에도 칼은 있을 텐데. 굳이.'

연지는 칼을 다시 제자리에 내려놨다.

며칠이 지났다. 회사에 출근한 연지는 내키지 않는 기색으로 한때 꽤 익숙했던 층수를 눌렀다. 준영이 근무하는 기획팀에 가는 길이었다. 반드시 기획팀의 부장이나 과장에게 결재를 받아야 하는 서류가 있었다. 최대한 준영이 없을 시간을 생각하다 점심시간 무렵을 택했다. 엘리베이터에서 후다닥 기획팀으로 들어갔다. 다행히 준영은 보이지 않았다. 부장에게 사인을 받고 다행이라고 생각하며 사무실을 나와 엘리베이터 버튼을 눌렀다. 연지는 자기도 모르게 오른쪽을 봤다. 오른쪽 복도 끝 자판기 앞에서 종이컵을 든 준영이 그녀를 쳐다보고 있었다. 혼자가 아니었다. 키 크고 늘씬한 여자가 옆에 있었다. 요염한 얼굴을 한 민지였다. 둘은 꽤 다정해 보였다. 모르는 사람이 보면 썸 타는 중이라고 생각할 만큼. 연지는 그에게 헤어짐을 고한 뒤 삼 일 후에 있었던 일을 회상했다.

퇴근 후 두 사람은 회사에서 약간 떨어진 번화가의 카페에 마주 앉았다. 두 사람은 커피를 다 마셔가면서도 선뜻 먼저 말을 꺼내지 않았다. 연지는 창밖을 바라봤다. 퇴근 무렵 번화가라 그런지 지나가는 사람들이 꽤 많았다. 지금 이 자리에서 벗어나 저 사람들 무리에 섞여버리고 싶다는 생각이 간절했다.

"임연지 씨는 남자 보는 취향이 꽤 일관적인가 봐요." 마침내 준영이 먼저 입을 열었다.

연지는 앞에 있는 준영을 바라봤다. 손목에 찬 시계와 사람을 똑바로 보는 눈빛이 먼저 들어왔다. 연지는 그제야 알아차렸다. 상호와 준영이 꽤 비슷하다는 걸. 준영은 좀더 부드러운 이미지로 보이긴 했지만 둘 다 사랑보다는 자존심이, 열정보다는 냉정에 더 가까워 보이는 타입이었다. 연지가 겪어본 바로는 둘 다 여자에게 다정다감하게 대할 줄 몰랐다.

"김준영 씨나 공상호 씨는 제 취향이 아닌데요."

초등학교 때 좋아했던 몇몇 남자애들의 얼굴을 떠올렸다. 연지는 한 번도 반에서 잘생겨서 인기 많았던 남자애를 좋아해본 적이 없었다. 대신 반에서 제일 바다같이 이해심 넓은 남자애를 좋아했다. 얼굴만 보고 좋아하는 여자애들을 도저히 이해할 수가 없었다. 사람에게 제일 중요한 건 심성이 아닌가. 얼굴은 좋아하다 보면 눈에 콩깍지가 씌어 잘생겨 보여야 하는 게 맞는다. 그렇기에 스무 살에 제국에게 끌린 것은 지극히 연지다운 선택이었다. 연지의 본능적 이상형이 그쪽이었으니까. 공상호와 이 남자는 연지의 본능을 거스르는 선택이었다. 그리고 슬프게도 이 남자들이 이제 연지의 취향이 되었다. 마치 오염된 물처럼, 예전의 취향으로 돌아갈 수 없을 것 같았다.

"난 그쪽한테 돈과 시간과 감정을 너무 썼어요." 준영이 말했다.

이게 여자를 붙잡을 때, 그의 자존심이 허용하는 최대치의 말인 것 같다고 연지는 느꼈다.

"인생은 원래 지뢰밭이래요. 지뢰 하나 밟았다고 생각하세요."

"그쪽도 내 취향은 아니에요. 원래 착한 여자 좋아했거든요. 그쪽도 그런 줄 알았죠."

"그쪽은 누구와 만나도 행복할 사람이에요. 그래서 다행이에요." 연지가 식어버린 커피를 한 모금 마시며 말했다.

연지는 준영을 바라봤다. 현실적이고 이성적인 남자다. 삼 일 안에 머리가 복슬복슬한 구미호는 깡그리 잊을 사람이다.

"그 남자랑 얘기는 한 거예요? 여자친구 있다면서요. 멜로드라마마냥 나랑 헤어지고 그 남자도 안 만나고, 그러는 거 아니죠?"

"이 나이에 믿을 자리 안 만들어두고 그쪽을 차겠어요?" 연지가 어처구니없다는 얼굴로 준영을 봤다.

"팔 년간 연애도 안 한 여자면 충분히 그럴 수 있죠."

"이미 만났어요. 그쪽도 정리했어요." 연지가 단호하게 말했다.

'준영 씨가 상호랑 길에서 안 마주치길 바라야겠군.'

잘 만나고 있는 커플을 가상이라도 멋대로 정리시키는 건 양심에 찔렸다. 하지만 준영의 마음속에 조금이라도 미련이 남지 않았으면 했다. 그게 배려라고 생각했다.

"당분간 박 대리 보러 못 가겠네요. 그쪽 보기가 그래서."

준영은 더이상 연지를 쳐다보지도 못했다. 식어버린 커피를 물끄러미 보고 있었다.

복도 끝 자판기 앞에 서 있던 준영은 연지에게 가볍게 목례했다. 둘은 처음으로 돌아간 것 같았다. 준영이 연지를 처음 집 앞에 데려다준 순간, 연지의 사무실에서 기획안을 도와줬던 것, 밤늦게 영화를 보러 가서 떨렸던 일……. 그 모든 것이 꿈이었나 생각이 들 정도로 준영의 얼굴에선 다른 감정이 느껴지지 않았다. 얼굴만 아는 동료 직원에게 인사하는 사회생활 잘하는 남자의 얼굴이었다. 엘리베이터 문이 열렸다. 준영이 옆에 서 있는 민지에게 싱긋 웃어주었다. 민지도 연지를 향해 가볍게 묵례를 했다. 엘리베이터 문이 닫혔다.

'내 사랑은 역시 소유욕이 없나 봐.'

연지는 엘리베이터 안에서 지금 기분에 대해 생각했다. 준영이 민지와 같이 있는 모습을 봐도 그다지 슬프지 않았다. 그가 행복하길 바랐다. 정말 괜찮은 남자니까. 그리고 자신에겐 사랑 같은 일시적인 착각보단 훨씬 중요한 계획이 생겼다. 연지는 올해 5월, 문제의 사진을 받기 전만 해도 자신의 인생은 뻔하게 흘러갈 거라 생각했다. 평범한 직장에 다니며, 결혼을 하고, 그러면 애 엄마가 되겠고, 그렇게 살다 할머니가 되겠지. 하지만 그 사진이 연지의 인생을 바꿔놨다. 아니, 바꾸기로 결심했다. 연지의 인생은 이제부터 다른 궤도로 움직이고 있었다.

이런 비장한 각오를 한 연지는 퇴근 후 상호와 함께 소머리국밥집에 있었다. 상호도 퇴근 후 곧바로 온 기색이었다. 상호가 국밥 맛이 마음에 든 듯 연지는 쳐다도 안 보고 국물만 떠먹었다.

'얘가 왜 자꾸 찾아오는지 모르겠네.'

맛있게 먹고 있는 상호를 보며 연지가 생각했다. 전화로 스케줄을 물어보면 거절할 수나 있지, 상호는 무작정 회사 앞으로 찾아왔다. 용건도 별것 아니었다. "제국이 형 결혼식 갈 거냐." "준호 소개팅해주고 싶은데 워낙 아는 여자가 없어서. 주변에 괜찮은 사람 있냐?"

"이러는 거 여자친구가 뭐라고 안 해?" 연지가 물었다.

“워낙 말 없는 스타일이라……. 넌?”

“지금도 계속 문자 오고 있어. 엄청 화내고 있어.”

상호가 갑자기 사레가 들렸는지 얼굴이 빨개지며 컥컥거렸다. 비어 있는 자신의 물컵을 가리켰다. 마침 연지의 물컵도 비어 있었다. 연지는 서둘러 정수기로 가 물을 떠 왔다. 그사이 상호가 테이블에 있던 연지의 핸드폰을 들여다보고 있었다. 암호도 푼 것 같았다. 상호 앞에서 휴대폰 잠금 패턴을 푼 적이 있긴 했지만 그걸 기억하고 있을 줄이야.

“요즘 권태기야? 김준영 씨랑 연락 안 한 지 꽤 됐네?” 상호가 핸드폰 화면을 쓸어 넘기며 말했다.

연지가 재빨리 핸드폰을 빼앗았다.

“미안해.” 상호가 하나도 미안하지 않은 얼굴로 말하고는 다시 국밥을 먹었다.

‘얘는 미안하지 않을 때 미안하다고 하는 경향이 있네.’

연지가 상호 앞에 물컵을 내려놓았다. 상호는 이제 목은 괜찮은지 아예 그릇째 들고 국물을 마셨다.

“넌 내 첫사랑이 아니야.” 연지가 대뜸 말했다.

“네 첫사랑은 제국이 형이잖아.” 알고 있다는 듯 상호가 말했다.

“네 첫사랑도 내가 아니야.”

“당연히 아니지.”

“그러니까 회사로 그만 찾아와. 우리 부서 직원들이 이미 널 알아차리기 시작했어. 네 인스타그램도 들어가본다니까."

"직원들이 이미 널 알아차리기"라는 말을 할때 연지의 표정은 상호가 위험한 덫에 걸렸다는 분위기였다.

"인스타에는 별것 없는데. 그냥 로펌 홍보하려고 만든 거라."

"회사 앞에 자꾸 찾아오니까 너랑 나랑 무슨 관계라도 되는 줄 안다니까." 연지가 말했다.

"김준영 씨는 어쩌고? 그럼 네가 양다리라고 생각한다는 거야?"

생각지도 못한 질문이었다. 준영과 끝난 건 회사에서 다들 알고 있는 사실이었다. 애초에 제대로 뭐가 진행된 적도 없었다.

"두 사람이랑 썸 타는 줄 알고 있어."

연지가 갑자기 식욕이 생겼는지 국밥에 시선을 고정한 채 계속 국물을 떠먹었다.

"잘됐네. 회사에서 달리 보지 않냐? 나 같은 남자랑 썸도 타고."

"성혜선한테 화났던 이유를 이제야 깨달았어. 제국 오빠 때문이 아니더라고."

"누구 때문에 화난 건지 아니까 말할 필요 없어."

"너였어. 너랑 같이 있는 걸 보면 화가 났어. 왜 화가 나는지도 모르고 그냥……."

"스무 살이었잖아. 자기가 뭘 원하는지 모를 나이야."

"동아리 사람들과 연락을 끊어버린 것도 어쩌면 너 때문이었던 것 같아. 널 볼 수가 없었어. 널 보면 성혜선한테 화를 내던 내가 떠올라. 그게 너무 후회돼. 내일 꼭 만나야 한다고 울던 그 애한테 당장 우리 집으로 오라고 할 수도 있었을 텐데. 그런 가능성을 생각하면 널 볼 수 없었어."

연지는 잊은 척하고 살았지만 혜선을 잊을 수가 없었다. 연지 가슴속에 혜선은 추억의 인물이 아니라 일종의 자동제어장치처럼 존재했다. 대학을 졸업하고, 간혹 남자에게 두근대기도 하고, 취직을 하고, 또 같은 시기에 입사한 남자 동기에게 설레기도 했다. 기쁘고 설레는 순간마다 연지의 마음속엔 자동제어장치로서 존재하는 그 애가 떠올랐다. 그리고 혜선이 겪지 못한 청춘, 설렘, 사랑에 대해 생각하곤 했다. 죄책감은 모든 종류의 욕망을 억제했다. 그렇게 사는 것이 나름의 죗값을 치르는 방법이었다. 그러면서도 자신의 죄책감은 비이성적이라고 생각했다. 죄책감을 느낄 잘못을 하지 않았다고 생각했으니까. 하지만 이제 밝혀졌다. 연지의 의식은 모르고 있었어도 무의식은 잘못이 있다는 걸 알고 있었다.

"안 보고 싶다는 말이잖아." 상호가 말했다.

"예전으로 돌아가자는 얘기야. 내가 마음의 평화를 가질 수 있도록."

상호의 얼굴은 무표정했지만 눈만은 슬퍼 보였다. 곧 눈물이 떨어져도 이상하지 않을 것 같았다. 하지만 상호는 맨 정신에 누구 앞에서건 울 사람은 아니었다.

"우린 인연이 아닌가 봐."

'우린 아무것도 아니었어.' 연지가 생각했다.

"어차피 우린 각자 상대가 있잖아. 우리가 인연이었다면 다시 만났을 때 서로 옆에 아무도 없었겠지." 연지가 말했다.

상호는 똑바로 연지를 바라봤다. 스무 살 때부터 그는 가끔 이렇게 사람 얼굴을 똑바로 쳐다보곤 했다. 그럴 때면 연지는 그가 자신을 꿰뚫어 본다는 느낌을 받았다. 상호는 상당히 눈치가 빠른 편이기도 했다. 사회생활 팔 년 차인 연지는 그 눈빛을 상대할 배짱이 생겼지만, 이 순간은 그럴 기분이 아니었다. 오늘이 상호와 마지막 만남일 테니까. 연지가 가방을 챙겨 일어나 나가려고 했다. 그 순간 상호의 손이 연지의 손목을 붙잡았다.

"잠깐."

자신은 몰랐겠지만 상호는 꽤 중요한 정보를 연지에게 알려줬다. 어쩌면 연지의 인생 궤도를 바꿔놓을 수 있을 만큼.

그리고 7월 28일이 되었다.

성화의 하얀 차를 타고 있는 연지의 옷차림은 여름휴가를 떠나는 전형적인 모습 그대로였다. 챙이 넓은 모자를 쓰고 눈앞에 펼쳐진 산속 절경을 눈이 휘둥그레져 봤다. 성화의 가족 별장은 남양주 산속 깊숙한 곳에 있었다. 끝도 없이 구불구불한 도로를 타고 올라갔다. 간신히 도착한 별장은 정말 산꼭대기에 있었다.

"사준다는 집 평수를 좀 늘려도 될까." 유럽의 성을 연상시키는 성화의 별장을 보고 감명받은 연지가 말했다.

이 별장의 단점이라면 주변에 보이는 건 수풀뿐이고 들리는 건 이상한 새소리뿐이라는 거였다. 산속의 무인도 같은 느낌이었다. 별장 주변에 인가라곤 찾아볼 수 없었다. 차를 타고 올라올 때 본 바로는 인적 없는 산속을 꽤 오래 헤매며 걸어 내려와야 민가를 만날 수 있었다. 별장 옆에는 작은 집이 있었다. 별장을 관리하는 관리인 부부가 사는 집이라고 했다.

"들어가기나 해, 겸둥아." 성화가 연지의 엉덩이를 토닥이며 집안을 가리켰다.

승민과 만난 후, 성화는 가끔 연지를 겸둥이라고 불렀다. 연지의 시선은 성 같은 별장 대신에 앞에 펼쳐진 수영장으로 향했다. 연지는 티셔츠를 벗어던지고 검은색 치마를 내렸다.

"너 수영복을 입고 왔어?" 성화가 놀랍다는 듯 물었다.

연지는 어느새 화려한 꽃무늬로 프린트된 비키니 수영복 차림으로 서 있었다.

"오늘을 기다렸거든." 연지가 수영장 앞에 앉아 튜브에 바람을 넣으며 말했다.

별장 안쪽에 위치한 작은 집의 문을 열고 중년의 여자가 나왔다. 얌전한 인상이었는데 눈이 꽤 처져 있었다. 검은 눈동자가 잘 보이지 않아서 누구를 보고 있는지 헷갈렸다. 연지는 바람을 넣은 튜브를 몸에 끼고 미소 지으며 위에서 내려다보고 있는 여자에게 인사했다.

현재

/

7월 31일

새벽 2시.

산속에 있는 성화의 별장. 고요해야 할 시각, 삐걱거리며 별장의 문이 열린다. 몸을 구부린 젊은 여자의 몸이 보였다. 고개를 숙인 채 신발을 멋대로 집어던졌다. 자기 신발을 찾을 수 없는 것 같다. 여자는 하얀 바탕에 붉은 무늬를 한 티셔츠를 입고 있었다. 여자가 입은 반바지는 축축했다. 여자의 옷에서 빨간 핏물이 뚝뚝 바닥으로 떨어졌다. 자세히 보니 여자가 입은 티셔츠의 붉은 무늬는 전부 핏물이었다. 축축한 바지도 마찬가지였다.

대체 무슨 일이 있었던 걸까. 여자가 결국 자기 신발을 못 찾았는지 손에 잡히는 대로 신발 두 짝을 집었다. 짝이 맞지 않지만 상관없었다.

연지였다. 연지는 겁먹은 얼굴로 짐승 울음소리가 들리는 산속과 불이 꺼져 있는 관리인의 집을 쳐다봤다. 산속은 지옥같이 어두컴컴하고 위험해 보인다. 연지는 신발을 신고 산 아래쪽으로 뛰어 내려갔다. 두 눈을 질끈 감고 육상 대회에 나온 사람처럼. 옷은 물론이요, 손과 다리도 온통 피범벅이었다. 얼마나 뛴 걸까. 심장이 말을 듣지 않았다. 더 뛰다간 큰일 날 것 같았다. 연지는 걸음을 멈추고 두려운 얼굴로 주변을 보았다. 여전히 산속이다. 그때, 저 멀리서 형광등 불빛 같은 게 보였다. 인가가 가까워진 듯했다. 더 뛰자. 연지는 가슴을 부여잡고 천천히 쓰러질 것처럼, 그러면서도 용케 쓰러지지 않고 뛰었다. 마침내 붉은 벽돌이 켜켜이 쌓인 집이 나타났다. 바깥에는 옥수수 껍질을 말리고 있고, 빨랫줄엔 속옷이 보였다. 심장을 부여잡은 연지가 붉은 벽돌집의 현관문을 세차게 두드렸다.

"경찰 좀 불러주세요!" 문을 두드리며 연지가 말했다.

브로콜리 같은 파마머리를 한 여자가 문을 열었다. 이 새벽에 경찰을 불러달라는 여자의 목소리에 놀라 문을 열었지만 피 칠갑을 한 연지의 모습을 보고 잠결에 실수했다는 얼굴이었다. 놀라 문을 닫으려 했지만 연지는 피투성이가 된 손을 현관문 틈으로 쑥 집어넣은 뒤였다.

"그거 피예요? 누가 그런 거예요?" 여자가 수건 몇 장을 연지에게 갖다 주며 말했다.

중년 부부는 소파에 앉아 있는 낯선 여자에게 무슨 일이 있었던 걸까 궁금한 눈치였다.

"아가씨, 이름 말해봐요." 남자가 물었다.

"경찰 좀 불러주세요. 급한 일입니다."

연지의 눈동자는 또렷했고 발음도 정확했다. 중년의 부부는 어쨌든 경찰을 부르기는 해야겠다는 시선을 주고받았다.

"강도라도 당했어요?" 남편이 문단속과 창문 단속을 하며 물었다.

혹시 또 누가 문을 두드리지 않을지, 여자를 저렇게 만든 미친놈이 쳐들어오지 않을지 걱정되는 눈치였다. 경찰에 연락은 했지만 산속이라 오기까지 꽤 시간이 걸릴 것이다.

"제 피 아니에요. 절 해치려던 사람 거예요."

"혹시 여기까지 쫓아오는 거 아니야?" 부인이 난감한 듯 커튼을 살짝 열어 밖을 봤다.

"못 쫓아와요, 절대로."

"무슨 일이 단단히 생긴 것 같은데." 부인이 연지의 피투성이 옷을 보며 말했다.

"제가…… 아무래도 죽인 것 같아요."

연지가 수건으로 피에 젖은 티셔츠를 닦으며 섬뜩하게 웃었다. 두 손이 초조한 듯 떨려왔다.

현재

7월 29일

오전 10시.

성화는 숙취에 지끈거리는 머리를 만지며 잠에서 깼다. 소파였다. 여기서 잠든 건가. 부엌에서 설거지하는 소리가 들려왔다. 별장을 관리하는 중년 여자는 지독하게 말이 없는 사람이었다. 어젯밤 무슨 일이 있었더라. 성화는 머리를 부여잡고 생각했다.

"여자도 여자에게 약간 애교가 있어야 돼. 걔도 너처럼 살가운 성격이었거든."

과일 소주는 방심한 상태에서 사람을 쉽게 취하게 만든다. 성화는 벌써 혼자 소주 한 병 반을 해치웠다. 약간 취한 상태에서 성화는 했던 말을 하고 또 했고, 연지는 웃으면서 들어주었다. 성화는 주로 미국 유학 시절의 추억에 대해 떠들었다. 추억의 중

심엔 한인 교포 룸메이트가 있었다. 룸메이트와 꽤 친해져서 쿠바로 여행을 간 적 있다고 했다. 낯선 나라를 델마와 루이스처럼 용감하게 차로 돌아다녔다고.

"그 친구도 부르지."

연지는 성화의 술주정을 따뜻한 시선으로 듣고 있었다.

"아침에 걔한테 전화나 해야겠다. 지금 미국에 있어."

"사진 있어?" 연지가 물었다.

연지가 눈을 반짝이며 물었다. 술에 취해서 흐트러진 성화를 귀엽게 보면서.

"그러고 보니 너랑 좀 닮았어. 나중에 사진 보여줄게."

그리고 성화는 잠이 들었던 것 같다.

성화가 지끈거리는 머리를 부여잡고 있는데 테이블에 물컵이 놓였다. 고개를 들어보니 연지가 걱정되는 기색으로 서 있었다.

"언니, 별장에 개 있어?"

"해피 말하는 거야? 걱정하지 마. 개 생긴 것만 무섭지 되게 조용해. 짖지도 않고. 진짜 밥만 먹는다니까. 밥값도 못 해."

별장 지키라고 데려온 불도그 해피는 푸들만큼 온순했다. 돌출이 심해서 입만 살짝 벌려도 으르렁대는 것처럼 험악한 인상인 게 그나마 장점이었다.

"관리인이 개가 없어졌대."

관리인은 오후 9시에 출근해서 간단한 청소와 요리를 한 후

3시에 퇴근했다. 따로 성화가 부르지 않는 한 별장으로 들어오지 않는다고 했다. 두 사람은 얌전하고 조용한 성격이라 집에 들어가면 잘 나오지도 않는다고. 관리인의 집은 별장 뒤편이었기에 별장 앞에 위치한 개집은 잘 보이지 않았다.

현재

7월 31일

오전 8시.

피를 말끔하게 닦아낸 연지가 환자복을 입고 병원 복도 의자에 앉아 있다. 오른팔엔 압박붕대를 한 상태였다. 의사가 말하길 팔에 큰 충격을 받아 뼈에 금이 갔다고 했다. 오늘 깁스를 하게 될 거라고 했다. 하지만 연지의 얼굴은 모든 일이 순조로운 사람처럼 평화로워 보였다. 맞은편 의자에 앉은 검은 티셔츠와 검은 바지를 입은 남자가 그 평화로운 얼굴을 노려보고 있었다. 눈이 새우처럼 작고 티셔츠가 꽉 낄 정도로 통통한 체격이었다. 인상만 보면 조폭 같았지만 형사였다. 병원의 문이 벌컥 열리고 땀에 젖은 상호가 들어왔다. 옷차림을 보니 새벽에 연락을 받고 급하게 달려온 듯했다.

"내가 변호사 없으면 얘기 안 한다고 했어." 연지가 상호를 보며 나직하게 말했다.

상호가 연지 앞에 무릎을 굽히고 시선을 맞췄다. 두 눈이 '별장 안에서 대체 무슨 일이 있었던 거야?' 하고 묻고 있었다.

"밥은 먹었어?" 상호는 대신 이렇게 물었다.

"안 먹었어요. 지금 시킬까요? 변호사님 것도 같이?" 형사가 말했다.

상호는 형사에게 고개를 끄덕였지만 시키든 말든 관심 없어 보였다.

"내가 자세히 못 들어서 그런데 설명해줄래? 그 별장에서 대체……."

상호의 목소리는 어린아이를 대하는 것 같았다.

"갈비탕으로 시킬게요. 여기 병원 밥 진짜 아니에요. 갈비탕이 제일 나아."

새우 눈 형사가 연지에게 눈을 떼지 않으면서 갈비탕집으로 전화를 걸었다.

"나 이제 연애도 진하게 하고 책도 쓸 거야. 작가 임연지가 되는 거지. 새벽에 산속을 혼자 막 뛰어오면서 결심했어. 근데 오다가 중간에 귀신을 본 것 같기도. 어쨌든……."

"조성화는 어떻게 됐어?"

"조성화는……."

연지의 목소리가 비밀 얘기하듯 작아졌다. 연지가 상호의 귀에 대고 작게 속삭였다.

"끝났어."

연지가 말을 마치고 병원 벽에 기대 나른하게 웃었다. 연지의 눈빛이 풀려 있었다.

현재

7월 30일

두 사람은 와인을 마시는 중이었다. 성화는 많이 취해 옛 룸메이트가 보고 싶다며 과거 얘기를 늘어놓고 있었다. 쿠바판 〈델마와 루이스〉를 찍었던 시절이 어지간히 그리웠던 모양이다. 연지는 성화와 함께 앉아 있는 식탁을 봤다. 8인용 흑색 식탁의 디자인이 예사롭지 않았다. 천장에는 샹들리에가 은은하게 빛을 발하고 있었다. 가끔 들르는 별장치고 가구 인테리어가 과해 보였다. 조성화 집 가족은 돈이 주체 못 할 만큼 많은 걸까, 아니면 사치스러운 취미가 있는 걸까 궁금했다. 연지는 졸린 눈으로 마시던 와인을 완전히 들이켰다. 금방이라도 쓰러져 자버릴 듯 눈이 자꾸 감겼다. 연지는 비틀대며 일어나 부엌으로 가 커피를 내렸다. 유리컵에 얼음을 잔뜩 넣어 아이스 아메리카노 두 잔을 만들고 멜론을 깎아서 내왔다.

"해피가 돌아와서 다행이야." 연지가 멜론을 먹으며 말했다.

불도그 해피는 오늘 아침 개집에서 발견됐다. 개집에 줄도 매어져 있었다. 귀신이 곡할 노릇이었다. 잠깐 누가 데려갔다가 다시 데려다 놓은 것처럼. 성화는 아이스 아메리카노를 벌컥벌컥 들이켰다. 그러고는 너무 차가워 코를 찡그렸다. 눈은 알코올의 존자처럼 벌겋게 충혈되어 있었다.

"오래전 과거에 집착하면 지금 네 꼴 나는 거야." 성화가 연지를 보며 딱한 듯 말했다.

연지는 이미 의자에 앉아 눈을 완전히 감고 있었다. 성화의 말이 귀에 들리지 않을 만큼 잠에 빠져 있었다.

"언니 나한테 하는 말이야?" 연지가 잠에 취한 목소리로 간신히 눈을 뜨며 말했다.

"성혜선이 어떻게 죽었는지 궁금해?"

성화의 목소리가 신경질적으로 변했다. 다른 사람 같은 목소리였다.

"그걸 왜 지금 말해?" 연지의 목소리가 졸려서 점점 작아졌다.

"네게 남은 시간이 별로 없을 것 같아서. 궁금한 건 풀고 가야 하지 않겠어?"

성화는 혼자 씩씩거리며 식탁 주변을 걸었다. 분노를 가라앉

히기 위해서인 것 같은데 씩씩대는 소리가 점점 커졌다. 걷기 운동은 현재 성화의 분노 조절에는 별 도움이 되지 않고 있었다. 그만큼 아주 화가 많이 난 사람 같았다.

연지는 제주도에 갔을 때 들었던 경신의 말이 떠올랐다.

—그런 남자들 있다고 하잖아. 밖에선 좋은 사람, 집에선 폭군. 조성화가 그랬어. 지킬 박사와 하이드처럼. 내 앞에서 보인 모습은 하이드였지.

그땐, 성화와 그렇게 싸워댄 게 전적으로 자기 때문만은 아니라는 변명으로 받아들였다. 하지만 경신이 한 말은 문장 그대로의 의미였던 것 같다. 연지의 눈앞에 하이드로 변신한 미스 지킬이 있었다.

"처음엔 사고로 위장할 생각이 없었어. 예상치 못한 상황이 있었어. 성혜선이 꽤 사납더라고."

조성화는 포커판에서 승리한 승부사같이 의기양양해 보였다. 연지는 눈을 완전히 감지 않으려 노력하며 성화의 말을 들었다.

"처음엔 뒤에서 목을 졸라 자살로 만들 생각이었어. 근데, 처음이라서 그런지 생각처럼 안 되더라고. 그게 난리치다가 손톱으로 내 목을 할퀴더라고."

성화의 눈이 취기와 승리감으로 인해 번뜩였다.

"어쩔 수 없이 머리를 붙잡고 벽에 찧었는데 사람 쉽게 죽더라고. 그런데 그 화려한 손톱에 내 DNA가 잔뜩 묻어 있을 거라는 생각이 들었지. 별수 없이 죽은 사람을 붙잡고 손톱을 깎았어."

성화에겐 지금 생각해도 그 순간이 공포였던 것 같다.

"그때 누가 문을 두드리더라고. 난 나도 모르게 켜져 있는 텔레비전을 껐어. 아차 싶었지. 누가 있다는 말이니까. 그러다 네 목소릴 듣고 안심했어. 임연지는 행동력이라곤 없잖아."

성화는 속이 후련했다. 정상에 오른 등반가만큼 개운한 얼굴로 거실 이쪽저쪽을 거닐었다. 사람은 다들 가면을 쓰고 산다지만, 조성화의 가면은 유독 두터웠던 것 같다. 화난 걸 스스로 주체할 수 없어 울먹이다, 잠든 연지를 표독스럽게 째려보고, 다시 개운해진 얼굴로 집안을 거닐고 있는 이 여자는 분명 정상이 아니었다.

"임연지, 살던 대로 살지 왜 안 하던 짓을 하고 그래? 네가 누굴 협박할 그런…… 어처구니가 없네. 너에게 조금 우정을 느꼈던 사람으로서, 우리 꽤 많은 대화를 했잖아? 그러니까 네가 어떻게 죽을지 알려줄게."

비명을 질러도 아무도 못 들을 것 같은 산속 별장. 의자에 기절하듯 잠들어 있는 여자와 그 여자의 귀에 곧 네가 어떻게 죽을지에 대해 귓속말하고 있는 여자. 누군가의 꿈속에 이런 장면이 나타났다면 어떻게든 당장 깨고 싶으리라. 성화는 목에서 목걸이를 빼냈다. 겉으로 보기에는 평범한 목걸이였는데 알고 보니 알약을 넣는 통으로 쓸 수 있는 형태였다. 성화는 통을 열어

캡슐이 두 개 남아 있는 걸 확인했다.

“이건 여덟 시간만 지나면 검출이 안 되는 수면제야. 기절하듯 잠들게 되지. 네가 먹은 와인에 섞어놨어. 넌 술에 취해 욕조에 몸을 담근 채 잠들었다 익사하게 될 거야. 정신과에서 수면제를 처방받은 기록도 있으니 약 기운과 술기운이 합쳐져서 그랬다고 생각할 수도 있겠지. 안타깝게도 이 집엔 너 혼자뿐이었어. 난 너랑 싸우고 관리인 부부 집에서 잔 거야. 그건 내가 곤란해졌다는 걸 알게 된 관리인 부부가 증언해줄 거고. 네가 지금 일어나 소리를 질러도 그 사람들 못 와. 약에 취해 잠들어 있으니까. 넌 정말 억울하게 됐지.”

성화는 세면대에 남은 캡슐 두 개를 뿌리고 물로 흘려보냈다.

“죽을 애들은 죽을 만한 짓을 한다는 게 내 결론이야. 난 성혜선 죽인 거 하나도 후회 안 해. 아직까지도. 여자친구 있는 남자한테 꼬리 치는 계집애 따위.”

성화는 일이 계획대로 끝나가자 약간 울적해졌다. 약간 텐션이 낮아진 상태로 연지 옆 의자에 앉아서 잠든 연지의 얼굴을 보며 하소연하듯 말했다.

“처음엔 그날 죽일 생각은 아니었어. 죽여버리고 싶다는 생각은 많이 했지만. 근데 여자친구 있는 남자한테 그렇게 수많은 구애 메일을 받고도 아무렇지도 않게 그 남자와 그의 여자친구를 대했다는 걸 알았을 땐, 미칠 것 같더라고.”

'스키장에 가기 전 날, 경신 오빠가 성화 언니와 싸웠다고 했지. 메일 보낸 걸 그날 들켰던 건가.'

연지는 눈을 감은 채 생각하고 있었다. 언제 눈을 뜰지.

"그래서 범행 수법을 바꾼 거야?" 연지가 의자에 기댄 채 눈만 뜨고 말했다.

들을 만한 건 다 들었다. 무엇보다 성화의 목소리가 점점 기운이 빠져가고 있었다. 졸음이 몰려오는 목소리였다.

"언니랑 쿠바판 〈델마와 루이스〉 찍은 친구 미국에 있다고 했지? 정확히는 미국 무덤에 있지 않아? 그 여자는 쿠바 수영장에서 익사했잖아. 술에 취해 수영장에서 잠들었다가."

연지가 의자에 똑바로 앉았다. 여유로운 척 멜론 한 조각 베어 물고 옆에 있는 여자를 신기하다는 듯 바라봤다. 의자에 쓰러지듯 기대어 손가락조차 제대로 못 움직이고 있는 성화를.

"언니가 깨끗이 비운 아메리카노 말이야, 거기에 카페인만 들어 있던 건 아니었어."

연지는 성화의 목걸이를 유심히 보다가 주머니에서 알약 통을 꺼냈다. 캡슐이 두 개 남아 있었다. 성화는 간신히 의자에 기대 인형처럼 눈만 껌뻑껌뻑하며 상대를 노려보았다. 연지는 멜론을 먹으며 조성화가 가져온 약 효과가 이렇게 좋구나, 감탄을 했다.

현재

연지는 병원 의자에 앉아 있었다. 프러포즈하듯 무릎을 꿇고 앉아 자신을 보고 있는 상호와 눈을 맞추고 있었다. 연지는 상호의 손을 잡고 손바닥 위에 작은 물건을 내려놓았다. 상호가 이게 뭐냐는 눈빛으로 봤다. 마이크로 칩이었다.

"네가 만들어준 거야. 조성화의 자백 녹취록. 성혜선을 죽인 과정에 대해 교수님답게 세세하게 설명해주더군."

"너 정말 겁도 없냐? 별장에 조성화랑 같이 들어갔다고?"

"유능한 공상호 변호사 덕분에 살아 나왔지. 네가 준 고급 정보 덕분에."

상호는 마이크로 칩을 주머니에 넣었다. 연지가 그와 잡고 있던 손을 빼자 상호가 다시 연지의 손목을 잡았다. 연지는 잡힌 손목을 바라보다 주인을 보는 강아지처럼 자신을 뚫어져라 보고 있는 상호를 봤다. 문득, 연지의 인생 궤도를 제대로 돌려놓은 그 순간이 생각났다. 국밥집에서도 상호가 이렇게 섬세한 손가락으로 자기 손목을 잡았더랬다. 기특한 녀석.

소머리국밥집에서 식사를 마치고 일어나려는데, 상호가 연지의 손목을 붙잡으며 말했었다.

"조성화의 친구가 죽은 게 성혜선뿐이 아니야."

연지가 놀라 그를 봤다.

"미국 기숙사 룸메이트. 쿠바에서 둘이 여행 갔다가, 모텔 수영장에서 익사했대. 둘 다 한국인이라 한인들 사이에선 꽤 화제였나 봐. 성화를 아는 친구들이 반농담으로 그랬대. 혹시 네가 죽인 거 아니냐고. 수면제 먹이고 수영장에 빠뜨린 거 아니냐고. 조성화가 불면증이 있어서 자주 수면제를 처방받았대."

"그거 우연히 안 거 아니지? 네가 알아본 거지?"

"성혜선이 내 첫사랑이잖아. 나도 너만큼이나 궁금해. 무슨 일이 있었는지."

그때 상호의 눈은 다른 말을 하고 있었다. 눈치가 빠른 남자지만 앞으로 벌어질 일은 예상도 못 했을 거다. 하지만 연지가 위태위태하다는 건 눈치채고 있었다. 그의 눈빛엔 임연지에 대한 불안함이 담겨 있었다.

현재

7월 31일

성화는 밀랍인형처럼 뻣뻣한 몸으로 의자에 앉아 있었다. 눈을 뜨고는 있었지만 깜빡일 힘조차 없는 것 같았다. 연지가 가방을 뒤져 혹시나 해 가져온 박스 테이프를 찾고 있었다.

"목걸이 속에 들어 있는 캡슐 세 개는 어떻게 봐도 수상했거든. 언니 목에 걸려 있던 거 말이야. 내가 가져온 타우린하고 바꿔놨어. 박카스에 들어가는 성분 알지? 이렇게 될 줄은 정말로 몰랐어. 언니를 과대평가했나 봐. 방금 전만 해도 언니가 숨겨놓은 수면제가 따로 있어서 내 와인에 섞어놓은 건가 얼마나 두근거렸다고."

가방 안에 분명 있던 박스 테이프가 보이질 않았다. 손이 떨려서 제대로 가방을 뒤지고 있지도 못했다.

"언니 수면제 내성은 없나 보더라. 내가 가져온 걸로도 잘 자던데. 첫날밤에 말이야. 나는 정말 잠깐만 재우고 가방이랑 몸만 뒤져볼 생각이었어. 언니가 가져온 캡슐이 뭔가 싫어 개밥에도 조금 뿌려줬어. 개가 기절하듯이 자길래 정말로 죽었나 했어, 지금 언니처럼."

드디어 박스 테이프를 찾았다. 성화는 결국 눈을 감고 있었다. 이제 완벽한 밀랍인형처럼 아무런 움직임도 없었다. 연지는 성화의 두 손을 가지런히 모으고 늘여놓은 박스 테이프를 가져다 댔다.

"사실 여기 오기 전까지만 해도 계획이 따로 있었거든. 근데 언니 목걸이에 든 수면제가 알약이 아니라 캡슐이라는 걸 깨달은 순간, 그후 해피가 먹고 잠시 뒤에 기절하듯 자는 걸 본 순간 두 번째 계획이 생각났어. 이번엔 늦지 않았어. 인생에서 제일 빨리 결정 내린 것 같다니까."

가위가 필요했다. 연지는 정신 똑바로 차려야 한다고 느꼈다. 이 중요한 순간에 가위부터 찾았어야 했는데. 서둘러 부엌에서 가위를 가져와 테이프를 자르려는데…… 의자에 앉아 있던 성화가 사라졌다. 그때 뜨거운 기운이 오른쪽 어깨를 강타했다. 연지는 오른팔을 감싸 쥐었다. 뼈가 부러진 것처럼 아팠다. 고개를 들어보니 성화가 반쯤 감긴 눈으로 돌로 된 장식물을 들고 있었다. 탁자에 놓여 있던 거다. 대체, 저렇게 쓸데없이 비싸 보이면서 예쁘지도 않은 물건을 어디에 쓸까 했는데 조성화에게는 아주 유용한 물건이 된 셈이다. 오른팔에 가해진 통증에 저절로 손이 벌벌 떨렸다. 성화가 가위를 들고 있던 연지의 손을 발로 찼다. 가위가 대리석 바닥에 쭉 미끄러져 소파 안으로 들어갔다. 오른팔을 붙잡고 있는 연지는 어느새 자신의 눈을 노리고 있는 칼끝을 보고 있었다. 성화의 손에 칼이 들려 있었다. 나이프처럼 작은 걸로 보아 주머니에 있던 것 같다. 연지는 칼을 쥐고 있는 성화의 손목을 붙잡았다. 남자만큼 체격이 좋지만 수면제에 취해 있는 여자와 맨 정신이지만 한쪽 팔에 금이 간 게 분명한 여자가 싸우고 있다. 칼을 든 성화의 손목을 붙잡고 이리저리 춤을 춘다. 손목을 놓쳤다간 여차하면 성화가 칼로 목을 찌를 것이다. 눈에서 살의가 느껴진다. 한쪽 팔은 거의 힘이 들어가질 않고 남은 성한 팔도 점점 힘이 빠진다. 이제 조금 있으면 끝날 것 같다.

"아까 말한 첫 번째 계획이 이거였어." 연지가 허탈한 듯 말했다.

성화가 졸린 눈으로 칼을 든 손에 힘을 준다. 칼끝이 연지의 눈동자를 겨냥했다. 연지의 손에서 힘이 점점 빠졌다.

"이 별장에 들어온 순간, 언니는 끝난 거야. 성혜선의 살인범이 아니라 임연지의 살인범으로라도. 우리 대화는 이제 사생활이 아니야. 클라우드에 다 저장됐거든. 내 폰을 통해서. 세상 좋아졌지? 십이 넌 전하곤 좀 다르지?"

성화의 눈이 연지의 핸드폰이 어딨는지 찾았다. 연지의 두 손에 힘이 꽉 들어가 잡고 있던 성화의 손목을 비틀었다. 칼이 바닥에 떨어진다. 이게 마지막 기회다. 한쪽 팔은 점점 힘이 들어가지 않고, 평소 힘에서도 성화에게 상대가 되지 않는다. 이번에는 망설이면 안 된다. 늦어서도 안 된다. 연지는 바닥에 칼을 쥐고 비틀대며 일어서 성화의 팔목을 찍어버린다. 동맥을 건드렸는지 피가 분수처럼 솟구쳐 흘렀다. 연지의 얼굴과 옷이 성화의 몸에서 나온 피로 빨갛게 물들었다. 성화는 피투성이 몸으로 팔에서 피를 뚝뚝 흘리며 바닥에 떨어져 있던 연지의 핸드폰을 잡고 바닥에 찧어서 박살냈다. 핸드폰을 완전히 짓이겨버렸다. 핏물에 붉게 물든 손과 술기운에 빨갛게 충혈된 눈이 꼭 지옥에서 끌려나온 사자 같다. 바닥에 주저앉아 있는 성화의 목에 긴 끈이 휘감겼다. 아까 연지가 늘여놓았다가 쓸모없어진 박스 테이프다. 성화가 숨이 막힌 듯 컥컥거렸다. 목에 매달린 올가미를 풀어보려고 애쓰는 손등에 파란 힘줄이 돋는다. 몸에 힘이 풀린 성화는 머리부터 바닥으로 고꾸라졌다.

연지는 오른손을 쓰러져 있는 성화의 코에 갖다 대었다. 숨을 쉬지 않는다. 연지는 성화의 목에서 테이프를 풀고 주변을 봤다. 나가야 한다. 여기서 성화의 가족에게 발견되면 끝장이다. 관리인 부부에게 들켜서도 안 된다. 연지가 비틀대며 현관문을 향해 걸어 나갔다. 연지의 기억 속에 별장에서의 마지막 장면은 마네킹처럼 쓰러져 누워 있는 성화다. 피가 묻은 성화의 발이 유난히 하얗고 창백해 보였다.

현재

팔에 수갑을 찬 긴 머리의 여자가 화장실로 들어갔다. 경관이 뒤를 따라다니며 감시하고 있었다. 여자의 키는 170센티미터 정도고 남자만큼 골격이 큰 체형이다. 팔에는 붕대를 감은 채이고, 안색도 파리하지만 조성화는 살아 있다. 하지만 두 눈은 이미 인생이 끝난 사람처럼 절망이 보였다.

"조성화는 무덤에 가고, 난 감옥에 갈 줄 알았지. 코에 손을 대봤는데 숨을 안 쉬는 줄 알았거든. 그냥 내 손에 감각이 없는 거였어. 금이 간 쪽 손이라 통증이 심해서 못 느꼈나 봐. 푹 자고 있었던 거였더라고."

연지는 상호를 옆에 앉혀놓고 별장에서 있었던 일을 풀어놓던 참이었다. 자신도 죽기 직전에서 살아 나왔기에 예민한 사람은 다시 떠올리기 싫을 법도 한데, 연지는 그런 타입은 아니었다. 오히려 전쟁 참여한 병사가 사지에서 목숨을 구한 스토리를 술집에서 자랑스레 떠드는 것과 비슷했다. 연지는 상호가 더 충격받을까 봐 자세히 말하지는 않았지만, 별장을 뛰쳐나왔을 때만 해도 성화가 정말 죽은 줄 알았다. 성화가 가져온 수면제는 그만큼 효과가 독하게 좋았다.

그때, 병원 입구에서 우르르 쾅쾅 하는 소리가 났다. 앞에 있던 재활용 통이 뒤집어진 것 같다. 간호사의 날카로운 "저기요!" 하는 소리가 들린다. 무게 있는 누군가가 쿵쿵쿵 뛰는 발자국 소리가 들린다. 병원 내에서 이렇게 뛰어다니다니.

"내 새끼!" 거친 걸음의 주인공이 연지를 향해 애절하게 말한다.

입술이 하얗게 뜨고 눈썹은 반쯤 없는 승민이었다. 집에서 입는 검은색 나시에 통풍성이 좋은 검은색 칠부 바지를 입고 나풀거리는 여름용 카디건을 간신히 걸치고 있었다. 연지는 언니가 엄청 충격을 받았다는 걸 알았다. 승민은 절대로 다른 사람 앞에 이런 모습으로 나타날 여자가 아니었다. 연지는 성화의 차에 타고 별장으로 출발하는 순간부터 모든 대화 내용을 녹음해 클라우드에 전송해두었다. 그리고 자신이 이 세상에 없을 경우를 대비해 언니에게 클라우드 서비스의 아이디와 비밀번호를 예약

메일로 전송해두었다. 자신이 이 세상에서 사라진다면 무슨 일이 있어도 조성화가 죗값 치르게 만들 사람은 언니라고 믿었으니까.

"언니, 진정해." 연지의 목소리가 점점 작아졌다.

승민이 연지를 발견하고 곧장 달려오다 화장실에서 나오는 성화를 발견했다. 승민의 눈이 분노로 번뜩였다. 연지는 누가 말려야 하는데 싶었다. 상위 일 퍼센트 수재이자 부모님의 자랑인 승민은 좀처럼 화를 내지 않았지만, 일단 화가 나면 정말 무서웠다. 승민은 성화를 잡고 말 그대로 들어 올렸다. 마치 천하장사가 쌀가마니를 들어 올리듯. 놀란 경찰이 승민을 붙잡아 간신히 성화를 보호했다. 승민은 새우 눈 형사와 밖에 나가서 커피를 마시면서 잠깐 진정하고 들어오기로 했다.

"고마웠어. 이제 가도 돼. 언니 왔으니까." 연지가 상호에게 말했다.

하지만 연지의 얼굴은 전혀 다른 얘기를 하고 있었다.

"넌 왜 네가 뭘 원하는지 아직도 모르냐? 정말 갈까?"

"널 왜 불렀는지 생각해봤는데, 고맙다고 말하고 싶었나 봐. 고마워."

"네가 그랬지. 우리가 인연이라면 다시 만났을 때 서로의 옆에 아무도 없었어야 하는 거 아니냐고. 지금 내 옆에 아무도 없다면? 내 자존심에, 있지도 않은 여자친구를 있는 척한 거라면…… 그리고 네 옆에도 지금 아무도 없다면 그럼 우리가 운명인 거야?"

연지의 눈에 안도의 빛이 스쳤다. 얼굴색이 순식간에 약간 밝아진 것 같기도 했다.

"김준영 씨는 왜 안 오냐고 안 물어봐?"

"내가 남자친구 있는 여자 회사 앞에 찾아갈 사람으로 보여? 끝난 거 진작 알고 있었어." 상호가 어처구니없다는 얼굴로 말했다.

"민지 씨가 트위터에 암시하는 말이라도 올렸어?"

민지는 요즘 준영과 잘 지내는 것처럼 보였다. 혹시 두 사람이 같이 찍은 사진이라도 본 건가.

"우리 로펌으로 누가 찾아왔더라고. 너만 아니었다면 친구로 삼고 싶을 만큼 마음에 드는 남자였는데, 어쨌든 물어보더라. 너랑 정말 눈 맞았냐고. 연지 씨가 그렇게 말했다고."

연지는 역시 준영이 상호와 비슷하다고 느꼈다. 한쪽 말만 듣지 않고 상호 간의 팩트 체크를 중시하는 꼼꼼함까지.

"그래서…… 그렇다고 했지." 상호가 연지의 눈을 똑바로 보며 말했다.

연지는 심장이 쿵쿵 뛰어서 숨을 크게 쉬는 게 어렵다고 느꼈다.

"그때 말해줬어, 내 마음을." 상호가 말했다.

연지는 상호의 얼굴을 똑바로 보는 게 부끄러워 바닥을 봤다.

"넌 어떤데. 지금도 네가 뭘 원하는지 몰라?" 상호가 말했다.

"난 그런 착각을 했어. 네가 나한테 한 번도 과거였던 적이 없었다는 착각. 넌 언제나 나한테 현재였다는 착각. 그리고 그런 착각에 너무 늦게 빠졌나 했어. 근데……."

말이 끝나기도 전에 상호가 연지를 꼭 감쌌다. 병원 안에 두 사람 외에는 아무도 없는 것처럼. 따뜻하고 간절한 포옹이었다. 형사가 승민을 데리고 다시 들어오려다 두 사람을 보고 눈치껏 자리를 피했다. 승민에게 근처에 잘하는 갈비탕집이 있으니 먹고 오자고 말하며.

작가 후기

이것은 저의 첫 소설입니다. 정확히는 처음으로 완성한 소설입니다. 이 소설의 제목과 임연지와 공상호라는 이름은 2016년 초에 만들어졌습니다. 당시 저는 글 쓰는 일을 직업으로 삼기로 결심한 상황일 뿐 아무것도 모를 때였습니다. 문득 잠에서 깨서 소설을 한번 써봐야겠다고 생각하고, 시놉시스 구상은 단 삼십 분도 안 하고, 내키는 대로 한 회 분량의 글을 써서 연재처에 올렸습니다. 댓글은 두세 개 달렸는데, 그 댓글조차 부담스러울 만큼 다음 스토리가 없었습니다.

이렇게 바꿨다가 저렇게 바꿨다가 하다가 3만 자쯤 쓰다가 접었습니다. 아쉬워하는 사람은 물론 없었지요. 그후에는 헛

된 시도를 하지 않고 드라마 극본에 집중했습니다. 소설을 쓰는 것은 드라마보다 어렵다고 생각하면서요. 제가 당선이 될 거라고 확신했던 2017년에 쓴 2부작 드라마 극본부터 지금까지 극본 공모전에 당선된 적이 없습니다. 대신 7월부터 구상에 들어가 38일 만에 처음 완성한 소설로 엘릭시르 미스터리 대상에 당선되었습니다.

2019년의 여름은 제 인생에 있어 꽤 기억에 남을 해입니다. 저는 그다지 밖에 잘 돌아다니지도 않는데, 왜인지 여름이 오기 두 달 전에 샤오미 미밴드 2를 구입했습니다. 그때만 해도 만보계 기능과 심장박동 체크 기능을 그렇게 유용하게 써먹을지 몰랐습니다.

그해 여름 저는 처음으로 엄청난 불안감을 느끼는 동시에 청각 과민 증상도 겪었습니다. 소리가 거슬려 여름 내내 에어컨을 끄고 살았습니다. 덕분에 지독한 더위와 싸워야 했습니다. 그 더위 속에서 사생활 보호를 위해 잘 열지도 않던 창문을 활짝 열어놓고 땀을 뻘뻘 흘려가며 108배를 했습니다. 하루 세 시간 천천히 108배를 하면서 작품 구상에 몰두했습니다. 방탕하게 살아온 남자가 늙어버린 뒤 자기 과거를 후회하는 것처럼, 저는 제 과거를 후회했습니다. 지금까지 뭔가를 이뤄놓은 게 아무것도 없구나 싶은 것이 가장 뼈저린 후회로 남아 있었습니다. 그래서 소설을 쓰기로 결심했습니다. 이번에는 처음부터 끝까지 완성해

보자고요.

임지호 주간님께 엘릭시르 미스터리 대상에 당선된 것은 운이라고 말한 적 있습니다. 정말로 운이었습니다. 지난 삼 년간 제가 극본 공모전에 응모하기 전 패턴은 한결같았습니다. 더이상 미룰 수 없을 때까지 미루다가, 남은 기간 동안 쓰는 건 불가능하다 싶을 때 비로소 글을 쓰기 시작했습니다.

글 쓰는 데 공포증이 있었습니다. 하지만 작년 8월과 9월에 그 공포증은 논할 가치도 없는 사소한 문제가 되었습니다. 공포증보다 무서운, 진짜 공포가 찾아왔었으니까요. 저는 그 불안과 청각 과민을 평생의 동반자처럼 달고 살 생각이 없었습니다. 그리고 아무것도 하지 않고, 회피적으로 인생을 살아온 제 과거도 넌더리가 날만큼 후회됐습니다.

십 년 넘게 매일 마시던 커피도 끊고, 이틀에 5천 보도 안 걷던 제가 하루 만 보, 2만 보, 급기야 3만 보까지 스스로도 과하다는 생각이 들 만큼 걸었습니다. 불안증과 청각 과민은 저에게 천사가 잠깐 형벌을 내린 것처럼 증상이 일어난 지 6개월 만에 사라졌고, 걷는 습관과 식습관이 바뀐 덕분에 이전보다 더 건강해졌습니다.

대신 글 쓰는 것에 대한 공포증이 다시 슬그머니 고개를 내밀었습니다. 저는 이 작품을 완전히 고치고 싶었습니다. 그러겠다고 주간님께 몇 차례 얘기했습니다. 하지만 생각처럼 되지는 않았습니다. 편집부를 곤란하게 할 정도까지 미루고 미뤘습니다. 그러면서 여러 가지를 깨달았지요. 그중 하나는 '진짜 이 공모전에 나는 운으로 됐구나'라는 깨달음이었습니다. 2019년 지독하게 더웠던 여름을 겪기 전의 저는 절대로 소설 한 권을 완성할 수 없는 사람이었습니다. 주간님과의 약속을 몇 번씩 뒤집고 미루면서, 여러 가지를 깨달았습니다. 시놉시스를 쓰는 법이라든지, 등장인물을 쓰는 법이라든지. 그걸 이 소설 앞부분에 적용해서 시행착오를 겪으며 고쳐나갔습니다. 앞부분을 겨우 고쳐서 주간님께 보낸 후 (뒷부분은 건드릴 시간도 없었습니다) 소설 쓰는 법을 이제야 알겠구나, 생각했습니다.

결과적으로, 임지호 주간님을 몇 번 만나 조언을 듣고 난 뒤 뒷부분을 다시 쓰기로 했습니다. 그렇게 출판 날짜가 정해지고, 원고 교정도 한참 진행될 즈음, 다시 쓴 원고를 보냈습니다. 받아들여지지 않을까 봐 걱정이 많았지만 다행히 처음 원고보다 낫다는 평가를 받았고, 책은 수정한 원고로 작업을 하게 되었습니다.

이 작품을 집필하며 저는 글 쓰는 것에 대한 공포증을 고쳤습니다. 그걸 고치는 데 당선 후 6개월이 걸렸습니다. 앞으로 극본 공모전에 떨어져도 시간이 너무 없어서 그랬다는 핑계는 쓸 수 없게 되었습니다. 싫은 소리 한번 하지 않고 제 말을 잘 들어주시고, 도움이 되는 조언을 해주셨던 임지호 주간님과 엘릭시르 편집부에 감사드립니다.

2020년 7월, 정은수

다른 남자

초판 발행 2020년 8월 21일

지은이 정은수
펴낸이 염현숙

책임편집 임지호 | **편집** 지혜림 이송
표지디자인 이경란 | **본문디자인** 이주영
저작권 한문숙 김지영 이영은
마케팅 정민호 정진아 함유지 김혜연 김수현
홍보 김희숙 김상만 지문희 우상희 김현지
제작 강신은 김동욱 임현식 | **제작처** 영신사

펴낸곳 (주)문학동네
출판등록 1993년 10월 22일 제406-2003-000045호
임프린트 엘릭시르

주소 10881 경기도 파주시 회동길 210
문의 031-955-8892(편집) 031-955-8896(마케팅) 031-955-8855(팩스)
전자우편 editor@elmys.co.kr | **홈페이지** www.elmys.co.kr

ISBN 978-89-546-7389-1 (03810)

엘릭시르는 출판그룹 문학동네의 임프린트입니다.

이 도서의 국립중앙도서관 출판예정도서목록(CIP)은 서지정보유통지원시스템 홈페이지(http://seoji.nl.go.kr)와 국가자료종합목록 구축시스템(http://www.nl.go.kr/kolisnet)에서 이용하실 수 있습니다.
(CIP제어번호: CIP2020030385)

잘못된 책은 구입하신 서점에서 교환해드립니다. 기타 교환 문의: 031-955-2661, 3580